형, 내 일기  읽고 있어?

형, 내 일기 읽고 있어?

수진 닐슨 지음 | 김선영 옮김

라임

차례

열네 살 땅꼬마 • 7

봉알 사건 • 17

도전! 전국 퀴즈왕 • 20

불편한 이웃 • 40

최고의 커플 • 49

비열한 놈 • 54

공부만 잘 하는 얼간이 • 60

내 일에 상관하지 마! • 68

무한 반복 • 75

제도의 틈새에서 소외되는 사람들 • 86

시스템 다운 • 91

멍청아, 왜 그랬어? • 105

바퀴벌레 같은 아이 • 113

불길한 징조 • 129

재활용품 수거 작업 • 143

너나 잘 해! • 155

첫 키스 • 167

이것이 인생이다 • 183

초파리 떼 소탕 작전 • 209

아빠는 거짓말쟁이 • 216

잘못된 만남 • 224

그건 네 잘못이 아니야 • 234

그날 밤의 비밀 • 245

학교에 가는 길 • 255

너는 나의 절친 • 260

샌드달러 성게 • 276

형, 내 일기 읽고 있어? • 285

열네 살 땅꼬마

1월 18일 금요일

심리학을 뜻하는 '사이컬러지(psychology)'는 그리스어 '프시케(psyche)'에서 비롯되었다고 한다. 마음과 영혼을 연구하는 학문이라나.

나는 누가 내 마음을 연구 좀 안 했으면 좋겠다. 내 영혼에 대한 연구는 더더욱 안 했으면 좋겠고. 왠지 소름 끼친다. 하지만 아빠는 내게 선택권이 없다고 했다.

세실 선생님의 첫인상은 밋밋했다. 딱 심리 치료사 같지는 않았다. 이름부터 그랬다. 남자 이름이 세실이 뭐야?

주립 병원에 있는 선생님 상담실 문에는 '심리학 박사 레빈'이라는 이름표가 붙어 있었다. 그래서 첫날에 선생님을 레빈 박사님이라고 불렀더니 앞으로 자기를 세실 선생이라고 부르란다.

집에 와서 세실의 뜻을 검색해 봤더니……. 두둥, '눈이 나쁜 혹은 앞이 보이지 않는'이라는 뜻이었다. 왠지 좋은 징조가 아니다.

세실 선생님의 머리칼은 윤기가 흐르는 백발이었는데, 기다란 머리카락을 뒤로 한데 모아 쭈글쭈글한 머리끈으로 동여매었다. 쭈글쭈글 머리끈은 또 뭐람!

오늘은 세 번째 상담이었다. 선생님은 집에서 직접 염색한 듯이 뵈는 티셔츠를 또 입고 있었다. 이번엔 보라색이다. 나는 선생님에게 이렇게 말하고 싶은 걸 꾹 참았다.

'안녕하세요, 선생님? 1960년대가 선생님한테 자꾸 손짓을 하네요. 제발 자기네 스타일을 돌려 달라고요.'

그리고 선생님은 자주 이렇게 말한다.

"그 일이 너에게 어떤 감정을 불러일으키니?"

사람이 사람하고 만나서 얼굴을 맞댄 채 나누는 대화가 아니라 텔레비전이나 책 같은 데 나올 법한 말투……. "어이쿠, 맙소사."도 자주 하는 말이다.

"어이쿠, 맙소사! 또 십오 분 늦었구나. 이런, 이 주 연속이야!"

아무리 생각해도 세실 선생님은 일류 심리 치료사 같진 않다. 우선 상담료부터 공짜다. 아빠는 브리티시컬럼비아 주에서 대신 내주는 거라고 했지만, 그렇다 해도 상담료가 아주 비싸진 않을 것 같다. 선생님의 상담실은 좁아터진 데다가 가구들도 하나같이 낡아 빠졌다.

그마저도 여기저기 때가 묻어 얼룩덜룩했다. 그리고 아까도 말했지만, 선생님은 1969년 이후로 옷을 사는 데 돈을 쓴 적이 한 번도 없는 것 같다.

우린 아직 그 사건에 관한 이야기는 꺼내지 않았다. 선생님은 나한테서 어떻게든 그 이야기를 끌어내려고 애썼다. 여러 가지 유도 질문을 하기도 했다. 하지만 그럴 때마다 나는 로봇 목소리로 대답했다.

"휴.머.노.이.드.네.가.무.슨.말.을.하.는.건.지.전.혀.모.르.겠.다."

그러면 선생님은 곧바로 한 발짝 물러섰다.

여기에 오게 된 것도 사실은 이 로봇 목소리 때문이었다. 크리스마스 때 엄마와 그런 일이 있은 뒤 내 안의 분노가 다시 폭발했다. 그 후로 하루 스물네 시간 꼬박, 일주일에 칠 일 내내 모든 말이 로봇 목소리로 나왔다. 심지어 밴쿠버로 이사 와서도 줄곧 그랬다. 로봇처럼 말하면 어떤 감정도 느껴지지 않았다.

"모.든.게.단.조.로.워."

그것이 내게는 오히려 도움이 되었다.

로봇 헨리가 되고 여드레쯤 지나자 사람들이 나한테 겁을 먹기 시작했다. 그래서 아빠는 부랴부랴 나를 심리 치료사한테 데려간 거였다. 예전의 헨리로 돌아온 후에도 나는 계속 상담을 받아야 했다.

세실 선생님은 그 사건에 관한 이야기를 꺼내게 하려고 몇 가지 안 되는 자신의 비법을 모두 동원하였다. 예를 들면, 나는 지난주에 순전히 지나가는 말로 글 쓰는 걸 좋아한다고 했다. 그랬더니 오늘 당장

이 일기장을 내미는 식이다.

"네 생각과 느낌을 기록할 수 있는 은밀한 공간을 좋아할지도 모르겠다는 생각이 들었어. 일기 쓰기는 상당히 좋은 치료법 중 하나야."

나는 집에 돌아오자마자 일기장을 쓰레기통에 던져 버렸다. 조금 있다가 일기장을 다시 꺼낸 건 너무나 심심했기 때문이다.

사실, 세실 선생님은 그 사건에 대해 다 알고 있었다. 선생님은 나를 만나기 전에 아빠와 오랫동안 이야기를 나눴다. 아빠하고 얘기를 나눈 뒤에 선생님이 인터넷에서 그 사건에 관한 기사를 찾아봤을 거라는 데 (내가 엄청 아끼는) '더 그레이트 데인' 포스터를 걸겠다.

기사를 검색해서 다 읽은 다음에는 또 다른 궁금증이 생겼을 게 뻔하다. 아빠가 왜 그 사건이 일어난 직후에 나를 심리 치료사한테 데려가지 않았는지……. 그 사건은 이미 칠 개월 전에 일어났는데.

1월 19일 토요일

오늘 저녁도 피자다. 사흘 연속이다. 엄마 없이 살아서 좋은 점은 이거 딱 하나라고 해야 되나?

아빠와 나는 〈토요일 밤의 스매쉬업〉을 보면서 피자를 먹었다. 아빠가 두 조각을 먹고 나머지는 내가 다 먹었다. 그 바람에 피자를 먹다 말고 일어나 바지를 잠옷으로 갈아입어야 했다. 비로소 내 출렁이가 숨을 좀 쉬는 것 같았다.

〈토요일 밤의 스매쉬업〉이 끝나자마자, 나는 아빠한테 키를 재어 달라고 했다. 여전히 160센티미터였다.

열네 살이 되었는데도 나는 아직 땅꼬마다.

밤 12시

도대체 무슨 생각을 하고 사는지 모르겠는 옆집 사람 때문에 방 안에 카레 냄새가 진동을 한다.

새벽 2시

아빠 코 고는 소리가 들린다.

새벽 2시 30분

이 일기를 쓰는 건 멍청한 짓이다.

1월 21일 월요일

범고래들은 무리를 지어 이동한다. 무리마다 특유의 소리가 있다. 끽끽거리는 소리, 쉿쉿거리는 소리, 꺽꺽 우는 소리 등……. 무리마다 다르다. 그 특유의 소리 때문에 자기들끼리 더 똘똘 뭉친다.

중학교에 입학하는 아이들도 비슷하다. 처음에는 아이들마다 출신 초등학교가 달라서 겁을 잔뜩 먹은 채로 등교하지만, 채 몇 주가 지나지 않아서 끼리끼리 무리를 짓는다. 운동을 잘 하는 아이들은 운동부에 들어가고, 공부벌레는 '체스'나 '컴퓨터' 같은 이름이 붙은 동아리에 가입하며, 담배를 피우는 아이들은 학교 건물 뒤의 으슥한 곳을 찾는 식이다.

그 때문에 갑자기 나타난 전학생에게는 아무도 신경을 쓰지 않는다. 이미 다들 무리가 있으니까. 나한테는 차라리 좋은 일이었다. 루나 같은 존재가 되는 것이 좋았다. 루나는 무리에서 빠져나와 몇 년간 밴쿠버 해안가에서 혼자 놀던 범고래다. 루나는 매우 편안해 보였다. 지나가는 보트의 프로펠러에 끼여 작살이 나기 전까지는.

그런데 여기에 문제가 하나 있다. 끼워 주는 무리가 없어서 혼자 노는 아이는 언제나 적어도 한 명쯤은 더 있다는 사실이다.

포트살리시 중학교에서 그 아이는 우리 형이었다. 트라팔가 중학교에서 그 아이는 팔리 웡이다. 팔리는 내가 이 학교에 전학 온 첫날, 그러니까 이 주일 전에 이미 나에게서 풍기는 체취를 감지했다.

드디어 오늘, 팔리는 나를 사냥할 준비를 마쳤다.

"우리 행성에 온 걸 환영한다, 지구인."

오늘 아침에 팔리는 중국식 억양이 강한 발음으로 그렇게 인사를 건넸다. 내가 사물함에 수학책을 넣고 있을 때였다. 하필이면 내 사물함이 이 녀석 사물함 두 칸 아래일 게 뭐야!

"팔리 웡이야."

팔리가 손을 내밀었다.

"난 헨리."

나는 일부러 성을 빼고 말했다. 팔리는 멋지게 악수를 하고 싶은 눈치였지만, 나는 대충 맞잡아 흔들고는 손을 쓱 뺐다.

"어디서 전학 온 거야?"

"밴쿠버 섬."

이럴 땐 애매하게 대답해야 유리하다는 사실을 이미 오래전에 배웠다.

팔리는 내가 여태까지 본 아이 중에서 최고로 이상한 놈이었다. 물론, 나도 안다. 내가 남 말할 처지가 아니란 거. 외할아버지는 나를 볼 때마다 "얼굴에 주근깨가 그렇게 많은 걸 보니 허구한 날 방충망에 매달려 있다가 탄 게로구나."라며 놀렸다. 게다가 난 머리도 빨간색 곱슬머리인 데다 키도 또래에 비해 많이 작았다. 또 '몸집이 좋은' 사람들이 입는 옷을 사야 몸에 맞았다. 한마디로 '뚱땡이'이란 뜻이다.

그렇다고 내가 이상한 놈이란 걸 스스로 광고하고 다니진 않는다. 팔리는 장난감 가게에서 파는 공부벌레 인형같이 생겼다. 눈이 뱅뱅 돌아갈 만큼 알이 두꺼운 안경에 단추가 세로로 줄줄이 달린 반팔 셔츠……. 그 셔츠 앞주머니엔 볼펜이 꽂혀 있었다. 잉크가 흘러내리지 않도록 플라스틱 보호대까지 끼고.

그리고 언제나 한 줄로 빳빳하게 주름을 잡아 다린 바지를 입었다. 하필이면 그 바지를 허리께까지 바짝 올려 입었는데, 그 바람에 허리선이 젖꼭지 바로 아래까지 올라갔다. 여기에 한술 더 떠서, 팔리는 학교에 서류 가방을 들고 다녔다.

"곧 국어 수업이지? 같이 갈래? 난 지름길을 알아."

팔리가 물었다. 두꺼운 안경알 때문에 눈이 엄청 커 보였다. 두 눈에 뭔지 모를 희망이 가득 차 있었다.

나는 바보가 아니다. 팔리와 함께 있는 모습을 다른 아이들에게 들킨다면 그건 사회적 할복이나 마찬가지였다. 중학교에선 첫인상이 전부다. 그런데 문득 형한테 있었던 일이 떠올랐다. 그러자 생각이 조금 바뀌었다. 어쨌든 팔리는 일곱 달 만에 처음으로 나를 저와 같은 부류로 받아들이고 말을 걸어 준 첫 번째 아이가 아닌가.

나도 모르게 이런 말이 불쑥 튀어나왔다.

"그러지 뭐."

국어 수업을 들으러 가는 길 내내, 팔리는 〈배틀스타 갤럭티카〉라는 TV 드라마 얘기를 하였다. (〈배틀스타 갤럭티카〉는 1978년 미국 ABC에서 방영한 SF 드라마이며, 2004년에 SF 전문 채널인 SyFy에서 리메이크해 큰 인기를 끌었다.)

"난 전 시즌 DVD를 다 갖고 있어. 진짜 끝내준다니까."

이야기가 길어질수록 팔리의 입꼬리에 침이 더 많이 고였다.

우리가 모퉁이를 막 돌았을 때 청바지를 엉덩이 중간쯤에 걸쳐 입은, 덩치가 아주 큰 아이가 실수인 척 팔리 앞을 가로막았다. 아는 얼굴이었다. 내 맞은편 사물함을 쓰는 아이였다.

"팔리, 바지 멋진데!"

그런 다음, 그 애는 다짜고짜 나한테 발차기를 날렸다. 세게 차진 않았지만, 그래도.

"어, 미안. 거기 있는 줄 몰랐어. 요즘 한창 발차기 연습 중이거든."

그 애가 말했다.

"아, 그래? 그런데 너무 속보이는 거짓말 같은데?"

내가 대꾸했다. 사실은 이 말을 입 밖으로 내진 않았다. 속으로만 중얼거렸다.

그 애가 저만치로 사라지자, 팔리가 내게 나지막한 목소리로 속삭였다.

"트로이 바식이야. 저 녀석은 조심하는 게 좋아."

그때부터 팔리는 내내 말이 없었다. 팔리가 다시 입을 연 건 교실에 도착해서였다.

"뭐, 학교마다 트로이 같은 애들이 꼭 하나씩은 있더라고."

나는 맞는 말이라고 생각했다.

형네 학교의 그 아이는 스콧 말린이었다.

팔리는 그날 내내 거머리처럼 내게 들러붙었다. 오후에는 체육관에도 같이 갔다. 나는 운동을 잘 하는 편이 아니었는데, 팔리에 비하니까 올림픽 대표 선수나 다름없었다. 팔리는 그야말로 최악이었다.

그런데 웃긴 건 정작 본인은 거기에 신경을 별로 안 쓴다는 거다. 오늘 체육 시간에는 배구를 했는데, 팔리는 공을 네트 위로 아무렇게나 넘겨 놓고는 "됐어!" 하고 큰 소리로 외쳤다. 공이 선 밖으로 휙 날아가 버렸는데도.

그리고 말이지, 팔리는 체육복 반바지도 젖꼭지 바로 밑까지 끌어 올려 입었다.

어쨌거나 팔리는 나의 첫 번째 새 친구라고 할 수 있다. 그런데 뭐랄까? 자동차를 처음 샀을 때의 느낌과 비슷하다고 할까? 새 차를 손에 넣는 순간에 이미 성능이 더 좋은 새 차를 꿈꾸는…….

밤 11시

내 방 천장의 물 샌 자국은 복어 모양이다.

새벽 1시

아무래도 형 이야기를 좀 해야 할 것 같다. 형에 대해 알게 되면 세실 선생님은 아마 바지에 오줌을 지릴 것이다. 하지만 그럴 일은 없겠지. 내가 세실 선생님한테 그 일을 얘기할 리는 절대로 없을 테니까.

봉알 사건

포트살리시 중학교의 새 학기가 시작되는 주였다. 그 학교에서는 신입생이 입학을 하면 재학생과 운동 시합이나 피자 파티 같은 걸 열어서 공식적으로 '친해지는' 시간을 가졌다. 신입생들을 매우 반긴다는 뜻을 대내외적으로 전달하려는 그 학교 특유의 방식이었다.

어느 금요일, 신입생들은 한 사람씩 강당의 연단에 올라가 전교생 앞에서 인사를 했다. 형은 자기 차례가 되자, 망설임 없이 연단으로 올라갔다. 그러고는 플레이스테이션 게임과 일본 만화를 좋아하며, 세계레슬링협회(GWF)에서 주관하는 〈토요일 밤의 스매쉬업〉의 열혈 시청자라고 자기를 소개했다. 얼간이 같은 면이 전혀 없었다고는 할 수 없지만, 여기까진 그런대로 별 문제가 없었다.

그래서 형은 왜 전교생이 약속이나 한 것마냥 자기를 보고 미친 듯이 웃어 대는지 이유를 알지 못했다. 잠시 후 형이 연단에서 내려오자, 교장 선생님이 한쪽으로 데려가 귀에다 대고 나지막이 속삭였다.

"제시 라슨, 어서 올리렴."

"뭘요?"

"얼른 올리라고! 앞지퍼."

순간, 형은 아래를 내려다보았다. 형이 연단 위에 서 있던 내내 바지 앞지퍼가 열려 있었다! 사실 살다 보면 여기까지는 누구나 한 번쯤 겪을 수도 있는 문제였다. 그런데 진짜 문제는 따로 있었다.

일주일 전에 엄마는 형에게 빨랫감을 빨래 수거함에 넣어 놓지 않으면 빨아 주지 않겠다고 선언했다. 형은 버릇대로 빨래를 수거함에 넣지 않았다. 그래서 그날 아침에는 깨끗한 팬티가 하나도 없었다. 형은 더러운 팬티를 입느니 차라리 안 입고 가겠다고 생각했다. 그러니까 형은 팬티를 입지 않은 채로 등교를 했다.

이 말은 곧 포트살리시 중학교의 전교생이 형의 앞지퍼 사이로 본 것은 팬티가 아니었다는 뜻이다. 전교생은 형의 '그것'을 봤다. 라슨 가문의 자랑, 형의 덩어리, 형의 '불알'을.

앞줄에 앉아 있던 아이들 중 몇몇은 휴대폰으로 사진을 찍었다. 그때 초등학생이었던 나는 휴대폰을 갖고 있지 않았지만, 우리 반만 해도 휴대폰을 가진 아이들이 꽤 많았다. 나는 그 일이 있고 나서 채 한 시간도 되지 않아, 다른 아이들과 함께 그 증거 사진을 보았다.

물론 학교에서는 열을 올렸다.

"이것은 일종의 학교 폭력입니다. 포트살리시 중학교는 어떠한 종류의 폭력도 용납하지 않을 것입니다. ……어쩌고저쩌고."

사진은 빠르게 삭제됐다. 적어도 페이스북에 올라간 사진들은 그랬다. 하지만 어른들은 볼 수 없고, 아니 어쩌면 보고 싶지 않아 하는 사건들이 시작되었다.

스콧 말린이 제일 먼저 형에게 별명을 붙였다. 그 별명은 이 년 내내, 형이 그 시절을 영원히 끝맺을 때까지 끈질기게 따라다녔다.

봉알.

꼬박 이 년 가까운 시간 동안, 아이들은 예전에 분명히 제시였던 소년을 '봉알'이라고 불렀다. 어떤 아이들은 선생님 앞에서도 형을 그렇게 불렀다. 하지만 선생님들은 '봉알'을 봉황새의 알쯤으로 생각하고 대수롭지 않게 여겼다.

형한테 이상한 점이 아예 없다고는 생각하지 않는다. 그 일이 아니더라도 스콧은 형을 놀릴 만한 트집거리를 충분히 찾아냈을 수도 있다. 형은 얼굴에 여드름이 엄청 심했다. 세계레슬링협회에 정신이 온통 팔려 있기도 했다. 잔뜩 긴장하면 자기도 모르게 피식거리는 습관도 있었다. 하지만 봉알 사건은 너무 컸다. 그 사건은 지난 6월에 우리 눈앞에서 터진 폭탄의 도화선에 불을 붙인 성냥이었다.

국어를 가르치는 셸 선생님이라면 이렇게 말할 것이다.

"헨리, 이런 것을 사건의 발단이라고 한단다."

도전! 전국 퀴즈왕

1월 24일 목요일

점심시간이었다. 팔리와 함께 사물함 앞에 서 있는데, 트로이가 친구들과 함께 우리 쪽으로 걸어왔다. 잠시 후 자기 사물함 문을 닫고 돌아선 트로이는 '공부벌레' 안경을 쓰고 있었다. 1달러 상점에서 산 것 같은, 눈이 과장되게 그려진 플라스틱 안경이었다. 그러니까 그때 트로이는 팔리와 엄청 닮아 보였다.

"어이, 친구들! 잘들 지내지?"

트로이는 팔리의 중국식 억양을 따라 했다. 그 말에 같이 왔던 고릴라 같은 녀석들이 자지러지게 웃어 제꼈다. 복도 맞은편에 있던 여자아이들도 피식거리며 웃었다. 안 웃으려 애쓰는 게 보이긴 했지만.

사실 내가 봐도 안 웃기는 힘든 상황이었다. 가짜 팔리는 진짜 팔리와 정말로 비슷했기 때문이다.

팔리도 나름 멋지게 받아쳤다.

"너무 재미있어서 웃지도 못하겠네."

하지만 웃지 못한 사람은 팔리뿐이었다. 그렇게 말하는 진짜 팔리의 말투가 가짜 팔리의 말투와 완전히 똑같아서 더 그랬다. 나마저도 새어 나오는 웃음을 억지로 삼켜야 할 정도였다.

트로이는 곧 친구들과 사라졌다. 뒤에서 보니, 트로이 일당이 세쌍둥이처럼 보였다. 셋 다 발목 근처에 주름이 왕창 잡히도록 청바지를 엉덩이 중간쯤에 걸치고는 어깨를 삐딱하게 기울인 채 걸어가고 있었다.

"딱 네안데르탈인들이네."

나는 이렇게 말하며 팔리를 돌아보았다. 그리고 팔리의 얼굴에 떠오른 표정을 보았다. 내가 잘 아는 표정이었다. 스콧과 말싸움을 벌이고 난 뒤, 우리 형의 얼굴에서 많이 보았던 표정.

그건 매우 복잡한 표정이었다. '트로이를 증오해.'가 반, '나 자신을 증오해.'가 반.

"나는 태어날 때부터 눈이 나빴어. 그건 내가 어쩔 수 없는 일이잖아?"

팔리가 말했다.

"그렇지, 머리를 둘 달고 태어난 것도 아니고 다모증도 아니고……."

나는 사물함 문을 닫으며 말했다.

“다모증이 뭔데?”

“몸 전체에 털이 엄청 많이 나는 거 말이야, 얼굴에까지. 그래서 늑대 인간처럼 보이기도 한대.”

팔리는 나를 뚫어지게 바라보며 눈을 깜박거렸다.

“넌 어떻게 그런 걸 알아?”

순간, 나는 말문이 막혔다. 이걸 어떻게 설명해야 할까? 우리 가족은 상식 퀴즈를 최고의 게임으로 여기는 사람들이라는 것을……. 우리가 〈토요일 밤의 스매쉬업〉 다음으로 좋아하는 TV 프로그램이 〈시사 퀴즈 쇼〉였다. 그 프로그램을 볼 때마다 우리 가족은 너나없이 출연자보다 먼저 답을 맞히려고 난리법석을 떨었다.

나는 그냥 어깨를 으쓱해 보였다.

“그런 상식을 좋아할 뿐이야.”

안경 너머에 있는 팔리의 눈이 더 커졌다.

“잘됐다, 같이 가자.”

팔리는 내 팔을 잡고 복도 끝으로 끌고 갔다.

“어디 가는 거야?”

“우리 팀에 한 사람이 모자라거든. 딱 너 같은 아이를 찾고 있었어.”

“지금 무슨 말을 하는 거야?”

팔리는 아무 대답도 하지 않았다. 나를 무작정 끌고 계단을 올라 3층까지 가더니 어느 교실에다 밀어 넣었다. 그 교실에는 먼저 온 아이들이 앉아 있었다. 모두 여섯 명이었는데, 마주 앉아 점심을 먹고 있었다.

교실 한가운데에는 책상 여덟 개가 서로 마주 보고 있었다. 한 줄에 책상 네 개씩, 두 줄이었다. 책상마다 빨간색 버튼이 달린 까만 상자가 놓여 있었다. 저예산 SF 영화 세트장 같은 느낌이었다.

"다들 안녕! 이쪽은 헨리라고 해. 오늘부터 우리 팀이야."

"무슨 팀?"

내가 물었다.

"우린 '도전! 전국 퀴즈왕' 팀이야."

나는 '도전! 전국 퀴즈왕'이 뭔지 알고 있었다. 개인전이 아닌 단체전으로 진행되는 중·고등학생 대상의 퀴즈 대회였다. 말하자면 똥에 파리가 꼬이듯, 공부만 잘 하는 얼간이 녀석들이 모인 팀이라고 할 수 있었다.

사실 6월 1일 이전의 나라면, 그동안 꿈꾸던 일이 눈앞에 펼쳐진 것이나 다름없었다. 그 전까지만 해도 난 이런 걸 미치게 좋아했다. 하지만 나는 중학교에 입학한 형한테 무슨 일이 일어났는지를 두 눈으로 똑똑히 보고 말았다.

중학교 생활은 인생을 송두리째 뒤집어 놓을 수도 있다. 어린 시절에는 마음속의 왕따 기질을 마음껏 펼쳐도 된다. 비록 이상한 말이라 해도 입에서 나오는 대로 마구 지껄여도 되고, 사람들 앞에서 형편없는 실력으로 노래를 불러도 된다.

하지만 중학생이 되면 모든 것이 달라진다. 아이들은 레이더망에 걸리지 않도록 몸을 사리는 게 최고라는 사실을 배운다. 빨강 머리나 주근깨는 나도 어찌할 도리가 없다. 하지만 왕따 기질은 숨길 수 있다.

나는 그런 이유로 고맙지만 사양하겠다고 말하려고 했다. 그런데 내가 미처 말을 꺼내기도 전에, 팔리가 다른 아이들을 소개하기 시작했다.

"헨리, 이쪽은 파바나하고 센, 앰브로스, 제롬, 코울라야. 그리고 마지막이 앨버타."

다들 웃으며 인사를 나누었다. 앨버타만 빼고.

앨버타는《US 위클리》지에서 눈을 떼지 않았다. 나는 앨버타가 누군지 알고 있었다. 기술·가정 시간에 본 적이 있었다. 우린 몇 마디 얘기를 나누기도 했다. 지난주에 재봉틀 수업이 있을 때, 서로 마주 보는 자리에 앉아 있었다. 내가 장난으로 먼저 말을 걸었다.

"왜 이름이 앨버타야? 캐나다 지리로 이름을 지을 거라면 더 유명한 밴쿠버도 있고 몬트리올도 있잖아?"

그러자 앨버타가 대답했다.

"오호, 전학생! 참신하네. 내 이름을 두고 그토록 촌스럽게 놀리는 아이는 처음이야."

예의 없긴.

〈세서미 스트리트〉라는 TV 프로그램을 보면 "나는 다른 아이들과 달라~." 어쩌고 하는 노래가 나온다. 앨버타가 바로 그런 아이였다. 앨버타를 제외한 다른 아이들은 딱 '도전! 전국 퀴즈왕' 팀에 있을 것 같아 보였다.

보자~.

앰브로스는 머리 꼭대기에 털실로 짠 방울이 달린 알록달록한 털 모자를 쓰고 있었다. 그것도 교실에서. 거기에 양말은 형광빛이 나는 초록색이었다.

센은 정육면체 퍼즐을 손에 꼭 쥐고 있었다. 더 말할 필요도 없다.

파바나의 티셔츠에는 이런 말이 박혀 있었다.

괴짜들이 지구를 지배할 것이다.

코울라는 코를 계속 훌쩍였다. 한두 번이 아니라 쉼 없이 그랬다. 아주 짧게, 일 초에 한 번씩 코를 훌쩍거렸다. 처음엔 신경성 안면 경련인 줄 알았다.

추리닝 바지 차림의 제롬은 계속 위쪽으로 말려 올라가는 티셔츠 아래로 새하얀 뱃살을 겹겹이 드러내었다. 그런데 정작 그 애는 그러거나 말거나 신경도 쓰지 않는 것 같았다.

아니, 아니, 나도 누구 못지않게 뚱뚱한 처지란 거 안다. 그런데 내가 정상적인 몸무게보다 십 킬로그램쯤 더 나간다면, 제롬은 못해도 오십 킬로그램 이상은 더 뚱뚱한 뚱땡이였다. 그리고 나는 결코, 내 출렁이를 옷 밖으로 내놓지 않는다!

이제 앨버타를 보자. 앨버타의 머리카락은 쭈쭈 뻗칠 만큼 짧은 데다 갈색이었다. 색깔은 다르지만 더 그레이트 데인과 아주 비슷했다. 코와 눈썹에는 금색 피어싱을 했다. 어떻게 보면 통통하다고 할 수도 있지만, 그런 말을 여러 번 들어 본 경험자 입장에서 말하자면 '균형이 잘 잡힌' 편이라고 하겠다. 무릎 바로 위까지 오는 체크무늬 치마에는 커다란 금색 옷핀이 달려 있었고, 그 아래로는 까만색 타이츠에 보라색 닥터마틴 부츠를 신고 있었다. 그리고 하얀색 티셔츠……. 앨버타는 공부만 잘 하는 얼간이 녀석들과는 딱 정반대인 아이였다.

그때 사회를 가르치는 잰코비치 선생님이 교실로 들어왔다. 선생님은 어른이 된, 공부만 잘 하는 얼간이였다. 발만 봐도 안다. 버켄스탁 샌들에 무릎까지 올라오는 흰색 스포츠 양말을 신고 있었다. 지금은 겨울인데!

"선생님, 얘는 헨리예요. 오늘부터 같이할 거예요."

팔리가 나섰다.

'아니야, 아니라고.'

이렇게 말하고 싶었지만 선생님은 틈을 주지 않았다.

"헨리, 잘됐구나. 다들 자리에 앉으렴."

나는 공식적으로 덫에 걸렸다. 팔리를 가만두지 않겠다고 생각하고 있었는데, 그 녀석도 내 마음을 읽은 모양이었다. 내 맞은편에 앉아 있으면서도 나를 한 번도 바라보지 않았다.

우리는 선생님이 하나씩 나눠 준 코드를 까만 상자에 꽂았다. 코드마다 끝에 빨간색 버튼이 달려 있었다. 그걸 누르면 윙 소리가 나면서 책상 위의 상자에 달린 여덟 개의 버튼 중 하나에 불이 들어왔다. 제롬과 코울라, 셴, 그리고 내가 한 줄로 앉고 맞은편에는 앰브로스와 파바나, 팔리, 앨버타가 앉았다.

선생님이 첫 문제를 냈다. 문제는 '서술형'부터 '단답형', '단체형', '버튼을 눌러라', '나는 누구일까?' 등 다양한 방식이었다. 기억나는 걸로 몇 가지 써 본다.

1. 인터넷에서 쓰이는 URL은 무엇의 약자일까? (난 몰랐다. 하지만 팔리와 셴은 알고 있었다. 'Uniform Resource Locator'다.)
2. 율리우스 카이사르가 건넌 강 이름은? (루비콘 강이다. 알고 있었다.)
3. 기원전 55년에 카이사르가 군대를 이끌고 정복한 섬은? (전혀 몰랐다. 그런데 파바나는 영국이란 걸 알고 있었다.)
4. 원소 주기율표에서 Cd는 무엇일까? (카드뮴이다. 셴이 먼저 누르지 않았다면 찍어 볼 순 있었다.)
5. 사람의 유치와 영구치는 몇 개일까? (20개와 32개이다. 이 몸이 답했다.)
6. 호세 페레, 로즈마리 클루니, 데비 분과 친척 관계인 할리우드 스타는? (조지 클루니다. 앨버타가 유일하게 맞힌 문제다. 앨버타는 영화배우나 팝송 문제가 나올 때만 버튼을 눌렀다.)

솔직하게 인정한다. 시간이 가는 줄도 몰랐는데 점심시간이 어느새 끝나 버렸다.

팔리가 사물함 쪽으로 걸어가면서 말했다.

"다음 연습은 화요일에 할 거야. 네가 와야 우리 팀이 반성돼."

내가 무슨 말인지 모르겠다는 표정을 짓자, 팔리가 뭔가를 깨달은 듯 다시 말했다.

"아, 미안. 완성돼."

"난 안 해."

내가 말했다.

"하게 될걸?"

팔리가 단정하듯 말했다. 우리는 그새 사물함 앞에 다다라 있었다.

"어떻게 알아?"

그때 앨버타가 낙서가 잔뜩 돼 있는 파일을 품에 안고 나타났다.

"안녕?"

내가 인사를 건넸다.

앨버타는 나를 한번 훑어보고는 그대로 지나갔다.

예의 없긴.

팔리가 실실 웃었다.

"이래서 알지."

순간, 얼굴이 확 달아오르는 게 느껴졌다. 가뜩이나 머리카락도 빨간데 얼굴에 주근깨까지 잔뜩 박혀 있으니, 지금 내 모습이 결코 멋지진 않을 거다.

"재? 참아 줄래? 잰 너무 건방져."

하지만 팔리는 의기양양하게 웃으며 사물함 문을 닫았다.

"체육 시간에 보자."

팔리는 콧노래를 흥얼거리며 건들건들 복도로 사라졌다.

1월 26일 토요일

"외상 후 스트레스 장애, 줄여서 PTSD는 끔찍한 사건을 경험한 후에 나타날 수 있는 심각한 불안 장애를 말한다."라고 세실 선생님이 그랬다. 어제는 상담 시간 내내 외상 후 스트레스 장애 이야기를 했다. 그러다 내 목소리가 로봇 목소리로 변했다. 그 목소리 때문에 선생님은 전략을 바꾸지 않으면 안 되었다.

"일기 써 봤니?"

"아니요."

거짓말이었다.

"저런! 그것참, 유감이구나."

"전 아닌데요."

그러자 선생님은 거의 일 분 정도 나를 가만히 바라보았다. 나도 지지 않고 같이 바라보았다.

"네 티셔츠 얘기나 좀 할까? 그건 누구니?"

"더 그레이트 데인이요."

세실 선생님은 무슨 말인지 모르겠다는 표정을 지었다.

"GWF 말이에요."

역시 모르겠다는 표정.

"세계레슬링협회 모르세요? 〈토요일 밤의 스매쉬업〉은요?"

나는 속으로 이렇게 말했다.

'어이쿠, 맙소사! 어디 동굴에서 사시는 거예요?'

"아, 들어는 본 것 같다. 우리 집엔 텔레비전이 없어서."

선생님이 말했다. 어째 살짝 자랑스러워하는 분위기였다.

"제가 좋아하는 TV 프로그램이에요."

사실 그건 우리 가족 모두가 좋아하는 프로그램이었다. 토요일 밤이면 엄마가 튀겨 준 팝콘을 앞에 두고 온 가족이 텔레비전 앞에 둘러앉았다. 그 사건이 일어나기 몇 달 전까지만 해도 그랬다. 우리 가족은 각자 좋아하는 선수가 있었다. 엄마는 엘 토로, 아빠는 더 트위스터였다. 형은 나랑 똑같았다.

"더 그레이트 데인 얘기 좀 해 주렴."

"그러죠, 뭐. 몸무게는 89킬로그램이에요. 엄청 뚱뚱한 것 같지만 GWF에선 말라깽이죠. 의상도 다른 선수들에 비하면 되게 단순해요. 끝에 흰색 테두리를 두른 빨간색 반바지에 끈이 달린 긴 부츠를 신어요. 짧은 금발이고요. 상체는 뽀빠이랑 비슷해요. 주특기는 바디 스플래시."

"바디 스플래시라고?"

나는 최선을 다해 세실 선생님에게 설명했다.

"상대 선수가 링 위에 대자로 누워 있다고 해 봐요. 그러면 더 그레이트 데인이 링 둘레에 쳐진 줄 위로 올라가는 거예요. 그런 다음에 몸을 이렇게 웅크려 앞으로 숙이고…….”

이 장면에선 의자 위에 올라가서 직접 시범을 보여 주었다.

“……공중으로 뛰어오르는 거죠. 잠깐 동안은 진짜 나는 것처럼 보여요. 그다음엔 배로 이렇게, 상대 선수 가슴 위에 십자 모양으로, 떨어져요. 철썩!”

나는 실감나게 하려고 배를 아래로 한 채 눈곱만 한 상담실 바닥으로 몸을 던졌다. 그러고 보니 바닥이 온통 먼지투성이였다. 심지어 카펫은 음식물 부스러기로 뒤덮여 있었다. 속에서 뭔가가 욱하고 올라왔다.

“알파벳 ‘T’를 생각해 보세요. 위에서 보면 그런 모양이에요.”

나는 몸을 탁탁 털며 일어섰다.

“어이쿠, 맙소사! 폭력적이구나.”

선생님이 말했다.

나는 그 말을 이해할 수 없었다.

“그 이상이죠. 줄거리도 있어요. 얼마나 짜릿한데요. 이판사판, 선과 악의 대결, 그런 거죠.”

“더 그레이트 데인을 왜 가장 좋아하니?”

“그건.”

나는 선생님이 답답하게 느껴졌다.

“더 그레이트 데인이 착하니까요. 언제나 비열한 놈들과 싸우거든요. 덩치도 어마어마하게 크고 진짜 험악한 놈들이랑요."

"그래서 이기니?"

"이길 때도 있죠. 근데 거의 져요."

"그럼, 약하면서도 강한 놈들이랑 싸우는 거구나."

"그런 거죠."

세실 선생님은 한참이나 고개를 끄덕였다. 마치 우리가 아주아주 중요한 대화를 나누고 있기라도 한 것처럼.

"그런데 앞으론 어떻게 될지 몰라요. 원래 오랫동안 나쁜 놈이었던 선수가 착한 편이 되기도 하고 그 반대가 되기도 하거든요. 사람들이 지겹게 여길 때쯤엔 역할을 바꾸는 거죠."

"그러면 완전히 나쁘기만 한 놈도, 완전히 착하기만 한 사람도 없는 거구나. 진짜 세상이랑 똑같이 말이야."

"그거죠! 제 생각에는 아무리 스탈린이라도 한 번쯤은 나이 든 할머니를 위해 문을 열어 줬을 것 같아요. 자기 엄마를 안아 준 적도 있을 거고요. 그리고 테레사 수녀님도 한 번쯤은 아이를 때려 본 적이 있지 않을까요? 초콜릿을 훔쳐 본 적이 있든지."

"제시 형이 좋아하는 선수도 더 그레이트 데인이겠구나?"

갑자기 온몸에 소름이 쫙 돋았다. 어떻게 알았을까? 선생님이 좀 무서워졌다.

"거기에 대해선 묵비권을 행사하겠어요."

"그게 무슨 말인지 알고나 하는 거니?"

"텔레비전에서 봤어요. 저는 어떤 질문에도 대답하지 않을 거고, 선생님은 제게 대답하라고 강요할 수 없다는 뜻이에요."

선생님이 빙그레 웃었다.

"좋아, 시간이 다 됐구나. 헨리, 오늘은 성과가 제법 있었어."

선생님은 자리에서 일어나 내 손을 잡은 다음 힘차게 흔들었다.

내 마음은 이랬다.

'뭐라고요? 우리는 레슬링 얘기밖에 안 했잖아요!'

세실 선생님이 싫진 않다. 사실 괜찮은 사람 같긴 하다. 하지만 아빠가 전에 했던 농담이 있다.

"너, 의과대학에서 꼴찌한 학생을 뭐라고 부르는지 아니? 의사 선생님이라고 불러."

내 생각에 세실 선생님이 바로 그 학생이었을 것 같다.

밤 11시

우리는 저녁으로 또 피자를 사 왔다. 나는 꾹 참고 네 조각만 먹었다. 아빠는 라피플럭스를 한 알 삼키고 맥주를 마셨다. 넉 달 전부터 아빠는 이 약을 먹고 있었다. 처음에는 소화 불량 같은 걸 낫게 하는 약인 줄 알았는데, 노트북으로 검색해 보고 플루오제틴이라는 성분으로 돼 있다는 걸 알았다. 웹 사이트에 나온 이 약의 효능은 이렇다.

> 삶의 행복 지수를 높여 주며 우울해지는 경향을 억제한다.

아빠와 내가 텔레비전 앞에서 피자를 먹고 있을 때 갑자기 전화벨이 울렸다. 별도 요금이 붙는다고 해서 발신자 번호 표시는 신청하지 않았다. 하지만 누구 전화일지는 뻔했다.

"여보세요?"

"헨리, 잘 지냈니?"

맞았다. 엄마였다.

"우리 둘째 강아지, 어떻게 지내니?"

엄마는 언제나 나를 저렇게 불렀다. 첫째 강아지는 형이었다. 나한테 동생이 있었다면 걔는 막내 강아지였을 것이다.

"잘 지내요."

"새 학교는 어떠니?"

엄마가 매번 똑같이 하는 질문이다.

"좋아요."

"맞춰 볼까? 제일 좋아하는 과목은 국어지?"

"네."

"넌 원래 말을 참 재미있게 하지."

그러고는 긴 침묵. 국어 선생님이 이걸 봤다면 모순의 좋은 예라고 했을 것이다.

"아빠는 어떠시니?"

나는 텔레비전에 넋을 빼고 있는 아빠를 쳐다보았다.

"좋아요. 엄마, 그런데 지금 〈토요일 밤의 스매쉬업〉 시작할 거 같아요.”

또다시 긴 침묵. 엄마가 다시 말을 하기 시작했다.

“헨리, 미안하구나. 엄마가 곧…….”

엄마는 전화할 때마다 그랬던 것처럼 울음을 터뜨렸다. 나는 이럴 때마다 그랬던 것처럼 전화기를 아빠에게 건넸다. 난 엄마의 눈물에 지쳐 있었다.

아빠는 전화기를 받아 들고 방으로 가서 문을 닫았다. 나는 방에서 새어 나오는 목소리에 귀를 기울였다. 아빠는 엄마랑 전화 통화를 할 때 가끔씩 목소리를 높였는데, 오늘 밤은 비교적 차분한 것 같았다. 이십 분쯤 지나자 아빠가 소파로 돌아왔다. 아빠는 환하게 웃어 보였다. 이제까지 본 것 중에서 가장 심한 가짜 웃음이었지만, 나는 아빠의 그런 노력에 진심으로 감사했다.

“어떻게 되고 있니?”

나는 아빠에게 더 그레이트 데인이 말뚝 처형자 블라드에게 바이오닉 엘보를 먹고 졌다는 사실을 알려 주었다. 바이오닉 엘보를 먹었다는 건 정수리를 팔꿈치로 찍혔다는 뜻이다. 말뚝 처형자 블라드는 상대의 급소를 꽉 움켜쥐는 테스티큘러 클로 공격을 하기도 했다. 그건 반칙이었지만, 심판이 저쪽으로 갔을 때 했기 때문에 걸리지 않았다.

지금 아빠는 아빠 방에, 나는 내 방에 있다. 부동산 사이트에 뜬 광고에는 우리 아파트가 ‘침실 1 + 작은 방 1’인 집이다. 내가 지금 그

'작은 방'에 있다. 내 생각에 '작은 방'은 인쇄하다가 뭐가 잘못된 거고, 집주인이 원래 써야 했던 말은 '창고'이지 않을까 싶다.

이 아파트는 1960년대에 지은 4층짜리 네모반듯한 회색 건물로, 키칠라노에서 가장 번잡한 거리인 브로드웨이 가에 있었다. 아파트 명은 '콜링우드 매너'라는, 전혀 어울리지 않는 거창한 이름이었다. 나보고 이 아파트를 한마디로 설명하라면 '흉물스럽다'고 할 것이다. 주황색과 초록색, 갈색이 뒤섞인 카펫이 깔린 복도는 건물을 지은 후에 단 한 번도 청소를 하지 않은 것 같다. 벽은 더 지저분했다. 그리고 형광등에서는 계속 웅웅거리는 소리가 났다.

하지만 난 불평을 하지 않는다. 이곳 밴쿠버는 포트살리시에 비해 생활비가 훨씬 많이 드는 동네이다. 게다가 아빠가 사업을 접고 엄마가 일을 하지 않는 데다가 스콧네 엄마 아빠가 우리를 상대로 소송을 시작한 상황인 걸 생각하면, 우리가 스탠리 공원에 간이 천막을 치고 살지 않는 것만으로도 다행이라고 생각한다.

그리고 밴쿠버에서는 아무도 우릴 알지 못한다. 포트살리시에서는 동네 사람들이 서로 다 아는 사이였다. 나는 그런 분위기를 좋아하고 또 누리면서 컸다. 하지만 그 사건 이후, 그건 저주가 되었다.

그렇다 하더라도 내가 옛날의 우리 집을 그리워하지 않는다고 하면 거짓말이다. 그 집은 말 그대로 집이었다. 마당과 모든 것이 있는……. 화려한 집은 아니었지만 그곳에선 나도 형도 각자의 방이 있었다. 참 다행한 일이었다. 형은 방을 돼지우리로 만드는 사람이었고, 나는 깔끔하고 단정한 성격이었으니까. 한번은 내가 듣는 줄 모르고 엄마가 이렇게 말한 적도 있었다.

'헨리는 까닥하면 결벽증이 되겠어.'

물건이 제자리에 있는 걸 좋아하는 게 뭐 어때서? 지금 내 방은 포트살리시에 살던 때의 반밖에 안 되지만, 더 그레이트 데인 포스터는 침대 딱 한가운데 위 천장에 붙어 있다. 그 침대는 내가 매일 아침 네모반듯하게 정리한다. 옷장 안의 발 달린 서랍에는 양말과 속옷을 개어 놓는다. 청바지와 추리닝, 거의가 파란색이나 회색인 티셔츠 등 그 밖의 다른 옷들은 옷걸이에 건다. 나는 티셔츠에 주름이 잡히는 걸 견딜 수 없어 한다.

정상적인 수준에서 무난한 인상과 개인 위생에 집착한다고 말할 수 있겠다. 뚱뚱한 아이는 더럽다고 생각하는 사람들이 있는데 절대로 그건 아니다. 내게 출렁이는 뱃살이 좀 있다고 해서 샤워를 자주 안 하거나 비누를 쓰지 않는 일은 결코 없다.

막바지로 가면서 형은 비누를 잘 쓰지 않았다. 샤워도 제대로 안 했고, 옷도 자주 갈아입지 않았다. 형은 몸에서 나는 냄새를 덮으려고 향수를 뿌렸는데, 그 때문에 두 냄새가 섞여서 더 고약해졌다.

사건이 일어나기 직전의 육 개월 동안, 형과 나는 서로 이야기를 나누지 않았다. 설령 얘기를 나눈다 해도 유쾌하지 않은 대화가 대부분이었다.

"냄새 좀 그만 피워, 이 살덩어리야!"

형은 아침마다 내게 이렇게 말했다. 나의 생활 습관은 시계처럼 정확해서 매일 아침에 첫 번째로 하는 일이 똥을 싸는 것이었다. 이미 그때부터 나는 살짝 뚱뚱해지고 있었다.

"너나 잘 하세요, 이 피자 같은 낯짝아! 내 똥에서 냄새가 난다고? 형한테서 나는 냄새가 더 지독해!"

나는 그렇게 맞받아쳤다.

"우리 첫째 강아지, 얼른 샤워하고 오면 어떨까? 오 분밖에 안 걸릴 텐데. 샤워하고 나오면 엄마가 시나몬 토스트 구워 놓을게."

형과 내가 주방으로 들어서면 엄마는 항상 이렇게 말했다.

"난 그 빌어먹을 시나몬 토스트 따윈 필요 없어. 젠장, 나 좀 내버려 두라고."

마지막 육 개월 동안, 형은 욕을 많이 했다.

그렇게 형이 주방에서 나가 버리면 엄마는 울음을 눌러 참았다.

형은 원래 엄마한테 그런 식으로 말하지 않았다. 나한테야 뭐, 원래 형들은 누구나 동생들한테 그러니까. 그렇지만 엄마와 형은 정말 가깝게 지냈다. 두 사람은 서로 단단히 연결되어 있었다.

나는 그런 형과 엄마 사이가 아주 많이 부러웠다. 나도 그랬으면 했지만 그럴 수 없다는 걸 잘 알고 있었다. 형은 엄마의 첫째 아이였다. 나는 형과 엄마가 서로 사랑에 빠진 채 이 년을 보낸 다음에야 합류한 것이었다.

언젠가 열이 많이 나서 집에 있을 때 영화를 본 적이 있었다. 케이

블 채널에서 하는 영화였는데, 내가 왜 그 케케묵은 영화를 보고 있었는지는 잘 모르겠다. 열에 들떠 있어서 리모컨을 들 힘조차 없었기 때문일 것이다.

아무튼 〈보통 사람들〉이라는 영화였다. 어느 집에 형제가 있었는데, 두 아이가 보트에서 놀다가 사고를 당해 형은 죽고 동생은 살아남았다. 그런데 거기서 엄마가 동생한테 진짜 못되게 군다! 엄마는 결국 형 대신 동생이 죽었더라면, 하는 마음이 있었다는 사실을 인정한다.

우리 엄마도 그렇게 생각한다는 뜻은 아니다. 이 나라의 반대쪽, 그러니까 여기서 아주아주 멀리 떨어진 정신 병원에 입원해 있는 우리 엄마를 생각할 때 가끔 그 장면이 떠오르는 건 사실과 전혀 관계가 없는 일이다. 그냥 잠이 안 올 때 드는 생각일 뿐이다.

새벽 2시

앞집 할아버지가 또 홈쇼핑 채널을 보나 보다. 벽을 타고 소리가 다 들린다.

"지금 바로 주문하세요!"

불편한 이웃

1월 29일 화요일

1929년, 노아 존 론도라는 사나이는 자기 주위에 사람들이 너무 많다고 생각하고 은둔자가 되기로 결심한다. 그는 애디론댁 산맥에 살면서 스스로를 '1인 도시 콜드리버 시의 시장'이라고 불렀다.

그 사건이 일어나기 전에는 그 사람이 괴짜처럼 여겨졌다. 하지만 지금은 그 심정을 이해할 것 같다. 갑자기 사람들이 싫어졌다는 말이 아니라 사람들과 항상 어울려 있을 순 없다는 얘기다.

건설 현장에서 일하는 아빠는 보통 6시가 넘어서 퇴근한다. 그게 나에게는 딱 적당하다. 하루 종일 학교 친구들과 선생님, 그리고 요새는 팔리까지 함께 어울려 지내다 보니까 집에서만이라도 혼자만의 시간이 필요하다.

이 사실을 하이에나 같은 이웃 사람들에게 말해 주고 싶다.

하이에나 1 : 311호 캐런 아줌마

이 주일 전에 아빠와 내가 이삿짐 트럭에서 짐을 막 내리려고 하는데, 이 아줌마가 아파트 현관에서 나타나 우리 쪽으로 다가왔다. 그때 아줌마는 짧은 반바지에 가슴이 굉장히 많이 드러나는 티셔츠를 입고 있었다. 거기에 우리 엄마라면 '정말로 실용적이지 않다'고 할 것 같은 뾰족 구두를 신고 있었다. 아줌마는 자기가 젊어 보인다고 생각할 테지만 내 눈에는 전혀 그렇지 않았다. 틀림없이 우리 엄마 나이 정도는 돼 보였다.

아줌마는 쿠키가 가득 담긴 쟁반을 손에 들고 있었다.

"안녕, 이웃사촌들? 약소하지만 이사 기념 선물이에요. 내가 어젯밤에 직접 구웠어요."

아줌마는 아빠에게 쟁반을 건네며 이렇게 말했다.

아빠는 약에 취한 것처럼 초점 없는 눈으로 아줌마를 멍하니 바라보았다. 지금 생각해 보니, 아빠가 그때도 약을 먹긴 했구나.

"아, 감사합니다."

아빠가 말했다.

"난 캐런이에요, 캐런 바거스."

아줌마는 아빠가 자기소개를 하길 기다렸지만, 그 사건 이후 아빠는 사회 생활의 기본 원칙들을 자주 잊어버렸다.

"그쪽은요?"

결국 아줌마 쪽에서 물었다.

"아, 피트입니다. 피트 라슨……. 그리고 얘는 헨리고요."

"만나서 반가워요, 피트. 그리고 헨리도. 211호에 이사 온 거 맞죠?"

아줌마는 내 쪽은 보지도 않고 말했다.

아빠가 고개를 끄덕였다.

"난 바로 윗집이에요, 311호. 그런데 지난번에 211호에 살던 사람이 집에서 마약을 만들었던 거 알고 있어요?"

그 말에 아빠는 정신이 조금 난 모양이었다. 눈이 약간 또렷해졌다.

"집주인이 얘기 안 해요? 하긴 그 사람이 왜 그 얘길 하겠어? 사람들이 겁먹고 도망가 버릴 텐데. 아무튼 전에 여기 살던 남자가 집에서 마약을 만들었대요. 우린 그 사람이 불을 내고서야 그 사실을 알았다니까요. 집 안에 사람들도 다 있었는데, 아파트를 통째로 태워 버릴 뻔했지 뭐예요!"

"와!"

아빠가 요새 이렇다. 단답형의 남자다.

"난 그 남자한테 위험한 구석이 있다는 걸 진작에 알고 있었어요."

아줌마가 말했다. 난 그 말을 조금도 믿지 않는다. 그 사건이 일어난 뒤에, 형을 잘 알지도 못하는 사람들이 신문에서 이렇게 말했다.

"그 아이 곁에 가면 항상 불안했어요."

"그 아이를 보면 왠지 무서웠어요."

똥덩어리 같은 소리! 형은 다른 사람을 겁줄 인물이 못 되었다.

"그쪽 남자 둘! 앞으로 필요한 게 있으면 어디로 가서 도움을 청해야 하는지 알겠죠?"

아줌마가 웃으며 말했다.

'우리가 남자 둘뿐이란 걸 어떻게 알았을까? 엄마가 요 앞에 잠깐 나간 게 아니란 걸 어떻게 아는 거지?'

이 아줌마는 관리실에 가서 아래층에 어떤 사람이 이사 오는지 물어본 게 틀림없었다.

어쨌든 아빠는 애매모호한 웃음을 짓는 둥 마는 둥 하고는 커다란 탁자를 집으로 옮기기 시작했다. 옆에 서 있는 아줌마에게 쿠키를 줘서 고맙다거나 하는 인사도 하지 않았다. 나는 은근히 고소했다.

아줌마가 준 쿠키는 트럭에서 짐을 다 내리고 나서야 꺼냈다. 누가 봐도 가게에서 사 온 쿠키였다. 내 짐작으로는 촉촉한 초코칩 쿠키라는 과자였다.

그렇거나 말거나, 나는 앉은 자리에서 쿠키를 다 먹어 치웠다. 내 출렁이한테는 도움이 안 됐을 거다, 아주 조금도.

하이에나 2 : 213호 아타파튜 할아버지

그 할아버지가 현관문을 두드린 건 우리가 이삿짐을 풀고 있을 때였다.

"안녕하냐? 난 213호에 사는 사람이다."

내가 문을 열자 할아버지가 인사를 건넸다. 씩 웃는 입안으로 누런 이가 보였다. 할아버지는 푸른색 카디건에 베이지색 바지를 깔끔하게 차려입고 있었다. 육십 대 정도 되어 보였지만 자세히는 잘 모르겠다. 서른 살이 넘은 사람은 내 눈엔 그냥 다 나이 든 사람일 뿐이었다.

"이사 축하 선물을 좀 가져왔다. 여기, 내가 직접 만든 코코넛 바르피란다."

할아버지가 접시를 내밀었다.

"바르피요?"

내가 물었다.

"인도 과자란다. 난 스리랑카 출신이지만 다른 나라 음식도 자주 만들지."

나는 예의상 접시를 받아 들었다. 그때 아빠가 나왔다. 아빠는 할아버지와 악수를 나눴다.

"내 소개를 해야 할 것 같았소."

이 할아버지는 모든 단어를 위엄 있게 말했다.

"이웃끼리 알고 지내는 것은 아주 중요하지. 전에 여기 살던 남자 이야기는 들었을 거요. 좋은 사람은 아니었지. 내가 화학 약품 냄새가 난다고 여러 번 얘기했는데 유리는……. 아, 관리인 말이요. 내 말을 믿지 않았소. 내가 보복 심리로 그러나 보다, 했겠지. 내가 요리할 때 나는 냄새 때문에 불평하는 이웃들이 좀 있었거든."

"아."

역시, 요즘 아빠는 대화의 연금술사라니까!

그러고는 민망한 침묵이 흘렀다. 나는 이 할아버지가 안으로 좀 들어갈 수 있지 않을까, 하고 기대하고 있다는 걸 알아차렸다.

"뭐, 혹시 도움이 필요하면……."

"아니요, 고맙지만 괜찮습니다."

아빠가 대답했다.

할아버지는 그대로 자리를 뜨는 아빠를 보며 살짝 경련이 이는 미소를 지었다. 나는 할아버지한테 기분 나쁘게 받아들이지 말라고, 요즘 우리 아빠는 입체 영상 같은 상태라고 말해 주고 싶었다. 여기에 있는 것 같지만 사실은 없는…….

그 말 대신에 나는 이렇게 말했다.

"바프, 감사합니다."

"바르피란다."

나는 현관문을 닫았다.

바르피는 정말 맛있었다. 캐런 아줌마가 '직접' 구웠다는 쿠키보다 백 배는 더 나았다. 나는 바르피를 앉은 자리에서 다 먹어 치웠다.

그런데 나는 이 사람들한테 음식을 바라지 않는다. 그냥 내버려 두었으면 좋겠다. 하지만 나의 이웃들은 그렇게 해 주지 않았다.

오늘 학교에서 돌아오는데, 캐런 아줌마가 우편함 앞에 서 있는 것이 보였다. 딱 붙는 청바지에 또 엄청 불편해 보이는 구두를 신고 있었다.

"해리구나. 안녕?"

"헨리예요."

"너랑 아빠는 새 집에 적응할 만하니?"

나는 고개를 끄덕이며 우리 우편함을 열었다.

"그럼 둘뿐인 게 맞는 거지, 그렇지?"

"엄마가 곧 오실 거예요."

아줌마 얼굴에서 웃음이 싹 사라졌다.

"그래? 엄마는 어디 계시는데?"

아줌마는 질문을 하면서 우편물을 뒤적거리더니 광고물들을 솎아내서 우편함 앞 선반에 던졌다.

나는 '상관할 바 아니잖아요.'라고 말하고 싶었지만 속으로 꿀꺽 삼키고 이렇게 말했다.

"이곳저곳 많이 돌아다니세요. 일 때문에요."

말도 안 되는 뻥이었지만, 뭐 어쨌거나.

하이에나 1한테서 겨우 탈출하고 나니까, 이번에 하이에나 2가 덮쳤다. 우리 집 현관문을 열고 있는데 아타파튜 할아버지가 문밖으로 고개를 쑥 내밀었다. 이 할아버지는 현관문 렌즈를 뚫어지게 쳐다보며 누군가 복도를 지나가기만 기다린 모양이었다.

"안녕하냐, 헨리야."

"안녕하세요, 할아버지?"

"이런 말 해서 미안하다만, 지난주에 줬던 접시 돌려줄 수 있겠냐?"

"아, 네."

나는 얼른 집 안으로 들어가 우리 접시 더미에 끼어 있는 할아버지네 접시를 찾아 돌려주었다.

"감사합니다. 바르피, 정말 맛있었어요."

할아버지가 활짝 웃었다.

"안으로 좀 들어오렴. 내가 차를 준비하마."

할아버지는 내 표정을 읽은 게 틀림없었다. 바로 말을 바꾸었다.

"아, 낯선 사람은 위험한 게지. 그럼, 잠깐만 기다리렴."

할아버지가 집 안으로 들어갔다. 그리고 잠시 후, 노란 액체가 가득 든 플라스틱 통을 들고 나왔다.

"채소 카레란다. 우리 집 거실 창문으로 네 아빠가 매일 피자를 사 들고 오는 게 보여서……."

할아버지는 카레를 건네며 사과하듯이 말했다. 난 사과하는 게 마땅하다고 생각한다. 지금 그 말은 아빠와 나를 빤히 훔쳐보고 있었다는 걸 인정한다는 뜻이니까.

"성장기 청소년들은 채소를 많이 먹어야 해."

할아버지는 이 말을 하면서 내 출렁이를 흘깃 보았다.

"고맙습니다. 어, 그런데 저희 집에 전화 오나 봐요!"

물론 우리 집 전화는 아니었다. 하지만 덕분에 나는 집으로 무사히 돌아와 문을 걸어 잠갔다.

아빠는 피자가 아니라 KFC 치킨을 한 통 사 들고 퇴근했다. 그래서 우리는 치킨에 카레를 곁들여 먹었다. 처음 몇 입은 그리 나쁘지 않았다. 하지만 곧 입에서 불이 나 더 이상 먹을 수가 없었다. 나는 카레 대신 치킨 일곱 조각과 산처럼 높다랗게 쌓여 있는 감자튀김을 먹었다.

"원래는 이틀치로 사 온 거다."

텅 빈 치킨 통을 보며 아빠가 말했다.

끄윽, 나는 트림을 했다.

요즘엔 하이에나들을 피해 뒷문을 이용할까 생각 중이다. 캐런 아줌마와 아타파튜 할아버지는 외로운 사람들이다. 두 사람이 느끼는 외로움에서는 달걀 썩는 냄새가 난다.

아빠와 내가 느끼는 외로움은 종류가 다르다. 그건 누군가와 함께 있어도 느낄 수밖에 없는 외로움이다. 어떤 사람을 잃었기 때문에 느끼는 외로움이니까.

그 공허함은 다른 사람이 채워 줄 수 없다. 다른 사람을 보면서 더 큰 외로움을 느낄 뿐이다. 이럴 때 또 다른 외로운 사람이 곁에 있으면 더욱 안 좋다.

최고의 커플

2월 1일 금요일

지난 화요일에는 도서관의 책상 밑에 숨어서 '도전! 전국 퀴즈왕' 연습을 무사히 넘길 수 있었다. 하지만 오늘은 그렇게 운이 좋지 않았다. 4교시에 체육 수업이 있었는데, 수업이 끝난 뒤 탈의실에서 옷을 갈아입고 나오자마자 팔리가 따라붙었다.

"우린 진짜로 네가 필요하단 말이야. 제발, 제발, 진짜로 제발."

사물함에서 도시락을 꺼내는 동안, 팔리는 열다섯 번쯤 같은 말을 반복했다.

"좋아, 그런데 지금 오줌 누러 가야 되니까 이따 교실에서 만나자."

물론 거짓말이었다. '오줌 누러 가야 되니까' 말고 '이따 교실에서 만나자' 부분 말이다.

내가 오줌을 누고 나왔을 때 팔리가 화장실 앞에서 기다리고 있었다. 문 바로 앞에서 까치발을 했다 내렸다 하면서.

"가자."

팔리는 내 손을 꽉 잡았다. 그때 마침 트로이와 그 친구들이 우리 쪽으로 걸어왔다. 정말이지, 팔리의 타이밍은 최악이다.

트로이는 쯧쯧 소리를 냈다.

"이거 정말 최고의 커플인데! 뚱뚱보와 말라깽이!"

나는 트로이에게 바디 스플래시를 먹이고 싶었다.

"그냥 가자."

팔리가 내 팔을 잡아당겼다. 나는 팔을 뿌리쳤다.

"싫어! 안 간다고!"

그 말에 팔리가 상처를 받은 것 같았지만, 그래서 뭐 어쩌라고.

"좋아, 그래 봤자 너만 손해지. 마음 바뀌면 3학년 4반 교실로 와."

팔리는 어깨를 왼쪽으로 기우뚱하게 기울인 채 가 버렸다.

나는 학교 식당으로 갔다. 식당에는 자리가 없었다. 아는 아이도 한 명 없었다. 나는 도서관으로 가서 사서 선생님 자리에서 가능한 한 멀리 떨어진 책상에 자리를 잡았다. 입구에는 '음식 및 음료수 반입 금지'라는 경고문이 붙어 있었다. 나는 도시락을 꺼냈다. 하루 지난 피자와 아빠가 마트에서 사 온 감자칩 두 봉지가 내 점심이었다.

사서 선생님은 진돗개처럼 냄새를 잘 맡는 게 틀림없었다. 내가 한

입 먹기도 전에 들이닥쳤다.

"너, 글씨 못 읽니?"

선생님이 날카로운 목소리로 말했다.

나는 얼른 도시락을 챙겨서 밖으로 나왔다. 밖엔 비가 내리고 있었다. 가까운 나무 아래는 이미 담배 피우는 아이들이 차지하고 있었다.

갑자기 뭔지 모를 그리움의 파도가 밀려왔다. 포트살리시에서 살 때는 점심시간에 혼자였던 적이 한 번도 없었다. 언제나 조디와 함께 점심을 먹었다. 그러면 다른 아이들이 몰려와 다 같이 어울려 먹곤 했다. 초등학교 때는 다 그런 식이었다. 멍청이들처럼 패거리를 나누는 짓 같은 건 아예 하지도 않았다.

포트살리시에 살 때는 엄마가 매일 도시락을 싸 주었다. 도시락은 대개 통밀 빵으로 만든 샌드위치였다. 그때 형과 난 그냥 빵으로 샌드위치를 만들어 달라고 매일같이 졸랐는데……. 그리고 집에서 만든 쿠키도 빠지지 않았다. 또 미니 당근이랑 과일, 아니면 채소 한 봉지. 과일 주스도 한 팩. 엄마는 건강한 음식을 먹이려고 늘 신경을 썼다. 그리고 내 출렁이가 늘어나지 않는지도 항상 살폈다.

가끔은 도시락 안에 쪽지가 있었다. 수학 수업이 있는 날이면 이런 쪽지가 들어 있곤 했다.

음, 나는 파이를 좋아해.

형한테 과학이 든 날이면 이런 쪽지.

과학과 공학의 차이점은?

과학 : 돈을 써서 지식을 만든다.

공학 : 지식을 써서 돈을 만든다.

아빠가 쪽지를 쓰는 날도 있었다.

오늘 꼭 톰린슨 선생님한테 가서 가발 어디서 사셨는지 여쭤 보렴.

오늘 스탠리 선생님 코털 개수 세어 오기로 한 거, 잊지 않았지?

내가 도시락 때문에 엄마에게 얼마나 자주 불평을 했는지 하나하나 떠올랐다. 그랬던 나 자신이 죽도록 미웠다. 지금은 엄마가 도시락을 싸 주기만 한다면 무슨 짓이라도 할 수 있을 것 같다.

나는 트라팔가 중학교에서 빠져나와 열 블록을 걸어서 집으로 갔다. 나 자신을 탓하며 걷다가 그만 아타파튜 할아버지가 아파트 현관에 서 있다는 걸 너무 늦게 알아차렸다.

"헨리로구나. 안녕하냐?"

할아버지가 웃으며 인사를 건넸다. 할아버지는 그새 내 표정을 읽은 게 틀림없었다. 곧바로 이렇게 물었다.

"무슨 일 있는 게냐?"

나는 예의가 바른 척조차 할 수가 없었다. 할아버지를 그대로 지나쳐 엘리베이터도 기다리지 않고 한 번에 두 칸씩 계단을 올라갔다. 나는 쓰레기 같은 텔레비전 프로그램을 보면서 쓰레기 같은 도시락을 먹었다. 그리고 나 자신도, 내 출렁이도 그래선 안 된다는 걸 뻔히 알면서 세 번째 감자칩 봉지를 뜯었다.

점심을 먹고 난 뒤, 아빠 방으로 들어가 침대 밑에서 신발 상자를 꺼냈다.

"병신 새끼."

나는 이렇게 중얼거리고는 내 방으로 돌아와 침대로 기어 들어갔다.

낮 4시 15분

전화벨이 울리고 있었다. 아마도 세실 선생님일 것이다. 원래는 별거 없이 좁아터지기만 한 세실 선생님 방에 앉아 있어야 할 시각이다.

낮 4시 30분

또 전화가 오고 있다. 연달아 세 번째. 세실 선생님은 참 끈질기다.

낮 5시

오늘 학교 화장실 문에 누가 "학교는 지옥이다."라고 써 놓은 걸 봤다. 나는 펜을 꺼내 '학교는'에 가위표를 하고 그 자리에 '인생은'이라고 적었다.

비열한 놈

2월 2일 토요일 새벽 3시

또 형 꿈을 꾸었다. 그 사건에 관한 것이 아니라 다른 꿈이었다. 형이 울부짖고 있었다. 소리가 나는 쪽으로 달려가려고 발버둥쳤지만 웬일인지 질펀한 수프 위를 뛰고 있는 듯한 느낌이었다. 어디선가 박스 테이프를 롤에서 떼어 내는 소리가 들렸다.

아빠가 나를 흔들어 깨웠다. 내가 자면서 고래고래 소리를 질렀다고 한다.

한참 지나고

나는 아빠와 함께 지진 대비용 세트에 채워 넣을 물품을 사러 가게로 갔다. 그동안 캠핑을 많이 다녔기 때문에 우리에겐 침낭과 손전등, 구급상자 등 다양한 물품이 이미 갖춰져 있었다.

하지만 오늘 우리의 목표는 식량이었다. 우리는 캠핑 용품 가게로 가서 비상식량을 샀다. 주머니의 입구를 찢은 다음 쭉 짜서 곧바로 음식을 먹을 수 있도록 만든 것이었다. 집으로 돌아와서 다진 쇠고기 맛을 먹어 보았는데 생각보다 나쁘지 않았다.

"여기, 신발장에 보관하자. 이런 세트는 꼭 현관문 근처에 보관해야 한다더라. 밖으로 나가면서 바로 들고 갈 수 있게 말이야."

아빠는 커다란 플라스틱 통에 비상식량과 다른 물품을 담으면서 말했다.

만약 진짜로 지진이 난다면 그 세트를 챙겨 들고 가는 것보다 더 중요한 일들, 예를 들면 3층이나 4층의 바닥이 우리 머리 위로 무너져 내리는 따위의 일들을 더 먼저 걱정해야 할 것이라고 말하고 싶었지만 입을 꾹 다물었다.

우리가 이곳에 이사 온 후로 아빠는 이 세트를 채우는 일에 유난히 집착했다. 아니, 내 말은 이거다. 브리티시컬럼비아 주에 사는 사람이라면 당연히 지진 대비용 세트를 준비하는 게 맞다. 하지만 포트살리시에 살 때는 한 번도 그 세트를 준비해 본 적이 없었다. 엄마 아빠는 그런 일에는 조금도 관심이 없었다.

여기에 대해 세실 선생님은 이렇게 말할 것이다.

"아빠는 첫 번째 재앙을 막지 못하셨기 때문에 다음에 닥칠 재앙만큼은 꼭 막을 수 있도록 대비해 두고 싶으신 거란다. 어떻게든 재앙을 통제해서 그 결과가 예전처럼 처참하지 않길 바라시는 거지."

아빠는 첫 번째 재앙을 막지 못한 것이 순전히 자기 잘못이라 생각하고 있었다. 그건 아빠 총이었기 때문이다.

아빠에겐 내가 태어나기 전에 돌아가신 할아버지가 남긴 오래된 총이 있었다. 아빠는 총을 무척 신중하게 다루었다. 총은 언제나 특별 금고에 자물쇠를 채우고 보관했다. 아빠는 안전 수칙을 철저히 지켰다.

그런데도 형은 아빠가 열쇠를 어디에 보관해 두는지 알아낸 것이 틀림없었다. 그리고 6월 1일, 다른 가족이 일어나기 전에 금고를 열어 총을 꺼냈다. 형은 총탄을 어디에 두는지도 알았던 모양이다. 형은 총에 총알을 넣었다.

우리는 나중에 형이 인터넷 사이트를 통해 총알 넣는 법을 배웠다는 걸 알았다. 형은 총을 체육복 가방에 넣고 우리가 모두 잠든 사이에 집을 나섰다. 그 전에 식탁 위에 쪽지를 하나 남겼다.

오늘은 일찍 갑니다. 미안해. 모두들 사랑해. 제시가.

'미안해' 부분이 이상했다. '모두들 사랑해' 부분은 더 이상했다.

학교에 도착한 형은 1교시 수업을 들으러 갈 때 체육복 가방을 손에 들고 있었다. 신문 기사에 그렇게 나와 있었다. 신문사에서는 그날 형을 본 사람이면 누구든 모조리 인터뷰를 했다. 다들 형이 평소와 다름없었다고, 그러니까 누구하고도 이야기를 나누지 않았다고 말했다.

형은 그날도 혼자였다. 딱 한 가지만 달랐다. 체육 수업이 없는 날인데도 체육복 가방을 손에 들고 있었다.

쉬는 시간에 형은 사물함 앞에서 스콧 말린을 보았다. 형은 가방을 복도에 내려놓고 총을 꺼냈다.

"스콧!"

다음 순간에 닥칠 일을 알았더라면, 스콧은 난생처음으로 고심해서 단어를 골라 말을 했을 것이다. 하지만 스콧은 그러지 않았다.

"야, 봉알! 내가 언제 말 걸어도 된다고 그랬냐?"

그 사건이 있고 난 후, 엄마와 아빠는 내가 그 유혈 사태의 세세한 내용을 알지 못하게 하려고 애썼다. 하지만 구글을 한 번만 검색해 봐도 온갖 기사가 다 떴다. 나는 스스로를 제어할 수 없었다. 사건 직후 몇 주 동안은 엄마 아빠가 자주 집을 비웠다. 그럴 때마다 닥치는 대로 인터넷 기사를 검색해서 읽었다. 그리하여 형이 스콧의 가슴 쪽을 쐈으며, 그의 친구들이 출혈을 막으려고 안간힘을 썼다는 사실을 알았다. 몇 분 후 형의 시체가 계단 통로 아래서 발견되었다는 사실도 알아냈다. 형은 자기 머리를 직접 총으로 쏘았다.

그 전에 알지 못했던 사실도 몇 가지 더 알게 되었다. 스콧은 고등학교를 졸업한 뒤 군인이 되고 싶어 했다나. 또 스콧이 두 여동생을 아주 아꼈다고 쓴 기사들이 많았다.

그건 이미 알고 있는 사실이었다. 두 여동생 중 한 명이 나와 가장 친한 친구였던 조디였기 때문이다.

가슴이 아파 왔다. 열세 살에도 심장 마비가 올 수 있을까?

어쨌든 나는 어느 지방지 기자를 존경한다. 그 사람은 형이 계속해서 당해 온 괴롭힘에 대해서도 파헤쳤다. 그 기자는 사건을 다방면에서 분석했다. 하지만 내가 읽은 수많은 기사들은 온갖 거짓말로 뒤범벅되어 있었다. 우리를 알지도 못하는 소위 '전문가'라는 사람들이 우리 엄마 아빠가 형을 학대하거나 방치한 것이 틀림없다는 의견을 내놓았다.

그 사람들 말은 틀렸다. 형이 중학교에 입학한 후로 엄마와 아빠는 쭉 형을 걱정했다. 학교의 상담 선생님과 수백만 번도 넘게 면담을 했다. 형을 심리 치료사한테 데려가기도 했다. 형이 하도 싫어하는 바람에 오래가지는 못했지만. 엄마는 곧 다른 심리 치료사를 찾아 예약을 해 두었다. 하지만 얼마 뒤 그 사건이 일어났고, 예약은 필요가 없어졌다.

가장 상처가 된 거짓말은 우리가 아는 사람들이 한 말이었다. 우리 이웃들 중 앨리스 클레이번 할머니는 기자에게 형과 내가 우리 집 뒷마당에서 주문을 외우는 걸 봤다고 했다. 나는 이 말을 두고 머리를 쥐어짰다. 하지만 생각나는 일은 이것뿐이었다.

한 삼 년 전이었던가? 내가 조디와 함께 다친 새를 주운 다음 헌 수건에 싸서 우리 집 뒷마당으로 가져온 일이 있었다. 형과 나는 그 새를 마당에 두고 먹이를 주었지만 다음 날 죽어 버렸다. 그래서 새를 땅에 묻으면서 형이 성직자 흉내를 냈다.

“우리는 이제 이 새를 땅으로 돌려 보냅니다.”

텔레비전 드라마에서 주워들은 말이었다.

주문이라니, 말짱 거짓말이었다. 게다가 형은 이 년 내리 여름마다 그 늙은 할망구네 집 잔디를 깎아 주었다. 돈 한 푼 안 받고!

형의 같은 반 친구인 고드 손더스는 신문 기자와 인터뷰하면서 형이 열 살 때 재미로 고양이를 괴롭혔다고 말했다. 거짓말!!! 그런데 신문 기자는 사실 확인도 하지 않고 그걸 그대로 실었다. 나는 고드와 그 기자를 찾아내 테스티큘러 클로를 먹이고 싶었다.

형은 죽은 다음에 다른 사람이 된 것 같았다. 살아 있었을 때 형은 착한 소년이었고, 스콧은 비열한 놈이었다. 하지만 형이 아빠의 총을 학교에 들고 간 날, 두 사람의 역할은 바뀌었다. 스콧은 착한 소년이 되고, 형은 비열한 놈이 되었다.

아, 이럴 수가! 세실 선생님이 지난 시간에 왜 그렇게 흡족해했는지 이제 알겠다. 나는 그날 레슬링을 말했고, 선생님은 형을 말했던 거였다.

하지만 선생님, 그 둘은 완전히 달라요. 〈토요일 밤의 스매쉬업〉에서는 모두가 살아서 나간단 말이에요.

공부만 잘 하는 얼간이

2월 4일 월요일

지구상에서 맹독성을 띠는 생명체는 색깔이 화려한 경우가 많다. 왜 그럴까? 남들 눈에 잘 띄길 바라기 때문이다. 그러면 몇 개체를 잃지 않고도 포식자에게 그 종족이 죽는 모습을 충분히 보여 줄 수 있다.

'아, 잠깐만! 이 화려한 독침개구리, 아니면 산호뱀, 아니면 모나크 나비를 먹었다간 로버트 녀석처럼 고통스럽게 죽을지도 몰라!'

곧 모두가 독 있는 것들은 건드리지 말아야 한다는 사실을 배운다.

앨버타는 인간의 모습을 한 독침개구리다. 모두의 눈에 확 띈다. 그리고 곧 모두가 앨버타에게 독이 있다는 사실을 알아차린다. 오늘 기술·가정 시간에 내가 그랬던 것처럼.

내 재봉틀 자리는 앨버타 바로 맞은편이었다.

앨버타는 밑단이 너덜너덜하게 풀린 청치마에 초록색과 흰색의 줄무늬 스타킹을 신고 있었다. 그리고 연한 청색 티셔츠 위에 피아노 치는 고양이 그림이 그려진 스웨터를 입었다. 머리에는 빨간 베레모를 썼다.

"자, 다들 주목! 오늘은 재봉틀로 손가방을 박음질할 차례예요."

바르두스 선생님이 말했다.

지난 시간까지 우리는 옷감을 재단하고, 그 위에 옷감용 염색약으로 그림을 그렸다. 나는 튤립을 그렸고, 앨버타는 십자 모양으로 포개 놓은 뼈다귀와 해골을 그렸다.

늘 그랬던 것처럼, 앨버타는 내가 그곳에 없는 듯이 행동했다. 그런데 갑자기 실이 앨버타의 재봉틀 실패에서 주르륵 풀려 나왔다.

"젠장! 거기 전학생, 와서 좀 도와줘."

좀 도와줄래, 도 아니었다. 하지만 우리 엄마는 나를 신사로 키웠다. 나는 자리에서 일어나 앨버타의 재봉틀 옆으로 갔다. 앨버타는 1센티미터도, 정말로 아주 조금도 비켜 주지 않았다. 그 바람에 나는 앨버타에게 실 감는 법을 가르쳐 주면서 머리에서 풍기는 향기를 고스란히 맡을 수밖에 없었다. 열대 과일 향기가 났지만, 그래도 어쨌든.

나는 내 자리로 돌아온 다음, 앨버타한테 이야기했다.

"다음 시간에는 너 혼자서 할 수 있을 거야. 그리고 나한텐 헨리라는 이름이 있어."

그런데 앨버타는 아무 대답이 없었다. 고마워, 같은 형식적인 말도. 예의 없긴.

오 분쯤 지난 뒤에 앨버타가 물었다.

"이런 건 어디서 배웠어?"

나한테 하는 말이라는 걸 깨닫는 데 시간이 한참 걸렸다.

"몇 년 전에 엄마가 기초적인 것만 가르쳐 주셨어. 난 핼로윈 의상도 직접 만들어."

"어떤 거 만드는데?"

나도 모르게 귀가 빨개졌다.

"팬티맨."

앨버타가 웃음을 터뜨렸다.

"푸하-하-하-하-하-하-하-히-히이!"

기관총이 다다다다 발사되는 것 같은 소리로 시작해서 당나귀가 히히히힝 하고 우는 것 같은 소리로 끝나는 웃음이었다.

"그럼 뭐야? 엄청 큰 팬티를 만들었다는 거야?"

"그것보단 훨씬 멋지지. 우선 피부색과 비슷한 천으로 원피스를 만든 다음에 단추를 달아서 젖꼭지랑 배꼽을 만들어. 그러고는 속을 베갯솜으로 꽉 채우고, 엄청 큰 팬티를 사서 그 위에 씌우는 거지."

"끝내주는데!"

진심으로 한 말이겠지?

앨버타가 다시 물었다.

“넌 가방 누구 줄 거야?”

“우리 엄마.”

“난 언니 줄 거야. 내가 만드는 가방은 못생겼거든, 언니처럼.”

앨버타는 웃으며 나를 똑바로 바라보았다. 그때서야 나는 앨버타가 약간 사시라는 걸 알아차렸다.

“언니 이름은 뭐야?”

“온타리오.”

“진짜?”

“아니. 언니 이름은 크리켓이야.”

“장난 그만해.”

“장난 아니거든. 우리 엄마가 지은 이름이야. 엄마가 제일 좋아하는 드라마의 주인공 이름이 크리켓이었거든.”

앨버타가 한숨을 쉬며 말했다.

“그럼 네 이름은 누가 지었어?”

“우리 아빠. 그때 엄마 아빠가 앨버타 주 포트맥머리에 살고 있었대. 무슨 말인지 알지? 내가 엄마 배 속에 수정되었을 때 말이야.”

앨버타는 으웩 하는 흉내를 냈다.

“그래도 좋게 생각해. 네 이름이 포트맥머리가 아닌 게 어디야? 그리고 너를 임신하셨을 때 뉴타운랜드 같은 데 살고 계시지도 않았고.”

앨버타는 다시 웃음을 터뜨렸다.

“푸하-하-하-하-하-하-하-히-히이!”

가만히 보니, 웃는 모습이 좀 예쁜 것 같다. (주의 사항-이렇게 썼다고 해서 내가 앨버타에게 반한 것은 절대로 아니라는 점을 분명히 밝힌다.)

포트살리시에서 살 때는 다들 내가 조디를 좋아한다고 생각했다. 하지만 다른 아이들은 우리가 공통점이 많은 친구 사이란 걸 이해하지 못했다. 우리는 둘 다 속으로 〈5학년 퀴즈왕〉이라는 TV 프로그램에 나가고 싶어 했다. 겉으로는 〈5살짜리 퀴즈왕〉이라는 엉터리 이름으로 부르며 비웃는 척했지만.

우리 둘 다 그때까지도 레고를 가지고 노는 것을 좋아했다. 그러기엔 나이가 많은 걸 알면서도. 또 우리는 썰물 때가 되면 바닷가에 나가 바위틈에 생긴 웅덩이 뒤지는 걸 좋아했다.

아직도 우리가 함께 샌드달러 성게를 발견한 날의 기억이 생생하다. 정말로 완벽했다! 깨진 데도 없었고 갈라진 곳도 없었다. 나는 그날 운이 좋지 못했던 조디에게 그 성게를 선물로 주었다.

그리고 그 사건이 일어났다.

그 후 나는 조디를 딱 한 번 보았다. 그 사건이 있고 나서 일주일쯤 후 나는 조디네 집으로 갔다. 어떻게 그런 마음이 들었는지 모르겠다. 용기가 아니었던 것만은 분명하다. 사람들은 악몽을 꿀 때 꿈이라는 사실을 알고 "이건 꿈이야. 일어나!"라고 소리치지만, 실제로는 꿈쩍도 못 하고 계속 악몽에 시달린다.

그게 바로 내가 조디네 집으로 걸어가면서 느낀 감정이었다. 내 머릿속에서 계속 "발길을 돌려! 발길을 돌려!"라는 소리가 맴돌았다. 하지만 나는 몽유병자처럼 계속 앞으로 걸어갔다.

조디가 현관문을 열었다. 조디의 얼굴은 엉망이었다. 얼마나 울었는지 눈이 퉁퉁 부어 있었다. 내 얼굴도 마찬가지였다는 걸 그때는 알아차리지 못했다.

조디와 나는 서로를 바라보았다. 아주 잠깐 동안, 난 우리가 서로에게 기대어 아기처럼 엉엉 울 줄 알았다. 하지만 그때 조디 아빠가 나타났다. 곧 거대한 형체가 현관문을 가득 메웠다.

"여기서 지금 뭐하는 짓거리냐? 우리 집에서 썩 꺼져! 내 딸 앞에서 꺼지라고!"

조디 아빠가 소리쳤다. 눈알이 얼굴에서 튀어나올 것 같았다. 현관문이 내 눈앞에서 쾅, 하고 닫혔다.

그 후로 나는 오랫동안 집 안에만 있었다. 그때부터 내 출렁이가 두꺼워졌던 것 같다. 그때부터 내 분노도 시작되었다.

나는 조디네 집 주소를 안다. 가끔 조디에게 편지를 써 볼까, 하는 생각이 들기도 한다. 하지만 내가 무슨 말을 할 수 있을까?

"최근에 샌드달러 성게를 본 적 있니?"

"우리 형이 너네 오빠를 죽여서 유감이다?"

그래, 난 아무 말도 할 수 없다.

아무튼 수업이 끝나 가자, 선생님은 교실을 돌면서 학생들이 잘 하고 있는지 일일이 검사를 했다. 선생님은 앨버타가 만든 가방을 높이 쳐들고 말했다.

"비루한 솜씨의 대표적인 예네요. 반면에 헨리의 가방은 아주 잘 만들었어요."

앨버타가 나를 노려보았다.

이어 끝나는 종이 울렸다.

"왜 지난주 '도전! 전국 퀴즈왕' 연습에 안 나왔어?"

나는 어깨를 으쓱했다.

"그때 팔리가 무작정 끌고 간 거야. 난 한다고 말한 적 없어."

앨버타가 나를 바라보았다. 아니, 앨버타의 한쪽 눈이 나를 보았다. 다른 쪽 눈은 내 어깨 너머를 보았고.

"내가 이유를 맞춰 볼까? 우리 팀이 공부만 잘 하는 얼간이 같다고 생각하는 거지?"

"너도 거기 있는 애들 봤잖아."

"너, 혹시 최근에 거울 본 적 있니?"

솔직히 말해서, 이 말에 엄청 상처받았다.

"그러는 넌 왜 하는데? 넌 별로……."

"얼간이 같지 않아 보인다?"

원래 하려던 말은 공부를 잘 할 것 같진 않다, 였지만 관뒀다.

"말하자면 '도전! 전국 퀴즈왕'은 이런 거야."

앨버타가 함께 교실을 나서면서 말했다.

"하도 얼간이 같아서 오히려 더 멋진 느낌이랄까?"

나는 콧방귀를 뀌었다.

"뭐 어쨌거나. 네가 다른 사람들한테 어떻게 보일지 신경 쓰여서 재미있어 하는 일을 스스로 관둔다면 그건 어디까지나 네 문제지."

그리고 앨버타는 가 버렸다. 초록색과 흰색의 줄무늬 스타킹 때문에 허벅지가 더 굵어 보였다.

진짜 멋졌다. (앞에서 말한 주의 사항에 진짜로 주의할 것!)

내 일에 상관하지 마!

2월 5일 화요일

오늘 밤엔 아빠가 내 키가 얼마나 자랐는지 재어 주었다. 1센티미터 조금 넘게 자랐다. 아빠는 내가 머리카락을 자를 때가 된 것뿐이라고 했다. 내 머리카락은 자라면서 아래로 늘어지지 않고 위로 막 뻗쳤다. 나는 그런 비관적인 태도는 전혀 감사하지 않다고 말했다.

조금 뒤 엄마한테서 전화가 왔다. 난 그동안 엄마가 무척 그리웠나 보다. 늘 하던 식의 '차가운 목소리로 단답형 대답'을 하지 않기로 마음먹었다. 이번에는 엄마와 제대로 이야기를 나누고 싶었다.

"엄마, 〈토요일 밤의 스매쉬업〉 봤어요?"

내가 물었다. 〈토요일 밤의 스매쉬업〉은 일요일 낮에 재방송을 하니까 만약 엄마가 못 봤다면 그때 볼 수도 있었다.

"아니, 못 봤어. 휴게실에 갔더니 다른 환자가 이미 하키 시합을 보고 있어서."

엄마가 한숨을 쉬며 말했다.

"어떻게 됐는지 알려 드려요?"

"응, 그래."

"좋아요. 엄마, 눈 감아요."

나는 엄마가 좋아하는 엘 토로가 잭 나이프와 맞붙은 시합을 한 장면 한 장면 설명하기 시작했다. 엄청난 시합이었다. 원래 엘 토로와 잭 나이프는 단짝이었다. 둘이서 같은 편을 먹고 다른 악당들과 시합을 한 적이 많았다. 그런데 어느 날 엘 토로가 잭 나이프의 옛날 여자 친구한테 반했고, 다음 시합에서 잭 나이프가 철제 의자로 엘 토로의 머리를 내리치면서 도발을 했다. 그다음부터 둘은 철천지원수가 되었다.

"확실히 엘 토로가 이기는 것 같았어요. 잭 나이프는 링 위에 누워 있었거든요. 엘 토로는 뒤로 돌아서서 공중에 대고 주먹질을 했어요. 그래서 잭 나이프가 일어서는 걸 못 봤던 거예요. 잭 나이프는 엘 토로를 잡고 빙빙 돌리다가 바이오닉 엘보를 먹였어요. 엘 토로는 천으로 만든 인형처럼 푹 고꾸라졌죠."

"말도 안 돼! 잭 나이프, 정말 마음에 안 드네."

엄마가 말했다.

환상적인 대화였다. 아니, 난 지금 빈정거린 게 아니다. 엄마도 나만큼이나 GWF의 열광적인 팬이었고, 레슬링이야말로 우리의 대화를 눈물로 끝내지 않게 하는 유일한 주제였다.

하지만 그다음에 내가 학교에서 만든 가방 얘기를 꺼내는 실수를 저지르는 바람에 우리의 대화는 결국 또 눈물로 마감되었다.

"네가 지금 여기에 있다면 얼마나 좋을까?"

엄마가 말했다.

"네, 저도 엄마가 여기에 함께 계셨으면 좋겠어요."

내 목소리가 다시 냉랭해졌다.

작년 9월에서 12월까지 아빠와 엄마, 나는 온타리오 주 픽턴의 외가에서 지냈다. 어렸을 때는 외가로 놀러 가는 것이 참 좋았다. 하지만 그때는 아니었다. 한마디로 최악이었다.

엄마는 계속 침대에만 누워 있었다. 그러다 일주일에 세 번, 킹스턴에 있는 정신 병원에 진료 예약이 있는 날에만 일어났다. 아빠는 외할아버지와 외할머니를 통해 간간이 들어오는 건설 관련 일을 했다.

나는 그곳에 있는 학교에 다녔다. 외할아버지와 외할머니가 친한 친구 몇 명에게 우리 이야기를 털어놓은 후, 형에 관한 소문이 순식간에 퍼져 나갔다. 이 주일 동안 반 아이들의 멸시 어린 시선과 수군거림을 참아낸 끝에, 나는 더 이상 학교에 가지 않겠다고 선언했다. 이상하게도 아빠와 엄마는 내 말에 반대하지 않았다.

그 후로 두 달 동안, 나는 외할아버지의 구식 컴퓨터로 홈스쿨링 수업을 받았다. 집 밖으로 나가는 일은 드물었다. 출렁이는 날로 두꺼워졌고, 내 분노도 그만큼 커져 갔다.

크리스마스를 며칠 앞두고, 우리는 다 함께 식탁에 앉아 외할머니가 만든 미트로프 요리를 먹고 있었다. 그때 아빠가 어렵사리 말을 꺼냈다.

"우린 밴쿠버로 가는 게 좋을 것 같아."

순간, 엄마가 포크와 나이프를 떨어뜨렸다.

"뭐라고? 언제?"

"그쪽에는 건설 현장에 일자리가 많아. 그리고 내 면허도 브리티시컬럼비아 주에서만 쓸 수 있고."

아빠가 대답했다. 포트살리시에 살 때 아빠는 건축 회사를 공동으로 운영했다. 하지만 그 사건이 일어나고 두 달 후, 아빠는 동업자에게 회사를 온전히 넘겼다.

"헨리도 새 학교에서 다시 시작하는 게 좋겠고."

엄마는 한참 동안 아무 말이 없었다.

"헨리, 너는 어떻게 생각하니?"

아빠가 침묵을 메우며 물었다.

나는 아빠 생각이 마음에 들었다. 아무도 우리를 알지 못하는 도시에서 새롭게 출발한다? 멋진 생각이었다. 외할아버지와 외할머니도 찬성이었다. 두 분도 우리가 영원히 함께 살지는 못한다는 사실을 잘 알고 있었다. 우리는 크리스마스가 지나고 이사를 하기로 했다. 아빠는 부동산 사이트를 뒤져서 아파트를 마련했다.

그런데 떠나기로 한 날에서 며칠 전, 2층에서 엄마와 아빠가 싸우는 소리가 들렸다. 그리고 잠시 뒤 엄마가 아래층으로 내려왔다. 엄마 눈이 빨갛게 충혈되어 있었다.

"헨리, 엄마랑 잠깐 산책할래?"

날씨가 굉장히 추운 데다 진눈깨비까지 흩날렸지만, 나는 엄마와 함께 픽턴의 스산한 거리를 산책했다. 우리는 오래된 붉은 벽돌집 사이를 걸었다.

"엄마가 헨리를 얼마나 많이 사랑하는지 알지?"

엄마 목소리가 떨리고 있었다. 나는 고개를 끄덕였다. 그런데 속이 자꾸 울렁거렸다.

"엄마는 여기서 외할아버지랑 외할머니랑 조금 더 지낼게. 언제까지일지는 아직 모르겠어. 그냥 엄마가……."

엄마 목소리가 잦아들었다. 엄마의 뒷말을 완성하는 방법은 무궁무진하다.

"엄마가 몸무게를 5킬로그램만 더 빼고 갈게."

"엄마가 턱수염이 좀 자라면 갈게."

"엄마가 너랑 아빠를 다시 사랑하게 되면 갈게."

아빠는 엄마가 여전히 나를 사랑한다고 하지만, 나는 가끔씩 그 말을 믿기가 정말, 정말 힘들 때가 있다. 형한테 화가 나는 것만큼이나 엄마한테도 화가 났다.

엄마 아빠의 말에 따르면, 나는 어렸을 때부터 분노를 잘 조절하지 못했다고 한다. 나도 엄마가 코코볼을 사 주지 않는다고 마트 바닥에 드러누워 소리를 지르고 주먹을 내두르던 일이 생생히 기억난다.

사실 분노 그 자체는 얼마 가지 않았다. 분노는 금방 창피함으로 바뀌었다. 비록 네 살짜리였지만 자기 모습이 남들 눈에 구제 불능처럼 보인다는 사실이 몹시 창피하게 여겨졌던 것이다. 그때부턴 나 자신에게 화를 내는 거였다.

내 생각에 엄마는 내 마음을 알고 있었다. 나를 안아 올려 발버둥치지 못하게 꼭 안아 주었던 걸 보면. 결국 내가 엄마 품에서 기진맥진하여 축 늘어지는 것으로 상황은 끝이 났다.

대부분의 아이들처럼 나도 자라면서 무턱대고 분노를 터뜨리는 버릇이 없어졌다. 그런데 그 사건이 일어나고 말았다. 그 뒤로 내 속에서 분노가 시시때때로 들썩였다.

내 안의 분노가 처음으로 다시 나타난 건 조디 아빠가 내 눈앞에서 현관문을 쾅 닫아 버렸던 그 순간이었다. 바로 그때 나는 우리 가족이 더 이상 포트살리시에서 살 수 없다는 걸 깨달았다. 사람들은 형만큼이나 우리 가족을 미워했다. 그날 집으로 돌아온 나는 형의 방을 난장판으로 만들었다.

엄마가 우리와 함께 밴쿠버로 가지 않겠다고 말한 다음 날, 두 번째 분노가 찾아왔다. 그리고 그때부터 나는 로봇 목소리로 말하기 시작했다. 나는 꽤 못돼 먹은 말도 내뱉었다.

"엄.마.봇.한.심.하.군.난.엄.마.를.무.진.장.싫.어.해.지.옥.에.나.가.외.할.아.버.지.봇.우.리.일.에.상.관.마."

그랬다. 로봇 헨리는 외할아버지한테까지 함부로 굴었다.

아빠와 내가 비행기를 타고 떠날 때, 엄마는 공항에 나오지 않았다. 그 대신, 예약돼 있던 신경 정신과 진료를 받으러 갔다. 다음 날 엄마의 주치의인 뒤마 선생님이 밴쿠버에 있는 우리에게 전화를 걸어 엄마가 신경 쇠약 증세를 보인다고 알려 주었다. 그래서 입원을 시켰다고. 그때부터 지금까지 엄마는 줄곧 거기에 있다.

나는 나를 탓하지 않았다. 내가 아니라 형이 모든 걸 엉망진창으로 만들었으니까.

아무튼 엄마랑 전화 통화가 끝나자, 나는 텔레비전을 켰다. 몇 분쯤 지나고 누군가 현관문을 두드렸다. 나는 현관문 렌즈로 밖을 확인했다. 아타파튜 할아버지였다. 할아버지는 음식이 담긴 접시를 손에 들고 있는 것 같았다. 그게 진짜로 음식이었는지는 잘 모르겠다.

나는 문을 열지 않았다. 까치발을 한 채 소파로 돌아와서 새 과자 봉지를 뜯었다. 할아버지는 우리가 집에 있다는 걸 알았을 것이다. 텔레비전 소리가 매우 컸던 데다가, 아빠가 밖에 누가 왔느냐고 큰 소리로 물었기 때문이다.

그런데 말이지, 너무 힘들다.

무한 반복

2월 6일 수요일

결국 나는 항복했다. 오늘 점심시간에 '도전! 전국 퀴즈왕' 연습에 나갔다. 팔리는 신이 나서 춤까지 추었다. 정말로 창피스러웠다.

팔리와 함께 교실에 들어갔을 때 앨버타가 먼저 와 있었다. 오늘은 복고풍의 보라색 볼링 선수용 셔츠를 입고 있었다. 셔츠 주머니에는 '로린'이라는 이름이 수놓여 있었다. 앨버타는 그 셔츠에다 딱 붙는 분홍색 바지를 맞춰 입었다. 앨버타 쪽에는 눈길도 주지 않았는데, 팔리 녀석이 내 귀에 대고 속삭였다.

"앨버타를 좋아한대요."

"아니거든."

"좋아하면서."

"아니라고."

"좋아한다니까."

"아니야."

그리고 무한 반복.

나는 방울이 달린 못생긴 모자를 쓴 앰브로스 옆자리에 앉았다.

앰브로스가 물었다.

"너, 이름이 뭐라 그랬지?"

"헨리야."

"성은?"

나는 머뭇거렸다.

"라슨(Larsen)."

"S 다음에 O가 들어가? 아니면 E?"

순간, 목이 뻣뻣해졌다. 이렇게 묻는 이유는 인터넷에서 검색해 보기 위해서뿐이다.

'포트살리시의 라슨.'

검색창에 이렇게 치기만 하면 모든 것을 알게 되겠지.

나는 거짓말을 했다.

"O."

"라슨-슨푸 성(일본 시즈오카 현에 있는 성)-성당-당나귀-귀신-신발-발싸개-개구멍-멍텅구리-리본-본능-능구렁이-이유-유리창-

창고-고장-장교-교실."

앰브로스는 잽싸게 말을 마치고 의기양양하게 미소를 지어 보였다.

나는 앰브로스를 멍하니 바라보았다.

"아, 진짜. 끝말잇기 몰라? 네 이름으로 끝말잇기한 거잖아."

그딴 것도 모르냐는 듯한 투였다.

"아."

"앰브로스는 단어 게임 챔피언이야."

파바나가 앰브로스의 팔을 쓰다듬으며 말했다.

"아."

"브리티시컬럼비아 주 전체 12위지."

"아."

세 번 연속 '아'다.

그때 잰코비치 선생님이 들어왔다.

"헨리, 돌아와서 반갑다. 시작하자."

오늘 질문 중 기억나는 건 이 정도다.

1. 시칠리아 섬의 화산 이름은? (에트나 화산이다. 모두 다 알고 있었지만 셴이 제일 먼저 버튼을 눌렀다.)
2. 시칠리아 주의 주도는? (팔레르모다. 코울라가 맞혔다.)
3. 시칠리아를 둘러싸고 흐르는 바다는? (지중해다. 이 몸이 답했다.)
4. 나는 영화에서 잭 스패로와 이캐보드 크레인, 길버트 그레이프 역을 연

기했다. 나는 누구일까? (조니 뎁이다. 누가 맞혔는지는 짐작하리라 생각한다.)

'나는 누구일까?'는 다른 유형도 있었다. 답을 맞힐 때까지 단서가 하나씩 늘어나는 형식이다.

단서 1. 나는 앨라배마 주 먼로빌에서 자랐어요.

단서 2. 나는 말괄량이였어요.

단서 3. 나는 인기 작가 트루먼 커포티와 친구 사이예요.

단서 4. 나는 1961년에 소설 부문에서 퓰리처상을 받았어요.

네 번째 단서에서 제롬이 버튼을 눌렀다. 정답이었다. 정답은《앵무새 죽이기》를 쓴 하퍼 리다.

어느새 종이 울렸다. 한 시간을 보내기에 최악의 방법은 아니다.

방과 후, 팔리가 학교 정문에서부터 따라오더니 이내 나와 발을 맞춰 걸었다. 내가 물었다.

"너, 저쪽 언덕 방향 아니었어?"

"맞아."

"그런데 왜 이쪽으로 와?"

"네가 너희 집에 놀러 오라고 하지 않을까 싶어서."

"안 그럴 건데."

나도 모르게 자동으로 그 말이 툭 튀어나왔다. 이곳으로 이사 온 뒤, 아빠와 나는 아무도 집에 초대한 적이 없었다.

"왜?"

지금 생각해 보면 팔리한테 둘러댈 수 있는 말은 얼마든지 많았다. "오늘 숙제가 진짜 많아." 아니면, "아빠가 편찮으셔서 지금 집에 계셔." 같은…….

그런데 나는 엉뚱하게도 이렇게 말했다.

"집이 엉망이야."

내가 생각해도 설득력이 부족했다. 아니나 다를까, 팔리가 피식 웃었다.

"괜찮아. 나, 엉망인 거 엄청 좋아해."

그렇게 팔리는 나와 함께 우리 집으로 향했다. 우리는 가로수가 늘어선 주택가 도로를 몇 블록 걸어간 다음 왼쪽으로 꺾어 브로드웨이 가로 들어섰다. 지역 특산물을 파는 가게와 카페, 서점, 술집 들을 차례로 지나갔다.

조금 더 걸어가자, 저만치 앞에 미친 아줌마가 보였다. 미친 아줌마는 또 베트남 식당 앞에 나와 있었다. 보라색 치마에 발목까지 오는 빨간 양말, 연분홍색 크록스. 그 차림에다 1달러 상점에서 산 게 틀림없어 뵈는 플라스틱 기타를 치면서 돼지 멱 따는 소리로 노래를 부르고 있었다.

학교를 마치고 집으로 갈 때마다 아줌마는 늘 그렇게 거기에 있었다. 그 아줌마를 보면 나는 괜히 마음이 좋지 않았다.

"이쪽으로 가자. 여기서 길을 건너야 해."

내가 팔리에게 말했다. 조금 더 가다가 길을 도로 건너가야 한다는 말은 일부러 하지 않았다. 나는 항상 이런 식으로 미친 아줌마와 마주치는 일을 피했다.

우중충한 회색 건물 앞에 도착하자 괜스레 속이 울렁였다. 나는 잽싸게 팔리를 뒤편 계단 쪽으로 보냈다. 다행히 아타파튜 할아버지와 마주치지 않았다. 우리는 현관문을 열고 안으로 들어갔다.

순간, 창피스런 생각이 들었다. 바닥에 깔린 베이지색 카펫에는 여기저기 탄 자국이 있었다. 원래 하얀색이었던 벽은 이전의 색을 찾아볼 길이 없었다. 온통 우중충하고 낡은 것투성이였다. 게다가 큰 방 세 개짜리 집에 있던 가구들을 큰 방 하나에 작은 방이 하나 딸린 집에 욱여넣은 탓에, 집의 규모에 비해 너무 큰 가구들이 꽉 들어차 있었다. 주방에 가려면 거대한 갈색 가죽 소파와 거대한 갈색 가죽 안마의자, 그리고 거대한 밤색 탁자 사이를 비집고 나가야 했다.

하지만 팔리는 이렇게 말했다.

"이야, 너희 집 진짜 좋은데!"

팔리는 곧바로 플레이스테이션 3이 놓여 있는 선반으로 다가갔다. 그리고 〈콜 오브 듀티 4 : 모던 워페어〉 CD를 집어 들면서 물었다.

"이거 해도 돼?"

"그래."

내가 플레이스테이션 3에 게임 CD를 넣고 있을 때, 팔리가 대뜸 물었다.

"여긴 왜 이래?"

팔리는 아빠와 내가 탁자로 가려 놓은, 그러니까 카펫에 있는 큼지막한 불똥 자국을 가리켰다.

"전에 살던 사람이 여기에서 마약을 만들었다나 봐. 그러다가 불을 내는 바람에 잡혀갔대."

내가 대답했다.

"우아, 그럼 너넨 마약 공장 자리에서 사는 거잖아!"

팔리가 대단하다는 듯이 환호성을 질렀다.

팔리하고 게임을 하는 건 매우 재미있었다. 진짜 사람하고 게임을 하는 건 거의 백 년 만이었다. 얼마쯤 지났을까? 갑자기 팔리가 이렇게 말했다.

"너희 집 시설 좀 써야겠어."

나는 잠깐 어리둥절했지만, 그게 화장실에 가고 싶다는 뜻이라는 걸 금방 눈치챘다. 또 한 번 창피했다. 이 집에 이사 온 뒤로 화장실 청소를 한 번도 하지 않았기 때문이다. 내 방은 항상 깔끔하게 청소했지만 화장실까지는 신경을 쓰지 않았다. 게다가 변기 뚜껑에 금이 가 있어서 조심히 앉지 않으면 엉덩이가 낄 위험이 있었다.

그러면 그렇지! 몇 분 후에 으악 하는 소리가 들렸다. 무슨 일인지 나가 봤을 때, 팔리는 이미 화장실에 없었다.

어느새 팔리는 내 방에 가 있었다. 갑자기 심장이 쿵쾅거렸다.

'어딜 또 본 거지? 뭘 또 봤을까?'

팔리는 더 그레이트 데인의 포스터를 보고 있었다.

"너도 GWF 팬이었구나! 이거 대단한걸. 우린 공통점이 진짜 많아. 어쩌면 혈연 관계일지도 몰라. 태어나면서 헤어졌든지……. 뭐 그런 거지."

팔리가 외쳤다. 나는 말문이 꽉 막혔다. 그게 말도 안 되는 소리일 수밖에 없는 이유는 아주 많았다.

팔리가 덧붙였다.

"난 말뚝 처형자 블라드 팬이야."

"말뚝 처형자 블라드? 너, 바보야? 그놈은 완전 악마잖아."

나도 모르게 흥분을 하며 대꾸했다.

"말뚝 처형자 블라드가 링에 올라가기만 하면 경기가 재미있어져. 블라드는 예술이야. 지난주 거 봤어? 블라드가 제트 터보 목에 태클 거는 거?"

"아, 당연히 봤지!"

그 뒤로도 우리는 한참 동안 더 그레이트 데인 대 말뚝 처형자 블라드를 두고 아웅다웅했다. 그러다가 팔리가 시계를 봤다.

"이키, 난 그만 가야겠다. 마리아 아줌마가 걱정하겠어."

"네 엄마 말하는 거야?"

나는 다시 거실로 돌아가면서 팔리에게 물었다.

"아니, 마리아 아줌마는 유모야."

"유모?"

나는 웃음을 쿡 터뜨렸다. 농담으로 알아들었기 때문이다.

"우리 부모님은 홍콩에 사셔. 마리아 아줌마는 여기서 나랑 살고. 마리아 아줌마는 필리핀 출신이야."

"진짜? 그럼 너, 엄마 아빠랑 따로 살아?"

팔리는 고개를 끄덕였다.

"우리 부모님은 이 년 전에 여기에 집을 사셨어. 나를 캐나다 학교에 보내고 싶어 하셨거든. 여기에 집을 사 놓는 게 투자 가치가 높다고도 생각하셨고. 마리아 아줌마는 홍콩에서부터 내 유모로 있었기 때문에 나랑 같이 여기로 온 거야."

팔리는 책가방을 챙기면서 말을 이었다.

"나도 외동이거든, 너처럼."

"외동?"

"외동아들."

"아, 그래."

나는 팔리를 보내고 난 뒤 소파에 털썩 주저앉았다.

포트살리시에 살 때 엄마는 벽 한쪽을 온통 가족 사진으로 도배했다. 엄마를 닮아 키가 크고 마른 형, 아빠를 닮아 땅딸막하고 빨강 머리인 나, 해변가 모래밭에서 목까지 파묻은 아빠, 캠핑장에서 모닥불 앞에 둘러앉은 형과 엄마, 그리고 나, 낚시 가서 잡은 커다란 연어를 들어 올린 형과 나, 그리고 아빠, 또 해마다 학교에서 찍은 사진들.

아빠와 나는 아직 사진 꾸러미를 풀지 않았다. 사진은 아래층 창고에 있었다. 사실 신발 상자만 빼면 집 안에는 형이란 존재가 있었다는 흔적조차 없다.

난 괜찮다. 어찌 되었든 형은 죽었으니까. 엄밀히 말하면, 이제 나한테는 형이 없다. 즉, 나는 팔리에게 거짓말을 하지 않았다. 나는 현재 외동아들이다.

밤 11시

사람들은 석기 시대 말엽인 기원전 3,000년에도 화장이라는 걸 했다. 그때 사람들은 시체를 화덕에서 태웠다. 요즘은 컴퓨터로 제어하는 철제 오븐에서 화장을 한다. 인터넷에서 검색해 보니 그렇다고 한다. 시체를 관처럼 생긴 상자에 넣은 다음 밀폐된 공간으로 밀어 넣는 방식이다. 마치 거대한 고깃덩이처럼. 온도는 1,000도가 넘게 올라간다! 시체를 완전히 태우는 데는 한 시간 삼십 분 정도가 걸린다.

모든 과정이 끝나면 1~2킬로그램 정도 되는 유골 조각이 남는다. 이 유골 조각을 분쇄기에 넣어 가루로 만든다. 사람들은 사랑하는 사람의 유골 가루를 간직하기 위해 고상하고 멋스런 유골함을 산다.

유골 가루를 바다에 뿌리거나 나무 밑에 묻는 사람도 있다. 〈스타트렉〉이란 SF 시리즈를 제작한 진 로든베리 같은 사람의 유골은 립스틱 모양의 캡슐에 넣어 우주로 보내기도 했다. 진짜다. 진 로든베리는 그렇게 우주 공간에서 장례식을 치렀다.

형의 유골은 아빠 침대 밑에 있다.

이렇게 말하면 우리 가족을 지독한 사람이라고 생각할지도 모르겠다. 하지만 우리는 형을 어떻게 해야 할지 모를 뿐이다. 형을 유골함에 넣어 거실에 둔다? 그래서 거실에 앉을 때마다 형이 한 일을 떠올린다? 사양하겠다. 아니면, 형을 바다에 뿌려 물고기들이 먹게 한다? 그래서 어느 날 저녁 식사로 형의 일부분이 포함된 연어 요리를 즐긴다? 생각하기도 싫다. 형을 묘지에 묻는다? 그럴 수 없다. 형한테는 밀실 공포증이 있다. 잔인한 짓이 될 것이다.

이런저런 이유로 형은 지금 아빠 침대 밑 신발 상자에서 살고 있다. 그곳은 아마도 연옥쯤 되지 않을까? 천국도 아니고 지옥도 아닌, 그 중간쯤 되는 곳.

그러고 보면 우리도 지금 연옥에 살고 있는 것 같다.

제도의 틈새에서 소외되는 사람들

2월 8일 금요일

오늘은 세실 선생님이 히피록 밴드인 그레이트풀 데드가 그려진 티셔츠를 입고 있었다. 걷는 모습이나 말하는 방식으로 보면 선생님은 딱 전형적인 히피다.

"지난주에 안 와서 걱정했단다."

내가 자리에 앉자 선생님이 말했다.

"몸이 안 좋았어요."

나는 거짓말을 했다.

"앞으론 못 올 거 같으면 접수처에 미리 얘기해 두렴. 알겠니?"

"그럴게요."

선생님은 책상 위로 다리를 턱 걸쳤다. 보라색과 노란색 줄무늬 양말에 난 구멍으로 선생님 발가락이 삐죽 나와 있었다. 선생님은 양손을 모아 턱 밑에 괴고는 나를 뚫어지게 바라보았다. 내가 '이야기를 시작하길' 기다리는 거였다.

하지만 내가 선생님보다 한 수 위였다. 지난 한 주 동안, 나는 얘기해도 괜찮을 주제를 골라 목록을 만들었다. 즉 이야기를 털어놓는 것처럼 보이지만, 사실은 선생님이 그 사건에 관해 유도 심문을 할 수 없는 안전한 주제들만 늘어놓는 것이다. 나는 '도전! 전국 퀴즈왕' 팀을 설명하고, ("네가 그런 활동에 참여하다니, 그거 정말 멋지구나.") 팔리 이야기를 조금 했다. ("어이쿠, 맙소사! 벌써 친구가 생겼구나. 좋은 일인걸.") 그런 다음에 미친 아줌마 이야기를 하기 시작했다.

"그 아줌마는 이가 거의 없어요. 그리고 자기가 지어낸 노래를 불러요……. 목소리는 최악이에요. 그 아줌마 기타는 플라스틱으로 만든 거예요. 1달러 상점에서 산 거 같아요."

"그 아줌마를 보는 게 불편하구나?"

"아줌마를 보면 슬퍼요. 아줌마는 원래부터 이랬을까? 살다가 나쁜 일을 당했나? 계속 그런 생각이 들어요. 어쩌면 아줌마에게도 남편이랑 아이들이 있을지 모르잖아요. 가족들은 아줌마가 여기 있다는 것을 알까요? 아줌마가 미쳤다는 것도요?"

"제도의 틈새에서 소외되는 사람들이 있지."

"그래선 안 되잖아요. 제도에 틈이 있어서도 안 되고요."

"그래, 그래선 안 되지."

선생님은 몸을 숙여 내 눈을 바라보았다.

"헨리, 엄마는 잘 계실 거야."

순간, 분노가 치밀어 올랐다.

"누가 우리 엄마 얘기래요? 지금 미친 아줌마 얘기를 하고 있는 거잖아요!"

선생님이 좋은 뜻으로 한 말이란 걸 알고 있었다. 하지만 선생님은 아무 뜻도 없는 이야기에서 계속 의미를 찾으려 들었다.

"일기는 아직 안 쓰니?"

선생님이 주제를 바꾸어 물었다.

"조금 썼어요. 선생님이 꼭 써야 한다고 하셨잖아요."

"꼭 써야 한다고 한 적 없다. 쓰면 도움이 될 거라고 했지."

"도움이 별로 안 되는 거 같아요."

"그것참, 유감이구나."

"바보짓 같아요."

아까 미친 아줌마 얘기 때문에 뒤끝이 남아 있었다.

"너한테 꼭 하라는 사람은 없어."

"그럼, 그만 써야겠네요."

"그것도 좋지, 네가 진짜로 원하는 거라면."

"선생님은 제가 뭘 원하는지 하나도 몰라요."

"안다고 안 했어."

"다행이네요. 왜냐하면 선생님은 모르니까."

"네가 원하는 게 뭐니?"

'전 시간을 일 년 전으로 되돌리고 싶어요. 시간의 흐름을 바꾸고 싶다고요. 4월 30일 밤에 내가 한 일을 되돌리고 싶어요.'

"이제 상담을 그만했으면 좋겠어요. 상담이 지루해요."

선생님은 이 말에 상처를 입었을까? 나로선 알 수가 없다. 선생님이 겉으로는 아무런 티도 내지 않았으니까.

"좋아, 그 소원을 들어주마. 잘 가렴, 헨리. 다음 주에 보자."

선생님이 자리에서 일어나며 말했다. 그러고는 내가 이미 거기에 없는 것처럼, 책상 위에 쌓여 있는 서류 뭉치들을 정리하기 시작했다.

정말로 프로답지 못했다. 이래 놓고도 주 정부에는 한 시간치의 요금을 고스란히 청구하겠지? 아직 꽉 채워 십 분이나 남았는데.

주 정부에 편지라도 써야겠다. 선생님의 월급에서 십 분만큼 빼고 지급하라고…….

새벽 3시

꿈을 한꺼번에 두 개나 꾸었다. 이런 걸 원 플러스 원이라고 해야 하나?

첫 번째 꿈에서 나는 노란색 미끄럼틀 아래에 숨어서 형의 비명을 듣고 있었다. 그다음 장면에서 자연스럽게 두 번째 꿈으로 넘어갔다. 나는 범죄 현장에 서 있었다. 누구를 먼저 구해야 할지 판단이 서지 않았다.

스컷을 구할 때도 있었다. 스폰지밥이 그려진 밴드를 붙여 출혈을 막으려 애썼지만, 아무리 밴드를 많이 붙여도 피는 멈추지 않았다.

형을 구할 때도 있었다. 사물함이 늘어선 복도에 형의 머리가 산산조각이 난 채 처참하게 흩어져 있었다. 형의 머리가 도자기 인형처럼 낱낱이 깨졌다. 나는 조심스럽게 파편들을 주운 다음, 형의 뇌부터 차례로 줄지어 늘어놓았다. 그리고 풀을 꺼내 파편들을 이어 붙였다.

"아무짝에도 쓸모없는 똥덩어리는 아니구나?"

형이 미소를 지으며 말했다. 그런데 형의 미소가 흔들렸다. 풀의 접착력이 너무 약한 모양이었다.

시스템 다운

2월 13일 수요일

기술·가정 시간이 끝날 때쯤, 선생님이 다음 주에는 새 단원에 들어갈 예정이라고 말했다.

"다음 주제는 요리와 영양소예요. 조리대가 충분치 않아서 한 사람씩 사용할 수가 없어요."

선생님의 다음 말이 무엇인지 짐작이 가서 미리 걱정이 되었다. 하지만 아무렇지도 않은 척하며 선생님 말씀에 귀를 기울였다.

"둘씩 짝을 지어야 해요. 가사실에서 나가기 전에 누구랑 짝을 할 건지 얘기해 주세요."

전학생인 내가 지금 어떤 위치에 있는지 정확히 알고 있었다. 내 자리는 사다리 맨 아래칸이었다. 다른 아이들이 짝을 짓는 동안 참고 기다리면, 맨 아래칸 바로 위에 있는 아이와 짝이 될 것이다. 나는 폴라를 점찍었다. 폴라는 매우 소심한 데다 어깨가 늘 비듬으로 덮여 있었다. 하지만 바로 옆자리의 여자아이가 폴라를 낚아채 갔다.

그런데 그 순간, 아무렇지 않은 척하는 아이가 나뿐이 아니라는 것을 알아차렸다. 앨버타도 그런 아이였다. 큼지막한 남성용 정장 재킷을 걸친 앨버타는 어색하게 소매를 잡아당기고 있었다. 재킷 안에는 엉덩이까지 길게 내려오는 티셔츠를 입고, 그 아래는 빨간색과 까만색 물방울무늬가 있는 두꺼운 타이츠 차림이었다. 앨버타가 먼저 누구에게 짝을 하자고 말을 걸지도 않았지만, 앨버타에게 짝을 하자고 제의하는 아이도 없었다.

나로선 놀라운 일이었다. 앨버타에게는 친구가 넘쳐나는 줄 알았다.

아이들은 빠르게 짝을 지었다. 그런데 어디서 그런 용기가 나왔는지 내 입에서 느닷없이 이런 말이 나왔다.

"앨버타, 나랑 짝할래?"

앨버타가 눈을 도르륵 굴렸다.

"그러든지 말든지."

"하겠다는 거야?"

"아, 진짜."

"한다는 거야, 만다는 거야?"

"나 참, 할게. 됐니? 이제 그만 좀 괴롭혀."

겉으로는 툴툴대고 있었지만 내 눈에는 앨버타가 안심하고 있다는 것이 훤히 보였다.

2월 15일 금요일

사물함 앞에 서 있는데 팔리가 현관문을 박차며 복도로 뛰어들었다.

"엄청난 사건이야, 엄청난 사건!"

팔리가 귀청이 찢어져라 소리를 질러 대는 바람에 사물함 근처에 있던 아이들이 모두 우리 쪽을 돌아보았다.

"뭔데?"

"알아맞혀 봐!"

팔리는 서류 가방을 내려놓았다. 흥분을 주체하지 못하겠는지 까치발을 하고선 방방 뛰었다.

"내가 어떻게 알아?"

"GWF 경기가 시애틀에서 열린대! GWF가 시애틀에 온다고!"

팔리의 입가에 침 거품이 빠르게, 그리고 맹렬하게 일었다. 생각만으로도 짜릿한 일이었다.

"언제?"

내가 물었다.

"4월 30일."

나는 바닥에 주저앉을 뻔했다. 4월 30일은 놀이터에서 그 일이 있은 지 꼭 일 년째 되는 날이었다.

"입장권은 20달러부터 시작이래. 아무래도 우린 좋은 자리로 사야겠지? 제일 좋은 자리로!"

팔리가 외쳤다. 나는 혀가 뻣뻣하게 굳어서 아무 대답도 나오지 않았다.

"말뚝 처형자 블라드를 눈앞에서 본다고 생각해 봐! 더 그레이트 데인도! 블라드가 상대를 내리꽂는 장면이라니!"

팔리는 팔을 빙빙 돌리며 시범을 보이다가 그만 트로이의 등을 찍고 말았다. 트로이는 처음에 화가 났다기보다는 오히려 놀란 듯이 보였다.

"지금 뭐하자는 거야, 이 머저리가?"

'머저리. 스콧도 저런 식의 욕을 좋아했어. 봉알이라고 부르다가 지겨워지면 형을 머저리라고 불렀지.'

나는 포트살리시 시내로 돌아가 형과 함께 길을 걷고 있었다. 재작년 여름이었다. 형은 시어스백화점 아울렛에서 헬스용 역기와 아령을 막 주문하고 나온 터라 기분이 아주 좋은 상태였다. 나도 기분이 좋았다. 그때 나는 열두 살이었는데, 형이랑 돌아다니는 걸 한창 좋아했다.

"이제부터 운동을 시작할 거야. 그래서 더 그레이트 데인처럼 근육을 키워야지."

"나도 해도 돼?"

“그래, 대신 내가 옆에 있을 때만 해.”

형은 한껏 들떠 있었다.

“다음엔 샌드백도 살 거야. 아니면 가라테를 배워도 좋겠다. 검은 띠를 따려면 얼마나 오래 걸리는지 모르겠네.”

“검은 띠는 왜?”

형은 그 질문엔 대답하지 않았다.

“아이스크림 먹을래? 형이 사 줄게.”

진심으로 형이 참 멋지다고 생각했다.

그때 스콧이 친구들과 함께 자전거를 타고 나타났다. 나는 스콧이 형한테 붙인 별명을 알고 있었다. 형의 중학 생활 첫 해가 그렇게 즐겁진 않다는 사실 또한 알고 있었다. 하지만 그날 이전에는 그 생활이 얼마나 최악이었는지는 자세히 몰랐다.

“어, 저기 조디네 오빠다.”

내가 말했다. 형의 얼굴이 금세 하얗게 질렸다. 형은 내 손을 낚아채더니 걸음을 빨리했다.

“쟤들이랑 눈 마주치지 마.”

형이 말했다. 자전거가 천천히 다가왔다. 스콧이 외쳤다.

“야, 봉알! 어이, 머저리!”

자전거에서 갑자기 뭔가가 날아왔다. 반쯤 마신 콜라 캔이었다. 그리고 목표 지점은 형의 머리였다. 콜라 캔은 목표에 명중하지 못했다. 캔은 형의 발 앞에 떨어졌다. 콜라 거품이 형의 바지로 거세게 뿜어

나오는 사이, 자전거는 잽싸게 시야에서 멀어졌다.

그날 우리는 아이스크림 가게에 가지 않았다. 그냥 집으로 왔다. 형은 정말로 당황한 듯했다. 사실은 나도 그만큼 당황했다. 우리 형이 얼마나 멋지지 않은지 똑똑히 깨달았으니까. 우리 형은 친구들에게 놀림감이었다. 그날 이후로 나는 형을 대단하게 보지 않았다. 조금은 창피하게 여기기도 했다.

마지막 두 문장은, 정말로 쓰기가 힘들었다.

아무튼 나는 그날의 일을 마음속 깊이 묻어 두었다. 그런데 이 기억이 느닷없이 총천연색 화면으로 튀어나오자 머리를 세게 한 대 얻어맞은 듯한 기분이었다.

그 바람에 바로 앞에서 일어난 일을 미처 말리지 못했다. 트로이는 팔리를 붙잡은 다음, 마이크를 시켜 팔리의 사물함을 열게 했다.

팔리는 발버둥을 치며 외쳤다.

"이봐, 친구들! 고의가 아니었어!"

팔리의 고함 소리는 마이크가 사물함을 쾅 소리가 나게 닫은 후에도 계속 들렸다. 사물함에 갇힌 탓에 소리가 조금 작아졌을 뿐. 이윽고 조시가 팔리의 사물함을 딸깍 하고 잠갔다. 그리고 셋은 낄낄대며 복도에서 사라졌다.

텔레비전이나 영화에서 아이가 사물함에 갇히는 걸 본 적은 있지만 내 눈앞에서 실제로 벌어진 건 처음이었다. 현실 세계에서는 썩 재미있지 않았다.

"99-10-12!"

팔리는 사물함 틈새로 소리를 질러 대었다.

"99-10-12!"

그때까지도 나는 어리둥절해하고 있었다. 그러다가 팔리가 사물함의 비밀번호를 외치고 있다는 걸 겨우 깨달았다. 나는 정신을 차리고 자물쇠의 숫자 버튼을 눌렀다. 내가 사물함의 문을 확 잡아당기자, 팔리는 안경을 고쳐 쓰며 안에서 기어나왔다.

"트로이는 사이코야. 전에 앰브로스를 죽이려고 한 적도 있어."

팔리가 말했다.

"말도 안 되는 소리 하지 마."

"진짜야. 둘이 같은 초등학교 다녔잖아. 트로이가 앰브로스의 샌드위치에 땅콩잼을 넣었대. 앰브로스한테 땅콩 알레르기가 있다는 걸 알고서 말이야. 앰브로스는 곧장 응급실에 실려 갔고."

위험 신호였다.

"지독한 녀석이네."

내가 말했다.

"이런, 젠장."

팔리는 자기 셔츠를 내려다보았다. 앞주머니가 거의 다 뜯겨 나갔다. 그 아래로 플라스틱 보호대와 펜이 보였다.

"트로이가 내 셔츠를 망가뜨렸어."

팔리의 안경에 습기가 차올랐다. 팔리는 분해서 울고 있었다.

"선생님한테 말씀드릴 거야?"

내가 물었다.

팔리는 그 무슨 생뚱맞은 소리냐는 듯이 나를 바라보았다. 꼭 대답이 듣고 싶었던 건 아니었다. 나는 그 눈빛이 의미하는 바를 잘 알고 있었다. 선생님한테 말하면 문제가 해결될 수도 있지만 더 나빠질 수도 있었다.

형도 선생님을 찾아간 적이 있었다. 그러자 선생님이 스콧을 불러 타일렀다. 그리고 어떻게 되었을까? 스콧은 더 교묘하게 형을 괴롭혔다. 그 후 형은 고자질쟁이로 낙인찍혔다.

팔리는 바지 주머니에서 손수건을 꺼내 코를 풀었다.

"가자."

팔리는 손수건을 바지 주머니에 쑤셔 넣으며 말했다. 우리는 교실로 향했다.

내가 팔리한테서 가장 좋아하는 점은 고무공 같다는 것이다. 아무리 세게 튕겨 내어도 곧바로 되돌아왔다. 내가 팔리한테서 가장 싫어하는 점 역시 고무공 같다는 것이다. 아무리 세게 튕겨 내어도 금방 되돌아왔다.

"자, 들어 봐."

수업이 끝나고 교실 밖으로 나올 때 팔리가 말을 꺼냈다.

"우선 너네 아빠한테 우리를 시애틀까지 데려다 주실 수 있는지 여쭤 봐. 우리 엄마 아빠는 홍콩에 계셔서 절대로 데려다 주실 수 없으니까. 마리아 아줌마는 운전을 못 하고. 시애틀까지 차를 타고 갔다가 그날 바로 돌아오는 거야. 그리고……."

팔리는 속사포 같은 독백을 잠시 멈추고 숨을 크게 내쉬었다.

"입장권을 사려면 돈이 필요해. 기름값이랑 밥값도 있어야 하고."

팔리는 주머니에서 구깃구깃한 종이 뭉치를 꺼냈다.

"어젯밤에 내가 필요한 경비를 정리해 봤어. 세 사람 기준이야. 나랑 너, 그리고 너네 아빠."

팔리는 복도에 무릎을 꿇고 앉더니 서류 가방을 열었다. 이게 팔리가 나한테 넘겨준 표다.

입장권 : 200달러

기름값 : 50달러

밥 값 : 50달러

기념품 : 100달러

합 계 : 400달러

"엄청 많이 드는구나."

내가 말했다.

"입장권은 좀 더 쌀 수도 있어. 그리고 난 GWF 티셔츠랑 말뚝 처형자 블라드 도시락을 꼭 사고 싶어."

"난 돈이 없는데?"

"나도 없어. 우리 엄마 아빠는 부자이긴 하지만 엄청나게 짠돌이시거든. 아줌마한테 딱 생활비만 주셔."

어느새 팔리와 나는 교실에 도착했다. 팔리는 내 옆자리에 앉았다.

"먼저 너희 부모님께 돈을 빌리고 나중에 같이 갚을 방법을 찾아보면 어떨까?"

나는 팔리를 외면했다. 지금 우리 부모님한테는 돈이 한 푼도 없다는 걸 어떻게 설명해야 할까?

'어, 팔리, 저기 있잖아. 우리 엄마는 지금 정신 병원에 있어서 일을 할 수가 없어. 그리고 포트살리시의 우리 집은 아직 안 팔렸고. 왜냐고? 살인자가 살던 집에서 아무도 살고 싶어 하지 않으니까. 참, 그리고 우리 형한테 형사 고발을 할 수가 없어서……. 죽은 사람을 기소할 순 없잖아. 스콧네 아빠는 우리 부모님을 상대로 민사 소송을 시작했어. 만약 스콧네 아빠가 승소하면 우리 가족은 있지도 않은 엄청난 돈을 내놔야 해.'

아니, 설명할 수 없었다.

"주말에 슬쩍 여쭤 보기나 해. 알겠지? 우린 꼭 가야 해! 꼭 가야 한다고!"

곧 선생님이 교실로 들어왔다. 나는 팔리가 이내 입을 다물 거라고 생각했다. 하지만 팔리는 수업이 시작된 다음에도 계속 속삭였다.

"제발, 제발."

"헨리 라슨, 네 친구한테 입에 지퍼 좀 채우라고 하렴."

선생님이 말했다. 하지만 이 말도 팔리의 입을 막지 못했다. 팔리는 계속 속삭였다.

"제발, 제발, 제발, 제발, 제발, 제발, 제발, 제발, 제발, 제발, 제발."

"알았어! 물어볼게."

내가 말했다. 물론 나는 절대로 물어보지 않을 것이다.

조금 지나고

오늘 또 세실 선생님과의 시시하기 짝이 없는 상담이 있었다.

내가 나타나자 선생님이 물었다.

"오늘은 산책 좀 나가 볼까? 날씨가 아주 좋아."

상담실을 비우는 건 심리 치료사다운 일이 아니라는 생각이 들었지만, 일주일 내리 비가 오고 나서 처음으로 맑은 날이었다. 그래서 기꺼이 대답했다.

"좋아요."

선생님은 밖으로 나가자마자, 어린 시절에 엄마가 아플 때마다 맛 조볼 수프를 끓여 줬다는 이야기를 길고 장황하게 늘어놓았다. 그걸 먹으면 기분이 금세 좋아져서 병이 말끔히 낫는 것 같았다나.

하품이 나오는 얘기였지만 예의상 고개를 끄덕여 주었다.

"너희 가족은 추억거리가 없니?"

선생님이 물었다.

물론, 우리 가족에게도 행복한 추억이 수없이 많았다. 나는 선생님을 슬쩍 놀려 줄 요량으로 짐짓 이렇게 대답했다.

"우리 가족은 똥이나 방귀에 관한 농담을 좋아해요."

선생님은 조금도 망설이지 않고 대답했다.

"그거 멋지구나. 하나만 얘기해 보렴."

"현명한 사람이 이야기하길, 교회에서 방귀를 뀐 사람은 꼭 앉았던 자리에만 앉아라."

선생님이 웃음을 터뜨렸다.

"하하, 재미있구나."

내친 김에 하나 더 말했다.

"공공장소에서 절대로 방귀를 뀌지 않는 선생님을 뭐라고 하게요? 개인 교사라고 해요."

그렇게 크게 웃은 걸 보면, 선생님은 지저분한 농담을 좋아하는 게 틀림없었다. 괜스레 나도 기분이 좋아져서 이야기를 계속했다.

"온타리오에 있는 외갓집에 가면요. 외할아버지는 언제나 저녁 식사를 할 때 방귀를 뀌세요. 그것도 완전 크게요."

"어이쿠, 맙소사!"

"외할아버지는 귀가 어두우세요. 당신의 방귀 소리가 잘 안 들리니까, 남들도 못 듣는다고 생각하시는 거 같아요. 우리한텐 다 들리는데……. 그렇지만 우린 웃지 않으려고 엄청 노력해요. 엄마는 얼떨결에 코로 물을 마시고, 제시 형이랑 저는 식탁 아래서 무릎을 움켜쥐고 비틀죠."

거기서 나는 말을 멈췄다.

나는 두 가지 규칙을 깨어 버렸다. 형의 이름을 입 밖으로 내었다. 그리고 마치 지금도 살아 있는 것처럼 아무렇지도 않게 형 얘기를 꺼냈다.

"다른 이야기도 해 주렴."

"아니요, 그만할래요."

"부탁해도?"

"그만할래요."

"헨리."

선생님이 입을 뗐다.

"형 얘기 해도 괜찮아. 그게 정상이야."

"나.는.외.동.아.들.이.다."

나는 로봇 목소리로 대답했다.

"넌 외동아들이 아니야. 너에겐 형이 있었고, 넌 그 형을 사랑했어. 그리고 지금도 사랑하고 있고. 형한테 굉장히 화가 나 있긴 해도 말이야. 그렇게 모순된 감정을 느끼는 건 아주 자연스러운 일이야."

나는 아무 대답도 하지 않았다.

"아빠한테 제시가 죽기 한 달 전에 공원에서 있었던 일을 들었……."

"시.스.템.다.운."

나는 로봇 목소리로 소리 질렀다.

"시.스.템.다.운.시.스.템.다.운."

지나가던 사람들이 돌아보며 힐끔거렸다.

"괜찮아, 헨리야. 진정하자."

"시.스.템.다.운."

나는 팔을 휘두르며 제자리에서 빙글빙글 돌았다.

"헨리야, 진료실로 돌아가자."

"시.스.템.다.운."

나는 또 한 번 소리를 내지르고, 내 짧은 다리와 출렁이가 내 몸뚱이를 운반할 수 있는 한 최대한 빠르게 선생님에게서 도망쳤다. 즉 별로 빠르지 않았다는 얘기다. 그런데도 선생님은 나를 따라오지 않았다. 아마 꽁지머리를 한 중년 남자가 십 대 남자아이와 몸싸움하는 모습이 그리 좋아 보이지 않을 거라고 생각한 것 같다. 아니면 면허 정지 상태이든가…….

내가 집으로 돌아왔을 때 아빠는 아직 퇴근 전이었다. 나는 아빠 방에 들어가 침대 밑에서 신발 상자를 꺼냈다. 그리고 속삭였다.

"쓰레기 같은 자식아, 내 인생을 훌륭하게 망쳐 줘서 정말 고맙다."

나는 잠옷으로 갈아입은 뒤, 땅콩버터 샌드위치 네 개를 단숨에 먹어 치웠다.

멍청아, 왜 그랬어?

2월 16일 토요일

주말이란 개념은 1940년대에 처음 등장했다. 그 이전에는 일주일에 6일을 일하는 사람이 대부분이었다. 직원들에게 이틀 연속 휴일을 주기로 한 최초의 인물 중 한 사람은 헨리 포드다. 1926년의 일이다. 헨리 포드는 자기네 회사 자동차인 모델 T를 산 고객들에게 그 차를 몰고 나갈 휴일이 필요하다는 사실을 간파했다.

그 사건이 일어나기 전, 나는 주말을 사랑했다. 우리 가족은 주말을 즐길 줄 아는 사람들이었다. 날씨가 좋으면 온 가족이 차에 올라 캠핑이나 낚시를 떠났다. 날씨가 좋지 않으면 집에서 빵과 쿠키를 구워 보드게임을 하거나 〈토요일 밤의 스매쉬업〉을 보면서 어울려 놀았다.

요즘에는 주말이 고문 같다. 아빠는 '감기'에 걸린 것 같다며 침대에 누워 있었다. 나는 그 감기가 '숙취'의 다른 이름이란 걸 잘 알고 있었다. 보통 때 아빠는 맥주를 마시는데, 금요일 밤에는 위스키를 한 병 사 왔다. 오늘 아침에 보니 위스키가 반밖에 남아 있지 않았다.

아빠가 몸이 좋지 않기 때문에 오늘은 내가 집안일을 했다. 고무장갑을 끼고 코를 틀어막은 채 이사 와서 처음으로 화장실 변기를 닦았다. 무지무지 역겨웠다. 그다음에는 빨랫감을 한 꾸러미 어깨에 짊어지고 지하에 있는 세탁실로 향했다. 느릿느릿 내려가는 엘리베이터 안에서, 나는 'GWF 스매쉬업 라이브 인 시애틀'을 생각했다. 하지만 우린 입장권을 살 돈이 없었다. 나는 시애틀을 잊어버려야 한다는 사실을 잘 안다.

세탁실에 도착해 보니, 비어 있는 세탁기가 없었다. 다행히 빨래를 다 끝낸 세탁기가 한 대 보였다. 나는 세탁기 안에서 옷가지를 꺼내 계산대 옆 탁자 위에 올려놓았다. 정말이지 남의 옷을, 특히 프릴이 달린 여자 속옷을 건드릴 마음은 전혀 없었다. 그런데 뭔가가 바닥에 툭 떨어져서 주울 수밖에 없었다. 하필이면 엄청나게 큰 컵이 달린 브래지어였다. 그걸 주워서 탁자 위에 올려놓는 순간, 뒤에서 이런 말이 들렸다.

"내 브래지어가 마음에 드나 보지?"

캐런 아줌마였다. 아줌마는 세탁실 출입문 앞에 팔짱을 끼고 서서 얄궂은 표정으로 웃고 있었다. 순간, 내 얼굴은 불에 덴 것처럼 화끈거렸다. 심지어 주근깨까지 빨개지는 것 같았다.

"세탁기를 쓰려고 안에 있는 옷을 꺼낸 것뿐이에요."

나는 이 아줌마가 정말 싫다고 생각하면서 대답했다.

"그러면 안 되지."

아줌마는 자기 옷들을 건조기에 던져 넣으면서 말했다.

"자기 옷을 남이 뒤적이는 걸 좋아할 사람은 없거든."

"안 뒤적였어요!"

"내 눈은 못 속인다, 얘야."

아줌마는 또 얄궂게 웃었다.

그때, 아타파튜 할아버지가 세탁실로 들어왔다.

"헨리구나! 안녕하냐?"

"네."

나는 퉁명스럽게 대답했다. 할아버지는 건조기를 열고 그 안에서 자기 옷을 주섬주섬 꺼냈다.

"글쎄, 이 녀석이 내 옷을 뒤적이지 뭐예요."

그 말을 듣는 순간, 아줌마가 이 상황을 즐기고 있다는 느낌이 들었다.

"아니라고요! 그냥 세탁기를 쓰려고 한 거라니까요!"

할아버지가 아줌마 쪽으로 고개를 돌렸다.

"안녕하시오? 이전엔 뵌 적이 없는 것 같소만. 난 213호에 사는 슈레시 아타파튜요."

"311호 캐런 바거스예요."

두 사람은 악수를 했다.

"지금 해리한테……."

아줌마는 또 시작이었다.

"헨리라니까요!"

내 목소리가 생각보다 컸다. 나는 이 상황에서 벗어나고 싶어 미칠 지경이었다. 세탁기에 옷가지를 아무렇게나 쑤셔 넣은 다음 세제를 넣고 동전을 찾아 주머니를 뒤졌다.

"그것참, 미안하구나. 그래, 헨리. 아무튼 헨리한테 세탁기에서 남의 옷을 함부로 꺼내면 안 된다는 걸 말해 주던 참이었어요."

"오호, 난 잘 모르겠소만, 세탁기를 제때 비워 주지 않으면 다른 사람들은 참 성가시게 되지."

할아버지가 대답했다.

"물론 그렇죠. 그렇다 해도 남의 옷에 손을 대는 건……. 뭐랄까, 사생활 침해 아닌가요?"

"그건 공동 세탁실을 써야 하는 사람이 마땅히 지불해야 할 대가요. 사생활이 조금 침해되는 것 말이오."

아줌마는 팔짱을 끼면서 부루퉁 입을 내밀었다.

"그러니까 지금 개인 세탁실이 딸린 아파트에서 살 만한 돈이 없는 사람은 사생활 따위는 침해당해도 꾹 참아야 된다는 얘기시네요?"

"내 말을 잘못 이해하시는구먼. 나는 그냥 여러 사람이 공동 장소에서 살다 보면, 다 같이 잘 지내기 위해서 원칙을 좀 굽힐 때도 있어야 한다는 말을 하는 거요. 안 그러냐, 헨리야?"

나는 이미 세탁기를 돌려 놓고 세탁실에서 나와 있었다. 두 사람이 싸우는 소리는 엘리베이터를 기다리는 중에도 다 들렸다.

"다른 사람이 자기 옷을 건드리는 게 싫다면 여기서 세탁기가 다 돌아갈 때까지 기다렸어야지."

"겨우 십 분 늦었거든요! 왜, 아주 고소를 하시죠!"

나는 더 이상 그 소리를 견딜 수가 없어서 계단으로 걸어 올라갔다.

얼마 후, 빨래를 건조기로 옮겨 넣을 시각이 되자 나는 〈콜 오브 듀티〉 게임에 나오는 저격수처럼 몸을 잔뜩 구부린 채 살금살금 세탁실로 내려갔다. 고개를 살짝 내밀고 작전 지역이 안전한지 살폈다. 결코 안전하지 않았다.

캐런 아줌마가 떡 버티고 있었다. 아줌마는 세탁기 위쪽에 "다른 입주민의 세탁물에 손대지 마시오."라고 손으로 경고문을 붙이고 있었다. 경고문을 다 붙인 아줌마는 마른 옷가지가 담긴 바구니를 집어 들었다.

나는 당혹스러움을 감출 수가 없었다. 아까 그 속옷은 물론, 그에 관련된 어떤 주제로도 아줌마와 다시 얘기를 나누고 싶은 마음이 없었다. 나는 급하게 뒤로 물러났다. 계단 쪽으로 직진해야 했는데, 얼떨결에 엘리베이터 쪽으로 좌회전을 하고 말았다.

창고 앞을 지나는 순간에 내 실수를 깨달았다. 엘리베이터가 내려오려면 앞으로 백 년쯤은 걸리라는 것을. 그러면 아줌마한테 따라잡힐 뿐 아니라, 그 비좁은 공간에서 아줌마와 단둘이 올라가야 할 것이다. 아참, 그 브래지어도 같이.

그때 주머니 속 열쇠 꾸러미에 창고 열쇠가 달려 있다는 사실이 떠올랐다. 나는 우리 집에 배당된 창고의 문을 열고 안으로 들어갔다. 문이 창살로 되어 있어서 지나가는 사람이 안을 들여다볼 수도 있었지만, 높이 쌓아 놓은 상자 뒤에 숨은 덕택에 아줌마는 나를 보지 못한 채 지나쳐 갔다.

원래는 아줌마가 지나가고 나면 바로 나올 생각이었다. 하지만 나도 모르게 상자에 붙은 이름표를 하나하나 읽고 있었다. 주방 용품, 여벌 이불, 앨범…….

'제시와 헨리.'

원래는 슬쩍만 보려고 했다. 그런데 정신을 차리고 보니 내가 상자 속 물건들을 샅샅이 살펴보고 있었다. 형과 나의 낡고 오래된 담요. 형 담요 이름은 '폭신이', 내 담요 이름은 '이불이'였다. 형과 나의 성적표, 형이 아기였을 때 썼던 블루베리 모양의 니트 모자. 그 모자는 나중에 내가 물려받았다.

우리가 그린 그림들. 그중에는 형이 여섯 살 때 그린 소방차 그림도 있었다. 형은 그 그림에다 '스티브'라고 서명을 해 두었다. 갑자기 웃음이 터져 나왔다. 1학년이 된 형이 갑자기 자기를 스티브로 부르라고 우겼던 일이 생각났기 때문이다. 형이 왜 그랬는지는 지금도 모르지만, 그 일은 우리 가족 모두가 사랑하는 추억으로 남았다.

상자엔 우리가 딴 레고 자동차 면허증도 있었다. 내가 일곱 살, 그리고 형이 아홉 살일 때 우리 가족은 여행을 떠났다. 우리로서는 일생일대의 여행이었다. 엄마와 아빠는 허리띠를 졸라매고 저축한 끝에, 형과 나를 데리고 일주일간 샌디에이고를 여행하였다. 우리는 동물원과 해양 놀이공원을 거쳐 레고랜드로 갔다. 거기서 레고 자동차를 운전하고 레고 운전 면허증을 땄다.

상자에는 각각 '제시', '헨리'라고 적힌 봉투도 들어 있었다. 봉투에는 형과 내가 처음으로 자른 머리카락이 한 줌씩 들어 있었다. 형 머리카락은 어두운 갈색, 내 머리카락은 밝은 빨간색……. 형의 머리카락을 들고 있으니까 온몸에 소름이 돋았다. 신발 상자 안의 그것을 빼면 유일하게 남아 있는 형의 흔적이었다.

그러고 나서 나는 멍청하게도 폭신이를 얼굴에 대고 냄새를 맡아 버렸다. 내가 한 일 중에서 가장 최악이었다. 왜냐하면 형의 냄새가 났기 때문이다. 정말로 형 냄새가 났다. 별안간 눈물이 미친 듯이 쏟아졌다.

그때 엘리베이터 문이 열리는 소리가 들려서 난 폭신이로 입을 막았다. 그러자 몸은 부르르 떨렸지만 소리는 새어 나오지 않았다. 아타파큐 할아버지가 지나갔다. 하지만 나를 보진 못했다.

할아버지가 뒤쪽 계단으로 사라지고 작전 지역이 안전해지자, 조금 전에 꺼내 놓은 잡동사니를 몽땅 상자 안에 도로 쑤셔 넣었다. 나는 창고에서 나와 빨래를 가지러 세탁실로 향했다.

아줌마의 경고문 아래에는 아타파튜 할아버지가 쓴 경고문이 새로 붙어 있었다.

> 자기 세탁물은 적절한 시간 내에 세탁기에서 꺼냅시다.
>
> 그렇지 않으면 세탁물을 치워 버리겠음!!!

정말이지 이 아파트에서 사는 게 지긋지긋하다.

밤 12시

형한테 묻고 싶은 질문.

1. 이 멍청아, 왜 그랬냐?
2. 그 일이 우리 가족에게 어떠한 상처를 줄지 단 한 번이라도 생각해 봤어?
3. '카탄의 개척자' 보드게임 어디다 뒀어? 엄마 아빠도 어디 있는지 못 찾겠다던데?
4. 이 멍청아, 왜 그랬어?

바퀴벌레 같은 아이

2월 18일 월요일

팔리에게 "안 돼."라고 말하는 건 갓 태어난 강아지한테 집 안에 오줌을 싸지 말라고 하는 것과 같다. 불가능한 일이란 뜻이다. 팔리는 교실에서 나를 보자마자 미끄러지듯 뛰어와 내 옆자리에 앉았다.

"드디어 만났구나! 하루 종일 찾아다녔어!"

'난 하루 종일 피해 다녔다!'라고 말하고 싶었다.

"그래서? 아빠께 말씀드려 봤어?"

"아니."

팔리는 고개를 푹 떨궜다.

"왜?"

나는 깊게 한숨을 내쉰 다음 말했다.

"얘기가 길어."

"나, 시간 많아."

나는 팔리를 떼어 내려고 진실도 약간 섞어 가며 장황하게 설명했다.

"우리 집엔 돈이 없어. 아빠는 요즘 집세도 겨우 내고 있는 형편이고, 엄마는 일을 안 하시거든……."

팔리는 안경알 때문에 커진 눈으로 나를 살피더니 이렇게 물었다.

"너네 엄마는 어디 계시는데?"

"뭐라고?"

"같이 안 살잖아. 집 안에 여자 물건이 하나도 없던데."

"너, 우리 집 염탐했어?"

"아니. 현관에 남자 신발밖에 없었잖아. 안방에 화장품도 없고."

순간, 귓불이 화끈거렸다.

"네 일 아니니까 신경 꺼."

그때 수학 선생님이 교실로 들어왔다.

"너, 화나게 하려고 한 말 아니야. 그리고 그건 별일도 아니고. 결혼한 사람들 중 38퍼센트가 삼십 년 안에 이혼한다는 거 알아?"

"우리 엄마 아빠는 이혼 안 했어!"

내 목소리가 생각보다 크게 나오는 바람에 아이들 몇몇이 우리 쪽으로 고개를 돌렸다.

"팔리하고 헨리! 눈은 앞으로, 입은 다물어. 자, 다들 안전벨트를 매고 삼각 함수라는 흥미로운 세계로 슝 들어가 보자."

수학 선생님은 저 무미건조한 목소리로 어떻게 저런 멘트를 날릴 수 있을까?

수업 시간 내내 팔리는 내 시선을 끌려고 애썼다. 나를 빤히 쳐다보기도 하고, 흠흠 목을 가다듬기도 하고, 컴퍼스로 내 팔을 찌르기도 했다. 하지만 나는 팔리가 원하는 대로 할 수 없었다. 그저 선생님의 지시에 따라 입을 꾹 다물었다.

수업이 끝나자마자 나는 재빨리 자리에서 일어나 문 쪽으로 걸어갔다. 하지만 팔리가 내 뒤에 바짝 따라붙었다.

"어디 가는 거야? 우리, 정문에서 만나기로 했잖아."

"우리가 왜?"

"아, 진짜! 우리, 오늘 '도전! 전국 퀴즈왕' 대회 가잖아!"

휴, 까맣게 잊고 있었다. 오 분 후, 우리 팀은 잰코비치 선생님과 함께 버스 정류장으로 갔다. 우리는 99번 버스를 탔다. 다행스럽게도 제롬이 퀴즈를 내기 시작했기 때문에 팔리는 GWF 문제로 더 이상 나를 괴롭히지 않았다.

우리 상대는 동부의 보던 중학교였다. 어떻게 되었을까? 두말하면 잔소리! 우리가 이겼다! 보던 중학교도 상당히 잘 했다. 특히 피비라는 여자아이는 보던 중학교의 점수 반 이상을 혼자 따냈다. 하지만 캐나다 역사가 그쪽의 약점이었다.

우리는 제롬이 캐나다 역사광이었다. 마지막 라운드는 단체전이었다. 10점짜리 문제를 먼저 맞힌 팀이 그다음 세 문제를 맞힐 기회를 얻는 형식이었다. 문제가 캐나다의 암흑 시절에 수상을 지냈던 윌프레드 로리에에 관한 것이었는데 제롬이 연이어 다 맞혔다. 우리는 20점 차이로 보던 중학교를 따돌렸다.

집으로 돌아가는 길에 우리는 한껏 들떠 있었다. 하지만 버스에 사람이 하도 많아서 모두 서서 가야 했다. 아이들 중 몇 명은 뒤쪽에 자리를 잡았고, 나는 앨버타와 앞쪽에 나란히 서 있었다.

앨버타는 오늘 체크무늬 바지에 등에 사슴이 그려져 있는 지퍼 스웨터를 입었다. 앨버타의 옷에서 좀약 냄새가 났다. 못해도 나보다 7센티미터는 더 큰 앨버타의 어깨에 버스가 멈춰 설 때마다 코를 들이박다 보니 내 의지와 상관없이 저절로 맡게 되었다.

고개를 들어 보니 앨버타도 나를 내려다보고 있었다. 아니, 앨버타의 오른쪽 눈이 나를 보고 있었다. 내가 말했다.

"네 옷, 참 재미있다."

"고마워. 나는 주로 벼룩 시장에서 옷을 사. 그래서 재활용 룩이라고 부르지."

앨버타가 대답했다. 내 말을 칭찬으로 받아들인 모양이었다.

"오늘 잘 하더라."

사실 앨버타는 레이디 가가와 패리스 힐튼에 관한 문제 딱 두 개밖에 못 맞혔다. 그래도 나는 일부러 그렇게 말했다.

"그러게, 고마워."

그때 갑자기 버스가 덜컹 멈춰 섰다. 우리는 중심을 잡으려다가 같은 봉을 동시에 움켜잡았다. 그 바람에 앨버타의 손이 내 손 바로 위에 얹혔다. 앨버타의 새끼손가락이 내 엄지에 닿았다.

내가 이 일에 뭔가 의미를 두려는 건 절대로 아니다. 완전히 우연이었다는 걸 나도 안다. 아마도 앨버타는 우리 손가락이 서로 닿았다는 사실조차 눈치채지 못했을 것이다.

앨버타는 집으로 오는 내내 손을 빼지 않았다. 나도 안 뺐다.

집에 도착하니 6시가 다 되었다. 아빠는 보이지 않고 목소리만 들렸다. 누군가와 통화 중이었다.

"……예, 머리칼은 빨간색입니다. 키는 158센티미터에……."

"160센티미터라니까요!"

나는 대뜸 고함을 질렀다.

"……예, 아직 몇 시간 지나지 않았다는 거 잘 압니다. 그런데 지금 이해를 못 하시는 것 같은데……."

나는 거실로 들어갔다. 아빠는 서성대면서 한 손으로 머리카락을 계속 쓸어넘기고 있었다. 아빠가 초조해하거나 스트레스를 받을 때 자주 하는 행동이었다. 발에는 아직도 작업용 장화를 신고 있었다. 카펫은 온통 흙투성이였다.

그때 아빠가 나를 발견했다.

"아이고, 죄송합니다. 아이가 지금 막 왔네요."

아빠는 얼른 전화를 끊었다.

"헨리 카스퍼 라슨!"

그 말을 듣는 순간 죽었구나, 하는 생각이 들었다. 아빠가 내 이름을 정식으로 부르는 건 정말로 화가 났을 때뿐이었다.

"걱정돼서 미치는 줄 알았다."

목소리가 잔뜩 잠겨 있었다. 아빠는 나를 두 손으로 잡더니 숨도 못 쉴 정도로 힘껏 껴안았다.

"죄송해요. 오늘 '도전! 전국 퀴즈왕' 대회가 있었어요. 깜박 잊고 말씀을 못 드렸어요."

아빠는 팔을 풀고 내 어깨를 잡았다.

"다시는 이러면 안 된다. 다시는 말하는 거 까먹지 마라, 응?"

아빠가 내 어깨를 세차게 흔들었다. 잠깐 동안 나는 겁을 먹었다. 아빠는 덩치가 그렇게 크진 않지만 단단하고 강인한 체격이었다.

"아빠, 죄송해요."

아빠는 나를 놓고 소파로 가더니 무너지듯 주저앉았다. 아빠는 손으로 뒷머리를 받쳤다. 아빠의 어깨가 살며시 흔들렸다. 처음에는 아빠가 웃고 있는 줄 알았다. 그런데 아빠는 웃고 있지 않았다. 울고 있었다. 흐느껴 울었다고 하는 게 맞겠다.

아빠는 원래 감정이 풍부한 사람이었다. 텔레비전을 보다가도 곧잘 눈물을 흘렸다. 심지어 카페 광고를 보고도 울었다. 엄마는 아빠가 초코파이 같은 사람이라고 말했다. 겉은 딱딱한 것 같지만 속은 한없이 부드럽고 쫀득하다며.

하지만 이번엔 달랐다. 아빠가 이렇게 운 건 딱 한 번뿐이었다. 형의 장례식을 치르고 일주일이 지나서였다. 다 같이 설거지를 하고 있는데, 아빠가 갑자기 바닥에 주저앉더니 어린아이처럼 울기 시작했다. 그 순간이 몇 시간처럼 길게 느껴졌다. 결국 엄마와 난 쩌렁쩌렁 울리는 울음소리를 피해 2층으로 올라갔다.

난 바보가 아니다. 퇴근하고 돌아왔는데 내가 보이지 않자, 아빠가 불현듯 무슨 생각을 했을지 알 만했다. 가족 중 누군가 자살을 하고 나면, 또 그런 일이 있을 수도 있다고 생각하는 것은 당연한 일이다. 자살은 감기 바이러스처럼 전염되기가 쉬웠다.

나는 아빠 등에 기대어 앉아 곱슬곱슬한 빨간 머리를 쓰다듬어 주었다. 그러다 곧 나도 울음이 터졌다. 곧이어 정말로 바보 같다는 생각이 들었다. 지난 사흘 동안 하루 걸러 하루마다 울고 있는 셈이기 때문이었다.

"정말 죄송해요, 아빠. 아빠를 걱정시키려고 그런 건 아니었어요. 아빠를 사랑해요."

"나도 사랑한다, 헨리야. 정말로 많이 사랑한다."

시간이 조금 더 지난 후, 아빠와 나는 서로를 마주 보며 바보같이 웃었다.

"더 그레이트 데인도 운 적이 있을까?"

아빠는 이렇게 물으며 코를 훌쩍였다.

"그럼요."

"말뚝 처형자 블라드는?"

"절대로 안 울죠. 아기였을 때 엄마가 눈물샘을 없애 버렸을걸요."

아빠가 웃음을 터뜨렸다.

"너한테 휴대폰을 하나 사 줘야겠다."

"아빠, 너무 비싸요."

"제일 싼 모델로 고르면 돼. 언제든지 연락이 닿아야 안심할 수 있겠어. 그나저나 저녁 준비를 못 했네."

아빠는 다시 코를 훌쩍였다.

"괜찮아요. 제가 할게요."

그리고 내가 할 줄 아는 메뉴 세 가지 중에서 하나를 아빠한테 골라 달라고 했다.

"콩을 곁들인 비엔나 소시지, 아니면 달걀 프라이를 곁들인 비엔나 소시지, 아니면 인스턴트 마카로니를 곁들인 비엔나 소시지 중에 어떤 걸로 하실래요?"

"콩을 곁들인 비엔나 소시지가 맛있을 것 같구나."

아빠와 나는 텔레비전을 보면서 저녁을 먹었다. 저녁을 다 먹고 나는 아빠한테 키를 재 달라고 했다. 이제 161센티미터하고 조금 더 크다! 이번에는 아빠도 머리카락 때문이 아니라고 인정했다.

"다음 '도전! 전국 퀴즈왕' 날짜가 나오면 알려 주렴. 이렇게 걱정만 할 게 아니라 직접 보러 가야겠구나."

내가 화장실에서 양치질을 하고 있을 때 아빠가 거실에서 큰 소리로 말했다.

나는 또 울음이 터질 뻔했다. 왜냐하면 이게 원래 내가 아는 아빠의 모습이었기 때문이다. 6월 1일 이전의 아빠는 형과 내가 다니는 학교에서 하는 음악제와 연극제, 운동회에 모조리 참석하는 사람이었다. 그때의 아빠 모습이 아직 남아 있다는 사실이 무척 기뻤다.

하지만 난 이렇게만 말했다.

"그럴게요, 꼭이요."

새벽 1시

아타파튜 할아버지가 또 홈쇼핑 채널을 보고 있다. 홈쇼핑에서는 입고 자는 담요를 광고 중이다.

새벽 1시 30분

앨버타의 새끼손가락이 내 엄지에 닿은 건 틀림없이 우연이다.

그래, 확실해.

2월 19일 화요일

바퀴벌레는 3억 5천만 년 동안 존재했다. 바퀴벌레는 어떤 일이 벌어져도, 설령 핵폭탄이 터진다 해도 살아남는다. 바퀴벌레는 세균을 옮기고 우리의 음식을 먹어치우며 엄청나게 증식한다. 우리는 절대로 바퀴벌레를 떼어 낼 수 없다.

팔리는 나에게 바퀴벌레 같은 아이다. 오늘 학교 식당에서 내 맞은편에 자리를 잡더니 또 시작이었다.

“자, 그럼 간단히 정리해 보자. 너희 부모님한테 ‘GWF 스매쉬업 라이브 인 시애틀’을 보러 갈 돈을 빌린 순 없는 거야, 그렇지?”

“그래.”

“그렇다면…….”

“우리가 못 간다는 거지.”

팔리가 고개를 저었다.

“헨리, 그 말은 우리가 돈을 벌 방법을 찾아야 한다는 거야.”

나는 참아야지, 하는 마음으로 설명했다.

“팔리, 그만해. 지금 시작해서 4월 30일 이전에 그렇게 큰 돈을 벌 방법은 없어.”

“아니야, 벌 수 있어. 두 달하고도 반이나 남았는걸. 아르바이트를 할 수도 있고.”

“무슨 아르바이트? 우린 겨우 열네 살이야.”

“아기들을 봐줄 수도 있고.”

“베이비시터 자격증 있어?”

“아니.”

“아기들에 대해서 뭐 좀 알아?”

“아니.”

“주변에 아기가 있는 사람이 있어?”

“아니.”

“이상이야.”

“그냥 잡다한 일들은 어때? 길에다 팻말을 세워 놓는 거야. 정원 가꾸는 일을 도와 드립니다, 잡초 깎아 드립니다, 뭐 이렇게 써서.”

“팔리, 지금은 2월이야. 그리고 그런 일을 하려면 우리한테 장비가 있어야 해.”

“안녕, 친구들!”

나는 고개를 번쩍 들었다. 앨버타가 그레이비 소스를 뿌린 감자튀김이 담긴 접시를 들고 우리 쪽으로 오고 있었다. 청바지에 갈색 글씨로 뭐라고 쓰인 분홍색 티셔츠……. 오늘은 비교적 평범하게 입었다.

“그쪽으로 좀 들어가.”

앨버타가 내 옆으로 들어오며 말했다. 앨버타의 허벅지가 내 허벅지를 스칠 때, 이 탁자가 내 하체를 가리고 있어서 참 다행이라는 생각이 들었다.

“앨버타, 네가 도움이 될지도 모르겠다.”

나는 팔리에게 닥치라는 신호를 보냈다.

“지금, 어떻게 하면 두 달 반 안에 400달러를 벌 수 있을지 생각해보고 있었거든.”

팔리가 설명하자 앨버타가 물었다.

“돈 벌어서 뭣에 쓰게?”

내가 대답했다.

“아무것도 아니야.”

“4월 마지막 날에 시애틀에서 ‘GWF 스매쉬업 라이브’가 열리거든. 헨리랑 나는 레슬링 광팬이야.”

잠시 기다렸다.

역시 앨버타는 나를 실망시키지 않았다.

“푸하-하-하-하-하-하-하-히-히이!”

하고, 웃음을 터뜨리면서 이렇게 덧붙였다.

“그러면서 ‘도전! 전국 퀴즈왕’ 팀을 얼간이 같다고 했단 말이지?”

“헨리, 네가 그랬어?”

팔리가 나에게 물었지만, 앨버타가 웃음을 멈추지 않아서 아무 대꾸도 할 수가 없었다.

“푸하-하-하-하-하-하-하-히-히이!”

마침내 앨버타는 웃음을 그치고 감자튀김을 퍼먹기 시작했다. 이건 말 그대로 퍼먹었다는 뜻이다. 마치 일주일을 꼬박 굶은 사람처럼. 엄청 구질구질해 보였다. 그런데 이상하게 매력적으로 느껴지기도 했다.

“보지도 않고 깎아 내리지 마. 한 번만 보면 생각이 바뀔 테니까.”

팔리가 앨버타에게 말했다.

“아, 한 번인가 두 번 정도 본 적 있어. 그런데 그거 다 짜고 한다는 건 알지?”

"그래서? 중요한 건 그게 아니야. 다들 기량이 뛰어난 선수들이야. 링 위에서는 진짜 다칠 수도 있다고."

팔리의 말에 내가 덧붙였다.

"영화 같은 거지. 어쨌든 보면 신 나잖아. 연결되는 줄거리가 있고, 선수들마다 각자 맡은 역할이 있어. 그건 마치……."

나는 머릿속으로 알맞은 말을 찾아보았다.

"남자들을 위한 드라마 같은 거네?"

앨버타가 말했다.

나는 잠시 생각한 다음 대답했다.

"그래, 그 말이 맞는 것 같아."

"Y염색체를 위한 드라마라는 거지?"

"바로 그거야."

팔리가 그렇게 대답하는 순간, 어디선가 빈 콜라 캔이 날아와 머리를 때렸다. 맞은편에 앉아 있던 나와 앨버타에게는 범인이 누군지 뻔히 보였다. 팔리 뒤쪽으로 탁자 두 개만큼 떨어진 곳에 트로이가 마이크, 조시와 함께 앉아 있었다.

마침 그 옆을 지나가던 선생님이 걸음을 멈추고 트로이를 쏘아보았다.

"이런, 미안해. 수거함에 넣으려던 건데."

트로이가 미안하다는 듯 겸연쩍게 웃으며 말했다. 재활용품 수거함은 팔리 바로 뒤에 있었다.

"다음에는 직접 가져가서 버리도록 하렴."

트로이의 거짓말에 속은 선생님이 말했다.

"네, 선생님! 죄송합니다."

솔직히 말해서 선생님들은 우둔할 때가 참 많다.

팔리는 아무 말도 하지 않았다. 그저 바닥에 떨어진 콜라 캔을 주워서 깡통과 유리병으로 넘쳐나고 있는 수거함에 꾹꾹 눌러 넣었다.

"저기 답이 있네."

앨버타가 말했다. 팔리와 나는 어리둥절한 얼굴로 앨버타를 바라보았다.

"400달러를 빨리 벌어야 한다며?"

앨버타는 재활용품 수거함을 가리키며 말을 이었다.

"재활용품은 일주일에 두 번 수거해 가잖아. 그러니까 수거해 가기 전에 너희 둘이 먼저 차지해. 브로드웨이 가에 있는 재활용품 수거 창고에 가져다주고 돈을 받는 거지."

팔리의 눈이 휘둥그레졌다.

"그럼, 대략 얼마나 벌 수 있는 거지?"

팔리는 암산을 하기 시작했다.

"학교에 재활용품 수거함이 이십 개 있고, 전교생이 천이백 명이니까, 일주일에 수거함 하나에서 깡통이랑 유리병을 스물다섯 개씩만 모은다고 해도……. 잠깐, 유리병이나 깡통이나 한 개당 10센트지? 그럼, 일주일에 50달러를 버는 거잖아!"

팔리는 손을 높이 들어 앨버타와 짝 하고 마주쳤다. 앨버타는 기꺼이 응해 주었다.

"감사는 됐어."

앨버타는 거만한 미소를 띠며 말했다.

"말도 안 돼. 그러려면 우린 쓰레기통을 다 뒤져야 돼. 그것도 전교생이 보는 앞에서."

"다른 아이들이 등교하기 전에 나와서 하면 되지. 모은 깡통이랑 유리병은 사물함에 넣어 놨다가 학교가 끝나면 수거 창고로 가져가고."

말을 마친 팔리는 숫자를 휘갈겨 쓰기 시작했다.

"우리 학교는 화요일하고 목요일에 수거하니까, 우리는 화요일하고 목요일 아침에 한 바퀴 돌면 되겠네."

"안 해."

"헨리, 하자. 쉽게 돈 버는 거야!"

"안 해! 다른 애들한테 얼간이처럼 보일 거야."

앨버타가 콧방귀를 뀌었다.

"뭐, 딱히 나쁜 뜻으로 하는 말은 아닌데, 너희 둘은 GWF 광팬이야. 지금도 충분히 얼간이라고."

앨버타는 접시를 손에 들고 남아 있는 그레이비 소스를 혀로 핥아 먹었다. 장난이 아니라 진짜로.

"또 보자."

앨버타가 걸어가다가 갑자기 멈춰 섰다.

"참, 이가 여덟 개이고 아이큐가 73 정도 되는 생명체가 뭔지 알아?"

우리는 어깨를 으쓱했다.

"레슬링 경기장에서 맨 앞 두 줄에 앉아 있는 사람들이야. 푸하-하-하-하-하-하-하-히-히이!"

2월 20일 수요일

내 뜻을 공식화해 두기 위해 이 글을 쓴다. 나는 앞으로 절대, 무슨 일이 있어도, 결코, 돈을 벌기 위해 비굴하게 쓰레기통을 뒤지지 않겠다. 팔리가 아무리 빌며 애원한다 해도.

지금은 국어 시간이다. 팔리가 계속 조르고 있다.

절대 안 해.

팔리더러 보라고 이렇게 쓴 거다. 이 녀석은 아까부터 내가 뭘 쓰는지 어깨 너머로 자꾸 힐끔거리고 있었다.

팔리한테서 구린내가 난다.

이것도 팔리더러 보라고 쓴 거다.

불길한 징조

2월 22일 금요일

너무 화가 나서 몸이 부들부들 떨린다.

학교를 마치고 세실 선생님한테 상담을 받으러 가서 기다리고 있는데, 짧은 곱슬머리에 눈이 툭 튀어나온 아줌마가 대기자 자리로 다가왔다. 아줌마는 자살 관련 단체 이름이 인쇄된 노란색 티셔츠를 입고 있었다.

"네가 헨리 라슨이니?"

"네."

내가 대답했다.

그 아줌마가 말했다.

"나는 캐럴이라고 해. 이리 따라오렴."

캐럴이라는 선생님은 나를 자기 방에 가두고 나서야, 세실 선생님이 감기 때문에 집에서 쉬고 있으니 오늘은 자기와 상담을 해야 한다고 말했다.

내가 굳이 상담을 하지 않아도 괜찮다고 했지만, 그 선생님은 아랑곳없이 바로 이야기를 시작했다. 선생님은 내 진료 기록을 읽어 보더니 대뜸 이렇게 말했다.

"그러니까 네 형이 친구를 총으로 쏘아 죽인 다음, 자기 목숨도 끊었다는 것 아냐? 어머! 나, 이 사건 언젠가 뉴스에서 본 것 같아."

!!!

그 선생님은 내게는 눈길도 주지 않고 진료 기록을 뒤적이더니, 어느 순간 고개를 번쩍 들고서 내 출렁이를 뚫어지게 바라보았다! 그리고 이렇게 물었다.

"네 진료 기록에 보면 그 사건이 일어난 다음에 살이 많이 쪘다고 하는구나. 우울할 때면 음식을 엄청 많이 먹니?"

!!!???

마침내 내 분노가 폭발했다. 나는 즉시 로봇 헨리가 되었다.

"우.리.행.성.에.서.출.렁.이.는.부.의.상.징.이.다."

그때 선생님의 얼굴 표정은 정말로 볼 만했다. 매운 고추를 씹기라도 한 듯한 표정이었다.

"너, 왜 그런 목소리로 얘기하니?"

“무.슨.목.소.리.를.말.하.는.거.냐.지.구.인.네.정.체.를.밝.혀.라.그.렇.지.않.으.면.내.광.선.총.으.로.너.를.해.치.우.겠.다.”

선생님은 마치 바지에 똥이라도 쌀 것 같은 표정을 지었다. 그러고는 슬금슬금 문 쪽으로 다가갔다. 나는 화가 나서 주체할 수가 없었다. 로봇 걸음걸이로 선생님을 따라갔다.

“지.구.인.도.망.가.봐.야.내.눈.을.피.할.수.없.다.”

선생님은 문을 박차고 나가더니 복도를 따라 냅다 뛰었다. 선생님이 접수처에서 직원과 얘기하는 소리가 들렸다. 내가 다가가자 선생님은 그 자리에 얼음처럼 굳어 버렸다.

“당.신.은.형.편.없.는.상.담.사.다.”

나는 로봇 목소리로 말한 뒤 병원에서 나왔다.

다음번에 세실 선생님을 만나면 분명히 말해 둬야겠다. 세실 선생님 말고는 아무와도 얘기하지 않을 거라고.

세실 선생님은 분명히 돌팔이일 거다. 그렇지만 내 전용 돌팔이다.

밤 12시

세실 선생님이 진료 기록에 내 출렁이를 적어 두었다니!!!

2월 23일 토요일

흉조란 불길한 일이 닥칠 것을 암시하는 징조를 말한다. 예를 들어, 어떤 사람들은 검은색 고양이가 자기 앞을 가로질러 간다거나, 아니면 집 안에서 우산을 펼치게 된다거나, 아니면 새가 집 안으로 날아든다거나 하면 불운한 일이 생긴다고 여긴다.

오늘 나한테 그런 흉조가 나타났다. 우리 집으로 새가 아니라 아줌마가 들어왔다.

저녁 시간이 다 되어서였다. 오늘 나는 우리 집에서 걸어서 십오 분쯤 걸리는 제리코 해변으로 혼자 산책을 갔다 왔다. 아빠가 위스키 반 병을 마저 비우기 시작했기 때문이기도 했고, 운동을 해서라도 출렁이를 좀 빼야겠다고 마음먹었기 때문이기도 했다.

집으로 돌아와 현관문을 열었을 때, 안에서 여자 목소리가 들렸다. 심장이 쿵쾅거렸다. "엄마!"라고 외칠 뻔했지만, 채 입을 떼기도 전에 그 여자가 엄마가 아니란 걸 알아차렸다.

캐런 아줌마였다. 아줌마는 다리를 탁자 위에 걸치고 소파에 앉아 있었다. 앞이 깊게 파여 가슴이 훤히 드러나는 까만색 티셔츠를 입고. 아빠는 아줌마 맞은편에 있는 안락의자에 앉아 있었다. 두 사람 다 손에는 얼음을 띄운 위스키를 한 잔씩 들고 있었다.

"헨리 왔구나!"

아빠는 마치 그 상황이 하나도 이상할 게 없다는 듯이 자연스럽게 인사를 건넸다.

"캐런 아줌마가 우리 우편물을 가져다주셨구나."

아빠가 말했다.

"어제 집배원이 우리 집 우편함에 잘못 넣어 두고 갔지 뭐니?"

아줌마가 덧붙였다.

"캐런 아줌마는 지금 막 영화 촬영 현장에서 있었던 일을 얘기하고 계셨어. 헤어 디자이너시라는구나."

"뭐, 요즘은 미용 전문 학교에서 주로 강의를 하고 있어요. 간간이 영화 일도 도와주면서요."

아줌마가 말했다.

"유명 인사들도 많이 만나셨대."

아빠가 덧붙였다.

"엄마가 전화하라고 하지 않았어요?"

내가 아빠한테 물었다. 아빠는 무슨 소린지 모르겠다는 표정을 지었다.

"글쎄, 못 들은 것 같은데. 아무튼 이쪽으로 와서 앉으렴. 아줌마는 톰 행크스도 만나 보셨다는구나."

나는 그대로 뒤를 돌아 집에서 나왔다. 분노가 해일처럼 밀려와 나를 집어삼켰다. 눈앞이 캄캄해졌다. 너무너무 화가 치민 나머지, 신발을 신고 나오는 것도 잊어버렸다. 맨발로 아파트 밖에 우두커니 서 있다가 그 사실을 문득 깨달았다.

밖에는 비가 쏟아지고 있었다. 안으로 들어가려고 돌아섰다. 하지만 아파트 현관 열쇠를 탁자에 놓고 나와서 안으로 들어갈 수가 없었다. 아빠한테 전화를 걸까도 생각해 봤지만, 그랬다간 내가 집에서 뛰쳐나온 이유가 희석될 것 같아서 그만두었다.

머릿속에서 네 마디가 떠올랐다.

아빠는 왜 이렇게 멍청하지?

지금 그 아줌마가 무슨 수작을 부리려는지 안 보이는 걸까? 엄마가 지금 집에 없다는 걸 기회로 아빠한테 들러붙으려는 것이 안 보이냐고? 그나저나 여긴 진짜 춥네!

"헨리 아니냐? 무슨 일이냐?"

아타파튜 할아버지였다. 할아버지는 음식 재료가 든 봉지를 양손에 들고 걸어오고 있었다. 턱이 덜덜 떨려서 할아버지 말에 대답할 수가 없었다.

"들어가자. 열쇠를 안 가지고 나온 게로구나."

할아버지가 아파트 현관문을 열며 말했다.

"네."

"신발도 안 신고?"

"네."

"요 앞에 네 아빠 트럭 있는 것 봤다. 아빠한테 전화할 수 없는 상황인 게야?"

나는 발끝만 내려다보았다. 양말에서 물이 줄줄 흐르고 있었다.

할아버지는 잠깐 동안 나를 뚫어져라 바라보았다.

"마침 잘됐다. 또 엘리베이터가 말썽이라 누가 짐을 좀 들어 주었으면 했는데."

나는 할아버지 집까지 봉지를 들어다 주었다.

"고맙구나. 차 한잔 마시고 가련? 어젯밤에 바르피를 만들어 둔 게 있는데. 그리고 양말도 갈아 신고."

나는 할아버지 집에 들어가고 싶지 않았다. 하지만 너무 추웠다. 당장 집에도 갈 수 없는 처지였다. 사실 아무데도 갈 수가 없었다. 신발이 없었으니까.

나는 할아버지 얼굴을 찬찬히 뜯어보았다. 어린이 추행범이나 살인범 같지는 않았다. 설령 그렇다 해도 할아버지와 싸우면 내가 이길 것 같았다.

그래서 대답했다.

"그럴게요."

할아버지 집에선 카레 냄새가 진동했다. 딱히 놀랍지도 않았다. 이 냄새는 맨날 내 방까지도 풍겨 오니까. 나쁜 냄새라기보다는 강렬한 냄새였다.

나는 현관에서 젖은 양말을 벗었다. 그리고 할아버지를 따라 선명한 무늬가 있는 쿠션과 전등갓, 깔개가 있어서 훨씬 알록달록하다는 것만 빼면 우리 집과 거의 똑같은 거실로 들어갔다.

"거기 앉으렴."

할아버지는 이렇게 말하고는 방으로 들어가 두꺼운 털양말을 가지고 나왔다. 모르는 사람이나 마찬가지인 사람의 양말을 신는다는 것이 좀 이상했지만 별다른 방법이 없어서 그냥 발에 껴 신었다. 금방 발이 따뜻해졌다.

"이 담요도 입고 있어라."

할아버지는 소매가 달린 커다란 담요를 건네주었다.

"이거 홈쇼핑에서 사셨죠?"

내가 물었다.

"그래, 난 홈쇼핑 물건에 한 번도 실망해 본 적이 없단다."

할아버지는 입을 크게 벌려 이를 보여 주었다.

"어떠냐? 요즘 이를 하얗게 해 준다는 '30초 미소' 전동 칫솔을 쓰고 있거든! 나는 채소도 '촵촵 썰려요' 절단기로만 썬단다."

나는 입는 담요에 팔을 넣어 보았다. 진짜로 포근했다.

할아버지는 차를 준비하러 부엌으로 사라졌다. 우리 집과 다르게 할아버지네 벽에는 사진 액자가 잔뜩 걸려 있었다. 나는 일어나서 사진을 가까이서 들여다보았다. 아주 늙은 할머니 사진이 많았다. 달리 쓸 예의 바른 표현이 없는, 심하게 못생긴 할머니였다. 얼굴에 사마귀가 여러 개 있는 데다 콧수염도 슬쩍 보였다.

그때 이번에 산 내 휴대폰이 울렸다. 아빠일 게 뻔했다. 난 진짜로 화가 나 있었지만, 아빠가 심장 마비에 걸리는 것까진 바라지 않았다. 그래서 전화가 끊어지길 기다린 다음 아빠한테 문자 메시지를 보냈다.

그 아줌마가 돌아가면 들어갈게요.

답문자가 왔다.

바보같이 구는구나.

나는 곧바로 답장을 보냈다.

아니요, 아빠가 바보 같아요.

휴대폰을 주머니에 도로 집어넣는데 할아버지가 돌아왔다. 할아버지는 탁자 위에 쟁반을 내려놓은 다음, 손잡이가 없는 잔을 내게 건넸다.

"차이라는 거다."

향이 아주 강했다.

"이 사람들은 누구예요?"

나는 액자 속의 젊은 남녀 한 쌍을 가리키며 물었다.

여자는 스리랑카 쪽 전통 의상인 것 같은 화려한 드레스를 입고 있었고, 남자는 옷깃이 없는 흰 셔츠에 흰 바지를 맞춰 입고 있었다.

"내 결혼식 사진이란다."

할아버지가 말했다.

"저 사람이 할아버지라고요?"

나는 바짝 다가가 더 자세히 보며 물었다. 할아버지가 웃었다.

"그래, 나다. 놀랍지? 나도 한때는 젊고 잘생긴 사람이었다는 게."

"그럼, 할머니는 지금 어디에 있어요?"

"오 년 전에 세상을 떴단다. 암이었지."

할아버지는 잠깐 말이 없었다.

"이 사진이 세상을 뜨기 일 년 전에 찍은 거란다."

할아버지는 얼굴에 사마귀가 나고 콧수염이 있는 할머니 사진을 가리켰다. 순간, 나 자신이 매우 재수 없게 여겨졌다. 할아버지는 깊게 한숨을 쉬었다.

"내 인생을 바쳐 사랑한 여인이지."

나는 뭐라 말해야 할지 몰라 차를 한 모금 마셨다. 달콤하고 맛있었다.

"이 자동차는 뭐예요?"

나는 할아버지가 노란 택시 앞에 서서 찍은 사진을 가리켰다.

할아버지가 빙그레 웃었다.

"그 녀석 이름은 챈드리카란다."

"챈드리카요?"

"내가 좋아하는 스리랑카 여자 크리켓 선수 이름을 따서 붙였지. 나는 택시 기사였단다. 챈드리카는 내가 몰던 택시이고. 블랙탑 택시 회사에 이십 년 넘게 근무했거든."

"그럼, 지금은 퇴직하신 거예요?"

"그렇다고 봐야지. 만성적인 요통이 있어서. 그래서 챈드리카 면허도 친구한테 넘겼단다."

"그 시절이 그리우세요?"

"그럼, 그렇지. 지금도 친구가 일이 있을 때면 노부인을 태우고 챈드리카를 몰기도 해. 난 택시 운전을 좋아했어. 그땐 재미있는 사람들도 많이 만났지. 대니얼과 헨드릭 쌍둥이를 레스토랑까지 데려다 준 적도 있었고."

"밴쿠버 캐넉스의 그 대니얼과 헨드릭 세딘 말씀하시는 거예요? 아이스하키 선수?"

할아버지는 고개를 끄덕였다.

"그 쌍둥이 선수가 팁을 참 후하게 줬는데. 자, 내 얘기는 많이 한 것 같구나. 이제 네 얘기도 좀 들려주련? 넌 뭘 좋아하지? 스포츠 좋아하니?"

나는 할아버지한테 학교생활이랑 '도전! 전국 퀴즈왕' 얘기를 조금 했다. 그리고 또 텔레비전으로 GWF 경기를 보는 것을 좋아한다고도 했다.

"나도 GWF 경기를 본단다."

이건 깜짝 놀랄 일이었다.

"내가 좋아하는 선수는 더 엑스터미네이터지."

"더 엑스터미네이터요? 장난하세요?"

할아버지와 나는 더 엑스터미네이터와 더 그레이트 데인 중에 누가 더 나은가를 놓고 한참 동안 입씨름을 했다. 썩 괜찮은 토론이었는데, 뜬금없이 할아버지가 물었다.

"너희 집엔 아무 일 없는 게냐?"

"무슨 말씀이세요?"

"비가 쏟아지는데 신발도 없이 밖에 서 있었지 않니? 게다가 너는 아빠한테 전화하는 것도 꺼리고. 아빠가 집에 있는 것 같은데."

"아, 아무 일 없어요."

그리고 덧붙였다.

"진짜로요."

때마침 작전 신호라도 주는 듯 휴대폰 벨소리가 울렸다. 아빠가 보낸 문자 메시지였다.

작전 지역은 안전하다.

나는 잔을 탁자 위에 내려놓고 담요를 벗었다.

"이제 집에 가야겠어요. 차, 잘 마셨습니다."

현관으로 가는 길에 의자 위에 놓인 이상하게 생긴 기구를 보았다.

"이건 뭐예요?"

"아, '10초 복근 만들기'라는 운동 기군데, 나한테는 몹시 어렵더구나. 혹시 관심 있으면 빌려 가거라."

할아버지는 내 출렁이에 눈길을 주지 않았다.

"그럴게요. 고맙습니다."

"헨리야, 언제든지 놀러 와도 된단다."

문을 나서려는데 할아버지가 그렇게 말했다. 할아버지는 한 손에

'10초 복근 만들기'를, 다른 손에는 젖은 양말을 들고 있었다.

"그리고 네 양말 가져가거라."

"그건 뭐니?"

내가 집으로 들어가자 아빠가 물었다. 아빠는 '10초 복근 만들기'를 보고 있었다. 나는 아무 대답도 하지 않았다. 복근 만들기를 거실 바닥에 내려놓고 아빠가 사과하기를 기다렸다.

하지만 아빠는 사과하지 않았다.

"지금 아빠 무시당하는 거니?"

그랬다.

"헨리, 아줌마는 그냥 우편물을 가져다주러 들른 거야."

"그렇겠죠. 하여튼 다시는 우리 집에서 그 아줌마를 보고 싶지 않아요."

"그건 네가 결정할 문제가 아니야. 우리, 이러지 말자. 잠깐 대화를 나눈 것뿐이야."

"엄청나게 즐거우셨나 봐요."

"사실, 즐거웠어. 어른하고 대화를 나눈 건 정말 오랜만이니까."

"이번 주에도 엄마랑 몇 번이나 대화를 하셨잖아요?"

아빠는 내 눈을 피했다.

"그거랑은 달라. 엄마와 난 너무 감정적이잖니?"

"거기다가 건설 현장에는 어른들이 버글버글하고요."

“건설 현장에서 나누는 대화라는 게 ‘어이, 망치 좀 줘.’ 아니면 ‘라슨 씨, 빨리빨리 합시다.’ 이 정도지. 사실 영어를 아예 못 하는 사람들이 대부분이고.”

“그 아줌마는 엄마한테서 아빨 빼앗으려는 거예요.”

아빠는 한숨을 쉬었다.

“헨리, 아빠를 ‘빼앗을’ 수 있는 사람은 없어. 하지만 우리도 이제 좀 현실적으로 봐야 할 때가…….”

“뭘 현실적으로 본단 말씀이에요?”

침묵이 흘렀다.

“아무것도 아니다.”

“아니요, 지금 얘기하세요.”

“아무것도 아니야. 저녁 준비나 해야겠다.”

아빠는 부엌으로 들어갔다.

“그 아줌마는 다시 찾아올 거예요.”

나는 아빠 등에 대고 외쳤다.

“내가 언제 안 온다고 했니?”

아빠도 고함을 질렀다.

“안 했죠. 다시 올 거라고 생각하니까요!”

이번엔 아빠가 대답을 하지 않을 차례였다.

재활용품 수거 작업

2월 24일 일요일 아침 7시

엄청난 아이디어가 떠올랐다. 이건 전적으로 헤일리 밀스 덕분이었다. 헤일리 밀스가 누구냐고? 나도 오늘 새벽까진 그 사람을 몰랐다. 헤일리 밀스는 〈페어런트 트랩〉이란 영화의 오리지널 버전 주인공이다.

어젯밤에도 또 잠이 안 왔다. 결국 새벽 4시쯤에 잠자기를 포기하고 거실로 나왔다. 그리고 텔레비전 채널을 이리저리 돌리다가 우연히 이 영화를 발견했다.

영화에서 헤일리 밀스는 1인 2역으로, 섀런과 수전 쌍둥이 역을 혼자서 연기했다. 영화 내내 섀런과 수전은 이혼한 부모님을 재결합시키려고 노력했다. 둘이서 엄마 아빠의 첫 번째 데이트를 그대로 재현해 부모님을 깜짝 놀라게 만드는 장면이 나왔다. 그래서 어떻게 되었냐고? 쌍둥이는 작전에 성공했다. 해피 엔딩이었다.

영화가 끝나자 나는 침대로 기어 들어갔다. 막 잠이 들려는데 번뜩이는 아이디어가 떠올랐다. 나도 그렇게 하면 되지. 엄마와 아빠가 좋아하는 이벤트를 계획해서 둘을 재결합시키는 거다. 엄마 아빠가 둘 다 좋아하는 것! 그렇게 많은 일이 일어난 지금까지도…….

엄마와 아빠를 'GWF 스매쉬업 라이브 인 시애틀'에 데려가는 것이다!

2월 26일 화요일 밤 12시

오늘 아침 7시 30분, 첫 번째 수거 작업에 나섰을 때였다. 재활용품 수거함에 팔을 겨드랑이까지 밀어 넣자 뭔가 손에 잡혔다. 그런데 금속 촉감도, 유리병 촉감도 아니었다. 말랑말랑하고 보드라웠다. 그걸 집어 올린 다음에는 여자아이처럼 비명을 지를 수밖에 없었다. 내 손에 잡힌 건 구더기가 잔뜩 엉겨 붙은 햄버거 빵이었다.

〈재활용품 수거 작업 시 준수 사항〉

1. 반드시 고무장갑을 낄 것. 재활용품 수거함에 '깡통과 유리병만 수거함.'이라고 쓰여 있다고 해서 모두가 그 말을 존중하는 것은 아니다.

오늘 팔리와 내가 만진 다른 것들에 대해선 더 이상 말하지 않겠다. 다만, 그중에 코를 풀고 버린 손수건 석 장과 그레이비 소스가 말라붙어 있는 컵, 그리고 죽은 쥐가 있었다는 사실만 밝힌다.

2. 보호복을 겹겹이 덧입을 것.

아까 말한 그레이비 소스는 사실 좀 덜 굳은 상태였다. 그래서 그중 일부가 내 옷에 튀었다. 이번에 팔리와 나는 음료수를 반쯤만 먹고 그대로 재활용품 수거함에 버리는 아이들이 많다는 사실을 알게 되었다. 보호복은 필수였다.

3. 개인 사물함에 비누와 수건, 악취 제거제를 비치할 것.

재활용품을 수거하다 보면 놀랄 만큼 땀이 많이 났다. 그런데 오늘은 세면도구를 하나도 준비하지 못했다. 오늘 기술·가정 시간에 함께 조리대를 쓰는 앨버타가 내게 말했다.

"너한테서 구린내 나."

예의 없긴.

4. 학교 자산을 이용한 사업을 시작할 때는 학교 측의 승인을 먼저 받을 것.

팔리가 세 번째 수거함을 뒤지고 있을 때 한쪽 모퉁이에서 교감 선생님이 나타났다. 참고로 우리는 역할을 나눈 다음 한 번씩 돌아가면서 일했다. 한 사람이 팔을 넣어 수거함을 뒤지는 동안, 다른 사람은 수거 봉투를 벌리고 대기했다.

"지금 여기서 뭐하는 거지?"

"아, 안녕하세요, 교감 선생님?"

팔리는 조금도 당황하지 않고 교감 선생님한테 인사를 했다. 그리고 우리의 'GWF 스매쉬업 라이브 인 시애틀' 경비 마련 계획을 아주 세세하게 읊었다.

교감 선생님은 곰곰이 생각에 잠겼다.

"별 문제는 없을 것 같구나. 대신에 주변 환경을 절대로 더럽혀선 안 된다. 그리고 수업 시간 중에는 금지다."

"네, 교감 선생님!"

팔리는 교감 선생님에게 악수를 청했지만, 교감 선생님은 팔리의 더러운 손을 힐끗 보고는 그대로 자리를 떠났다.

5. 작업 동선을 잘 짤 것.

우리가 남학생 탈의실 근처에서 작업을 한 건 8시 30분이 다 되어서였다. 정확히 운동부 연습이 끝나는 시각이었다.

이번에는 팔리가 수거함에 팔을 넣을 차례였다. 그때 트로이가 이

중문을 걷어차며 건물 안으로 들어왔다. 트로이는 럭비 유니폼 차림이었는데, 온통 흙투성이였다. 트로이는 우리를 그냥 지나쳐 탈의실로 걸어갔다. 살았다 싶었는데, 팔리가 크게 외쳤다.

"특대형이다! 대박!"

당연히 트로이가 돌아올 것이라 생각했다. 하지만 오늘 아침엔 행운의 여신이 우리 편이었다. 트로이는 그냥 탈의실로 들어갔다.

그렇긴 해도 진짜 고약한 녀석하고 마주칠 뻔한 건 사실이다. 우리는 작업 동선을 잘 짜서 아이들 눈에 가급적 띄지 말아야 한다는 데 의견을 같이했다. 목요일부터는 탈의실 근처부터 시작할 거다.

6. 작업 시작 전에 운반 과정을 파악할 것.

오늘 아침에 우리가 유리병과 깡통으로 가득 채운 수거 봉투는 모두 네 개였다. 그 봉투를 사물함에 밀어 넣는 데만도 갖은 재주를 다 부려야 했다. 하지만 진짜 도전은 수업이 끝나고 시작되었다. 어떻게 이 봉투를 학교에서 여덟 블록이나 떨어져 있는 재활용품 수거 창고로 운반할 것인가?

먼저 팔리와 나는 아이들이 학교에서 모두 빠져나갈 때까지 꼬박 삼십 분을 기다려야 했다. 그런 다음 각자 봉투를 두 개씩 맡았다. 하지만 계단까지도 못 가서 이건 불가능하다는 사실을 깨달았다.

"아무래도 두 번 왕복해야겠다."

팔리가 말했다.

하지만 한 번에 하나씩 끌고 가는 것도 힘에 부쳤다. 무거운 유리병들이 걸을 때마다 정강이에 쾅쾅 부딪혔다. 거기에 내 봉투는 찢어지기 직전이었다. 우리는 진이 다 빠진 상태로 재활용품 수거 창고에 도착했다.

수거 창고는 사람들로 붐볐다. 사람들은 하나같이 짐을 싣는 공간이 넓은 자동차를 타고 나타났다. 그리고 깡통과 유리병을 쇼핑 카트나 유모차에 차곡차곡 옮겨 실었다.

우리는 이십 분 넘게 줄을 서서 기다렸다. 뒤에 있는 아저씨가 내 어깨를 툭 밀었다. 나는 뒤를 돌아보았다. 긴 머리를 산발한 아저씨가 썩은 냄새를 풍기며 서 있었다.

"이것들, 어디서 훔쳤어?"

그때 나는 그 아저씨가 풍기는 냄새에도, 입안 가득히 보이는 썩은 이에도 위압감을 느꼈던 것 같다. 바로 대답을 하지 못했던 걸 보면.

"브로드웨이 가와 16번가, 블레넘 가, 앨마 가 물건은 건드리지 않는 게 좋을 거야. 거긴 내 구역이니까."

"아저씨 구역 근처엔 안 갔어요. 진짜예요."

팔리가 한 걸음 물러나며 대답했다.

"우리 학교에 있는 재활용품 수거함에서 가져온 거예요."

내가 덧붙였다. 아저씨가 씩 웃었다.

"잘 생각했어."

그리고 아저씨는 커다랗고 더러운 손을 내밀었다.

"난 프리처 폴이라고 해. 조언이 필요하면 언제든 찾아와. 이건 내 전문이니까."

무례하게 보이고 싶지 않았기에 팔리도 나도 아저씨와 악수를 했다.

"첫 번째 조언이다. 너희도 유모차나 카트를 구해."

아저씨는 묻지도 않은 조언을 늘어놓기 시작했다. 줄이 느릿느릿 줄어드는 동안, 우리는 아저씨한테 여러 가지 조언을 들었다. "기억해. 정부는 언제나 너흴 주시하고 있어."라거나, "정부가 우리 대뇌에 마이크로 칩을 꽂지 못하게 해야 해." 이런 거.

드디어 우리 차례였다. 팔리와 나는 종이 상자에 유리병과 깡통을 분류해서 넣은 다음, 카운터 뒤에 앉아 있는 직원에게 넘겼다. 그 직원은 금전 등록기에 숫자를 입력하고는 우리에게 11달러 50센트를 건네주었다.

팔리와 나는 프리처 폴 아저씨에게 작별 인사를 한 뒤 재활용품 수거 창고에서 나왔다. 우리는 학교로 되돌아가서 남아 있는 봉투를 짊어지고 갔던 길을 되돌아왔다. 그리고 다시 이십 분 동안 줄을 섰다.

이번에 우리가 받은 돈은 12달러 10센트였다. 팔리와 나는 다시 한 번 수거 창고에서 나왔다. 우리는 묵묵히 걸어 골목 모퉁이를 돌았다. 그런 다음 서로의 손을 잡고 방방 뛰었다.

"23달러 60센트다! 완전히 환상적이야!"

팔리는 고래고래 소리를 질렀다.

우리는 돈을 잘 챙겨 블레넘 가 동쪽 지역에 있는 1달러 상점으로 향했다. 거기서 고무장갑과 튼튼한 수거용 봉투, 앞치마 두 장, 그리고 비누 몇 장을 샀다. 그러고 나자 1달러 17센트가 남았다.

그래도 우리는 벌써 돈을 벌었다.

"스매쉬업 라이브야, 기다려라! 우리가 간다!"

팔리가 크게 웃으며 말했다.

"있잖아, 너만 괜찮으면 한 사람 더 데려가고 싶은데."

"누구?"

"우리 엄마."

"너네 엄마도 GWF 팬이야?"

"완전 광팬이야."

"그럼, 너희 엄마랑 아빠는 이혼 안 하시겠네?"

"내가 언제 우리 엄마 아빠가 이혼할 거라고 했어?"

"그럼, 너네 엄마 지금 어디에 계시는데?"

"먼 데 계셔, 일 때문에."

팔리는 안경 너머로 나를 빤히 바라보았다. 내 말을 믿지 않는 게 분명했다. 하지만 내색하지 않고 이렇게만 말했다.

"입장권이 한 장 더 필요한 데다 다른 경비도 조금 들 테니까 100달러쯤 더 벌어야겠다. 그러면 모두 500달러가 되는 거지."

"이건 공평하지 않아. 우리가 함께 번 돈의 사분의 삼을 내가 쓰는 셈이니까."

"그게 뭐 어때서? 난 상관없어."

팔리는 손바닥을 펴서 남은 동전들을 보여 주었다.

"이것 좀 봐. 이제 498달러 83센트만 벌면 돼!"

가만히 생각해 보니, 나는 더 성능 좋은 차는 필요 없을 것 같다.

2월 28일 목요일

아침에 재활용품 수거 작업을 끝낸 팔리와 나는 수거 봉투를 끌고 사물함으로 돌아왔다. 준수 사항을 정해 놓은 덕에 작업이 훨씬 순조로워졌다. 그런데 내 사물함 앞에 뭔가가 놓여 있었다.

유모차였다. 먼지가 뽀얗게 앉아 있는 거긴 해도.

"저기 쪽지가 있다."

팔리가 말했다. 나는 쪽지를 집어 들고 읽기 시작했다.

쓰래기 옴길 때 써. 앨버타가.

"우아! 근데 얘가 왜 '도전! 전국 퀴즈왕'에서 맞춤법 문제에는 입도 뻥긋하지 않는지 알겠다."

팔리가 말했다.

나는 기술·가정 시간에 앨버타를 만나자마자 고맙다는 인사를 했다.

"별거 아냐. 그게 우리 집 지하실에 처박혀 있더라고."

"부모님이 가져가도 된다고 허락하신 거야?"

"지금 장난해? 우리 집 지하실은 쓰레기 하치장이야. 그게 없어졌는지조차도 모르실걸."

오늘 수업은 머핀 굽기였다.

"있지, 그 재활용품 모으는 거……. '도전! 전국 퀴즈왕'이랑 비슷한 거 같아. 얼간이 같긴 한데 아주 조금 멋져 보여."

앨버타가 말했다.

그때 타이머가 울렸다. 나는 오븐에서 애플 시나몬 머핀 틀을 꺼냈다. 노릇노릇한 것이 맛있게 잘 구워졌다. 앨버타도 오븐에서 머핀 틀을 꺼냈다. 다 탄 갈색 머핀이 나왔다. 그때 마침, 선생님이 교실을 돌기 시작했다.

선생님이 우리 조리대 근처로 다가오기 직전에 앨버타가 뜬금없이 소리를 지르며 내 어깨 너머를 가리켰다.

"맙소사, 저기 좀 봐!"

나는 뒤를 돌아보았다.

"뭐? 아무것도 안 보이는데?"

내가 다시 고개를 돌렸을 때, 내 앞엔 앨버타가 만든 다 탄 머핀이 놓여 있었다.

"쯧쯧."

곧이어 선생님 목소리가 들렸다.

"헨리, 너라면 좀 더 잘 만들 줄 알았는데. 이건 한눈에도 딱 돌덩어리로구나. 먹을 수가 없겠어."

그런 다음, 선생님은 앨버타에게로 돌아섰다. 앨버타는 오븐 장갑을 낀 손으로 내 머핀 틀을 들고 서 있었다. 선생님은 머핀 하나를 집어 들더니 한입 베어 물었다.

"정말 맛있구나! 아주 잘했어. 앨버타가 이러긴 처음인걸."

선생님이 입안에 가득 머금은 머핀 때문에 우물거리며 말했다.

그러자 앨버타는 미친 듯이 웃어 댔다.

"푸하-하-하-하-하-하-하-히-히이!"

예의 없긴!!!

그런데 말이지, 유모차는 완벽했다. 이제 재활용품 수거 봉투를 한꺼번에 창고까지 운반할 수 있었다. 바퀴 하나가 조금 불안정해서 왼쪽으로 약간 기울어지긴 했지만 그리 큰 문제는 아니었다. 어쨌거나 우리로선 장족의 발전이었다.

혹시 팔리와 내가 수거 봉투를 높이 쌓아 올린 유모차를 뒤뚱거리며 밀고 가는 걸 보고 아이들이 웃지 않느냐고? 웃는다. 우리가 고무장갑을 끼고 앞치마를 두른 채 돌아다니는 걸 보고 아이들이 웃지 않느냐고? 당연히 웃는다.

우리가 아무리 학교에 일찍 가도 먼저 와 있는 아이들이 꼭 몇 명은 있었다. 하지만 팔리와 내가 일주일에 버는 돈이 얼마인지 알게 되면 아이들은 금세 웃음을 뚝 그쳤다.

나는 재활용품 수거 작업을 하면서도 다른 계획을 잠시도 잊지 않았다. 엄마와 통화할 때마다 일부러 상냥하고 친근하게 말하려고 애를 썼다. 엄마는 매번 내 학교생활이 어떤지, 내가 보통 때 뭘 하고 지내는지 물었다.

그러면 나는 내 생활을 분 단위로 쪼개어 자세히 설명했다. 나는 엄마에게 절대로 차갑게 굴지 않았다. '도전! 전국 퀴즈왕' 이야기, 팔리 이야기, 앨버타 이야기, 모두 다 했다. 심지어 아타파튜 할아버지 얘기까지 했다. 캐런 아줌마 얘기만 하지 않았다.

나는 이곳 생활을 행복하게 묘사하기 위해 최선을 다했다. 그리고 엄마가 GWF 경기를 놓쳤을 때마다, 그날 경기에서 있었던 일을 아주 세세한 것까지 생동감 넘치게 설명했다. 그러면 엄마는 "마치 내가 경기장에 앉아 있는 것 같구나."라고 말하며 기뻐했다.

그럴 때면 나는 속으로 이렇게 생각했다.

'곧 경기장에 앉아 계시게 될 거예요! 엄마가 생각하시는 것보다 훨씬 더 빨리요!

너나 잘해!

3월 2일 토요일

세실 선생님은 똥덩어리다. 어제 상담은 지난주에 내가 다른 선생님한테 한 행동에 관한 이야기로 시작되었다.

"헨리, 캐럴 선생님이 얼마나 놀라셨는지 아니? 네가 선생님을 쏴 버리겠다고 했다면서?"

"안 그랬어요! 해치우겠다고 했죠. 제 레이저 건으로요. 그게 얼마나 다른 표현인지 아시죠?"

나는 가방을 열어 모자를 넣으면서 대답했다.

"어쨌든 캐럴 선생님한테 사과를 하는 게 좋겠구나."

"사과는 선생님이 저한테 하셔야죠."

"내가 왜?"

"선생님이 절 최악의 선생님한테 연결하셨잖아요! 지금 이 순간부터 전 선생님 말고는 아무하고도 얘기하지 않을 거예요."

세실 선생님이 미소를 지었다.

"그러니까 네가 원하는 건 나하고 이야기하는 거로구나."

"원하는 건 아니에요. 하지만 누군가와 꼭 얘기를 해야 한다면 그게 선생님이었으면 한다는 거죠."

그 말에 선생님은 마치 칭찬이라도 받은 것처럼 기분이 좋아 보였다.

"헨리, 일부러 본 건 아닌데……. 너, 내가 준 일기장 가지고 다니는구나?"

이런, 바닥에 내려놓은 가방이 열려 있었다. 아닌 게 아니라, 한눈에 알아볼 수 있도록 일기장이 밖으로 삐죽 나와 있었다.

"그게 뭐 어때서요? 과제 기록장으로 쓰는 거예요."

"그래, 그렇구나."

그 뒤로 선생님과 나는 일 분가량 아무 말도 하지 않았다. 선생님은 내가 갑자기 마음을 열어 뭐든 대단한 이야기를 꺼내길 바라는 눈치였지만, 나는 꿀 먹은 벙어리처럼 가만히 앉아 있었다.

"그래, 뭐 재미있는 일은 없었니?"

선생님이 물었다.

나는 재활용품 수거 작업 이야기를 했다. 우리가 이 주일 만에 36달러 29센트를 벌었다는 것, 그것도 경비를 다 제하고 순수하게 남은 액수라는 것도 이야기했다. 또 지금부터 4월 마지막 날까지, 매주 적어도 50달러씩 버는 게 목표라는 이야기도 덧붙였다.

선생님은 내 이야기에 크게 감동받았다.

"어이쿠, 맙소사! 우리 헨리가 사장님이 되었구나. 그런데 왜 그렇게 큰 돈을 모으는 거야? 어디 쓸 데라도 있는 거니?"

"거야 당근이죠."

"어디에 쓸 건데?"

나는 선생님에게 시애틀에서 열릴 'GWF 스매쉬업 라이브' 이야기를 해 주었다.

"누구랑 가려고?"

"엄마 아빠요."

선생님은 잠깐 동안 아무 말이 없었다.

"너희 엄마와 아빠?"

나는 고개를 끄덕였다.

"하지만 엄마랑 아빠는 아직 제 계획을 몰라요. 나중에 깜짝 놀라게 해 줄 거예요."

선생님이 뒤로 묶은 머리를 잡아당겼다.

"헨리, 엄마는 아직 병원에 계시잖니? 그것도 온타리오에……."

"그래서요? 엄마가 거기에 평생토록 계실 건 아니잖아요. 그리고 아직 두 달이나 남았는걸요."

선생님은 뒤로 묶은 머리를 한 번 더 잡아당겼다.

"어떤 가족에게 비극적인 일이 일어났을 때 상처가 온전히 아물려면 생각보다 시간이 많이 필요해. 그리고 가끔은 처음의 상태로 돌아가지 못하는 경우도 있고."

"아, 진짜."

나는 선생님이 지금 무슨 말을 하고 있는지 알고 있었다. 우리 부모님이 어쩌면 함께 살지 못할 수도 있다는 걸 말하고 있었다.

"단지 나는…… 네가 많이 기대하지는 말았으면 해서……."

나는 아무 대답도 하지 않았다.

"지금 무슨 생각을 하는 거니?"

"당.신.이.이.십.일.세.기.를.살.아.야.한.다.고.생.각.하.지.당.신.의.꼴.보.기.싫.은.머.리.꼬.랑.지.를.잘.라.야.한.다.고.생.각.해."

나는 로봇 목소리로 말했다. 그리고 자리에서 일어나 상담실에서 나왔다.

혼자서 잘해 봐요, 세실 선생님.

혼자서 잘해 봐, 일기장아.

나는 이 말을 하려고 오늘 일기를 쓴 거다.

오늘로서 일기 쓰기를 그만둔다.

3월 8일 금요일

좋다. 일기 쓰기를 그만두지 않았다. 지금 일기를 쓰는 건 오늘 있었던 일이 하도 재미있어서 그냥 기록해 두려는 것뿐이다.

오늘 나는 세실 선생님의 상담을 빼먹기로 했다. 할렐루야!

학교가 끝난 다음에 우리로서는 일곱 번째로 참가하는 '도전! 전국 퀴즈왕' 대회가 있었다. 상대는 언덕 위에 있는 사립 학교인 세인트패트릭 중학교였다.

그런데 그놈들이 우리를 무참히 격파했다.

"애들아, 하나도 걱정할 거 없어. 4월 초에 리치먼드에서 열리는 주별 대항전에 나간다는 사실은 여전히 변함이 없으니까."

잰코비치 선생님이 슬픈 표정으로 자기 물건을 챙기는 우리를 위로하며 말했다.

"우리가 주별 대항전에 나갈 자격이 돼요? 굉장한걸요!"

내가 말했다.

"주별 대항전은 아무나 참가할 수 있는 거야."

코울라가 한심하다는 듯이 대꾸했다.

"그건 사실이지만 아무한테나 7전 5승의 전적이 있는 건 아니지."

선생님이 대답했다.

아이들과 함께 교문을 나서다가 나는 깜짝 놀라고 말았다. 교문 옆 주차장에 작업복 차림을 한 아빠가 트럭에 기대 서 있었기 때문이다.

"우리, 하는 거 봤어요?"

나는 부루퉁하게 물었다. 아빠는 밝게 웃으며 대답했다.

"정말 최고였어! 네가 그렇게 잘 하는 줄 몰랐구나."

아빠는 친구들이 다 보는 앞에서 내 머리를 쓰다듬었다. 부끄럽기도 했지만 동시에 기분이 좋기도 했다.

"글로스터셔 주에서 치즈 굴리기 대회가 열린다는 건 〈신비한 세계, 서프라이즈〉에 나왔던 거지? 아빠 말이 맞니?"

나는 웃으며 대답했다.

"빙고예요."

"헨리, 아빠한테 친구들을 소개해 줘야지?"

아빠가 말하는 친구들이란 내 뒤를 맴돌고 있는 팔리와 앨버타였다. 나는 머핀 바꿔치기 사건으로 아직도 앨버타에게 화가 나 있었지만 그래도 아빠한테 소개는 해 주었다.

"아이스크림 먹으러 갈 사람?"

아빠가 물었다. 순간, 나는 당황했다.

'아빠가 형 얘기를 하면 어떡하지?'

그런 생각이 들었던 것이다. 하지만 생각해 보니 그런 일은 없을 것 같았다. 아빠는 나와 단둘이 있을 때도 형 이야기를 꺼낸 적이 없었다. 팔리와 앨버타가 함께 대답했다.

"저요!"

우리는 모두 트럭에 올라탔다. 팔리가 '출발!'을 외쳤다. 좀 불공평하다는 생각이 들었다. 이건 우리 아빠 트럭이니까 내가 출발을 외치는 게 맞지 않나? 하지만 따지지는 않았다. 나는 얌전히 뒷좌석에 앨버타와 끼어 앉았다.

아이스크림 가게까지 가는 십오 분 동안 팔리는 쉴 새 없이 떠들었다. "아저씨도 GWF 팬이라면서요?"로 팔리의 수다가 시작되었다. 나는 팔리가 우리의 계획을 떠벌릴까 봐 걱정이 되어서 앞좌석을 발로 세게 걷어찼다.

다행히 팔리는 우리 계획을 흘리지 않았다. 아빠가 누굴 응원하는지만 물어보았을 뿐……. 아빠는 더 트위스터 팬이었다. 팔리는 더 트위스터와 말뚝 처형자 블라드의 전력을 비교했다.

아빠와 팔리가 레슬링에 관해 열띠게 토론하는 동안, 뒷좌석의 앨버타는 내 옆구리를 쿡쿡 찌르며 내 주의를 끌려고 애썼다. 처음에는 그냥 무시하려고 했다. 하지만 도저히 참을 수가 없어서 한마디 툭 던졌다.

"그만 건드려."

그러자 앨버타는 자기 손가락을 내 눈앞에 바짝 대고 흔들기 시작했다.

"너, 안 건드리지롱. 너, 안 건드리지롱."

형도 나한테 이랬다. 난 형이 그럴 때마다 약이 바짝 올랐다. 나는 형의 손가락을 낚아채면서 슈퍼 소닉 암트위스트를 걸어 형을 쓰러트리려 했지만, 형은 가볍게 빠져나가 오히려 나를 땅바닥에 눕혀 놓고 오줌을 지릴 정도까지 간지럽혔다.

하지만 트럭 뒷자리에서 앨버타에게 슈퍼 소닉 암트위스트를 먹이는 건 불가능했다. 게다가 막상 싸우면 앨버타가 이길 것 같아서 일부러 몸을 돌려 창밖을 바라보았다. 그런데 앞자리에서 목청껏 떠들어

대는 팔리 때문에 앨버타가 내 가방의 지퍼를 여는 소리를 듣지 못했다. 아니, 앨버타가 지퍼 여는 소리를 듣긴 했지만 자기 가방의 지퍼를 여는 줄 알았다. 잠시 후 앨버타가 물었다.

"K는 뭐의 약자야?"

나는 옆을 돌아보았다. 앨버타가 손에 들고 있는 건 일기장이었다. 바로 이 일기장! 지난번에 세실 선생님과 면담하고 나서 가방에 처박아 놓고는 까맣게 잊어버리고 있었던…….

"일기장 이름이 왜 '내키지 않는 일기'야? 공책이 어떻게 내키지 않을 수가 있어?"

나는 앨버타 손에서 일기장을 홱 낚아챘다.

"그만 좀 해! 이건 내 사생활이야."

"펴 보진 않았어. 거기 뭐라고 적혀 있는지 내가 관심이라도 있다는 듯이 얘기하지 마."

나는 일기장을 쑤셔 넣은 다음 가방을 두 팔로 꽉 안았다.

잠시 후 앨버타가 다시 말을 꺼냈다.

"거기, 내 얘기도 있어?"

"설마."

나는 웃기지도 않는다는 듯이 대꾸했지만 나도 모르게 귓불이 빨개졌다.

"내가 뭐라고 쓰든 넌 상관없지 않니?"

"그래, 난 상관 안 해."

그 후로 우리는 가는 내내 아무 말도 하지 않았다. 아이스크림 가게 주차장에 도착했을 때, 나는 말 그대로 차에서 공처럼 재빨리 튀어 나갔다.

우리는 아이스크림 가게에서 재미있게 놀았다. 아빠는 우리에게 아이스크림을 하나씩 사 주었다. 팔리는 초콜릿 아이스크림을, 나와 앨버타는 쿠키 아이스크림을 골랐다.

팔리는 6시가 되기 전에 아이스크림 가게에서 나갔다. 집에서 저녁을 먹을 거라고 마리아 아줌마에게 미리 말했기 때문이다.

아빠는 화장실에 갔다. 그러자 앨버타가 물었다.

"그 머핀 때문에 아직도 화가 나 있는 거야?"

"그래."

"좀 바보 같다는 생각은 안 드니?"

"난 그거 때문에 수행평가 점수가 엄청 깎였어."

"그것참, 큰일이기도 하다. 그냥 기술·가정이잖아. 뭐, 그리 대단한 과목이라고."

"너한테 큰일이 아니라면 앞으론 안 그러면 되겠네."

"아무튼 됐고, 헨리 케네스 라슨."

"뭐라는 건지."

"그럼 칼? 커비? 케닐워스?"

"비슷하지도 않아."

"이봐, 이러는 건 어때? 이번 주말에 네가 우리 집에 와서 머핀 굽는 법을 가르쳐 주는 거야. 그러면 난 앞으로 바꿔치기 안 할 거고. 일요일 1시, 괜찮지?"

커다란 쿠키 덩어리가 목에 걸릴 뻔했다.

"뭐, 어쩌면 갈 수 있을지도 모르고."

앨버타는 가방에서 볼펜을 꺼내 내 손바닥에 자기 집 주소를 적었다. 잠시 후 아빠가 자리로 돌아와 앨버타에게 집까지 태워다 주겠다고 말했다.

"아니에요. 감사하지만 괜찮아요. 여기서 동쪽으로 몇 블록만 가면 되는걸요."

앨버타는 코트를 입었다. 좀약 냄새가 나는 양가죽 코트였다.

"아저씨, 오늘 즐거웠어요. 아이스크림 사 주셔서 고맙습니다."

집으로 오는 길에 아빠가 말했다.

"매니토바가 너 좋아하는 것 같더라."

"앨버타예요. 그리고 저, 안 좋아해요."

하지만 속으로는 그럴 수도 있다고 생각했다.

우리가 아파트에 도착했을 때, 현관 앞에는 아타파튜 할아버지와 캐런 아줌마가 서 있었다. 두 사람은 서로에게 고함을 지르는 중이었다.

"자기한테 온 광고 우편물을 스스로 처리하는 건 상식이오!"

"그래서 우편함에 써 붙였잖아요! 광고 우편물 사절이라고요! 그런데도 계속 보내는 걸 어떡하란 말이에요! 내가 그걸 치울 이유까진 없잖아요!"

"그럼 대체 누가 치워야 된단 거요?"

"가져온 사람이 치워야죠!"

"그래, 그 사람들이 언제 온단 말이오? 해가 서쪽에서 뜬 다음에?"

"왜들 그러세요?"

아빠가 끼어들었다.

캐런 아줌마가 고개를 까닥했다. 아줌마는 두꺼운 화장에 짧은 미니스커트를 입고, 불편해 보이긴 마찬가지인 새 구두를 신고 있었다.

"이게 다 재수 없는 이 할아범 때문이지 뭐예요? 아무튼 내가 알아서 할게요."

아줌마가 갑자기 할아버지 쪽으로 손을 흔들었다. 택시 한 대가 앞쪽으로 와 섰다.

"내가 부른 택시예요."

아줌마는 굽 높은 구두를 신은 발로 비틀거리며 걸어갔다. 아줌마가 내 옆을 지나갈 때, 진한 향수 냄새와 함께 술 냄새가 확 풍겼다.

"저 여잔 정말 최악이오!"

아줌마가 사라지자 할아버지가 말했다.

"그렇게 나쁜 사람 같진 않던데요."

아빠가 말했다.

"전 할아버지 말씀이 맞는 것 같아요. 저 아줌마 진짜 못됐어요."

아직도 엘리베이터가 수리 중이었기 때문에 우리 세 사람은 2층까지 걸어서 올라갔다.

"난 재수 없는 할아범이 아니야."

할아버지가 중얼거렸다.

"당연히 아니죠."

아빠가 대답했다.

우리 셋은 함께 집 앞까지 왔다.

"아까 닭고기 카레를 한 냄비 했는데, 아직 식사 전이면 같이 들지 않겠소? 같이 먹어 준다면 나에겐 참 고마운 일이겠소만."

할아버지가 제안했다.

"저희는 피자나 시켜 먹으려고요. 하키 경기 시작할 시각이라."

아빠가 대답했다.

고개를 푹 떨어뜨리는 할아버지를 보고 아빠가 다시 덧붙였다.

"텔레비전을 보면서 식사하는 것도 괜찮으시면 저희 집에서 함께 드셔도 좋고요."

할아버지가 밝게 웃으며 대답했다.

"난 텔레비전 보면서 밥 먹는 걸 굉장히 좋아하오."

그런데 말이지, 오늘 저녁에 우리 셋은 굉장히 즐거웠다.

또 그런데 말이지, 할아버지 이빨이 점점 하얘지는 것 같아.

첫 키스

3월 9일 토요일

이번 주말은 내 인생 최고의 주말이었다. 그리고 최악의 주말이기도 했다.

토요일 아침 10시쯤, 내 휴대폰이 울렸다. 하지만 난 그때 아직 일어나기 전인 데다 광고 전화일 거라는 생각에 아예 받을 생각을 하지 않았다. 곧이어 아빠의 고함 소리가 들렸다.

"헨리, 네 전화다!"

팔리였다.

"우리 집에 와서 게임 안 할래?"

나는 이곳으로 이사 온 뒤, 처음으로 친구네 집에 가게 되었다. 아빠는 그 사실이 매우 기뻤던지 눈가에 눈물이 그렁그렁해졌다.

"놀고 싶은 만큼 놀아도 돼. 난 시장에나 가 봐야겠다."

나는 아침을 먹고 집을 나섰다. 아파트 현관에는 새로운 표어가 두 장 붙어 있었다.

공공장소를 깨끗이 합시다. 자기 집에 온 광고 우편물은 직접 치웁시다.

나머지 하나는 이것.

이건 뭐죠? 독재인가요???

나는 걸어서 팔리네 집까지 갔다. 팔리네 집은 언덕 위로 여섯 블록쯤 더 가면 나오는 15번가에 있었다. 집 앞에 도착하자 입이 떡 벌어졌다. 팔리네 집은 상아색 석회로 마감한 대저택이었다. 앞쪽에 진짜 기둥이 서 있는…….

팔리는 창문가에 서서 내가 나타나길 기다리고 있었다. 나를 보자 현관으로 달려 나와 문을 열어젖혔다.

"어서 와! 환영이야! 들어와!"

나는 팔리와 함께 저택을 구경했다. 우리 집에 비해 다섯 배쯤은 커서 돌아보는 데 한참 걸렸다. 그런데 뭔가 이상했다. 가구가 있는 방이 몇 개 되지 않았다. 가구가 있는 방은 팔리 방, 마리아 아줌마가 쓰는 손님 방, 거실과 주방 정도였다. 다른 방은 텅 비어 있었다. 마치 유령의 집 같은 느낌이었다.

주방에서는 마리아 아줌마가 외투를 입고 있었다.

"얌전히 있어야 해."

아줌마는 팔리의 볼을 톡톡 두드리며 이렇게 말하고는 집을 나섰다.

"토요일은 마리아 아줌마가 써리에 사는 여동생 집에 가는 날이야. 그래도 간식은 해 두셨어."

우리는 거실에 앉아 몇 시간 내내 플레이스테이션 게임을 했다. 그리고 근처의 공원에 가서 원반 던지기를 하며 놀았다. 내가 팔리에게 집에 가야겠다고 말한 건 5시가 다 되어서였다. 마리아 아줌마는 그때까지도 오지 않았다.

"아줌마는 거기서 저녁까지 먹고 막차를 타고 오실 거야. 난 괜찮아. 피자 배달시켜 먹으면 돼. 그리고 이따가 〈토요일 밤의 스매쉬업〉도 하잖아."

팔리가 말했다.

갑자기 팔리가 가엾게 여겨졌다. 다른 사람이 가엾게 여겨진다는 게 꽤 신선하게 느껴졌다. 지난 몇 개월 동안 나는 오직 나 자신만을 가여워했기 때문이다.

"그럼, 우리 집에 같이 가자. 아빠랑 나도 피자 시켜 먹을 거야."

그 말에 팔리가 활짝 웃었다.

"진짜?"

그래서 팔리는 우리 집에 놀러 왔고, 아빠와 팔리와 나는 피자를 배달시켜 먹으며 〈토요일 밤의 스매쉬업〉을 봤다. 더 그레이트 데인이 말뚝 처형자 블라드한테 주특기인 바디 스플래시를 날릴 때, 나는 환호하고 팔리는 야유했다. 재미있었다.

아빠와 나는 팔리를 집까지 태워다 주었다. 팔리네 집은 여전히 불이 꺼져 있었다. 마리아 아줌마가 아직도 돌아오지 않은 모양이었다.

"괜찮아요. 자정까지는 돌아오실 거예요."

아빠와 나는 팔리가 잘 들어가는지 뒤에서 지켜보았다. 거대하고 육중한 저택에 눌려 팔리가 더 왜소해 보였다.

그날 밤, 나는 이를 닦다가 아빠를 꼭 껴안았다.

"왜 이러실까?"

아빠는 이렇게 말하면서 나를 안아 주었다.

"그냥요."

그 사건 이후 정말로 오래간만에, 포근함을 느낄 수 있는 부모가 한 명이라도 내 곁에 있어서 다행이라는 생각이 진심으로 들었다.

3월 10일 일요일

일요일 오전은 영원처럼 길게 느껴졌다. 아빠는 내가 긴장하고 있다는 걸 눈치챘다. 티셔츠를 다섯 번, 바지를 두 번씩이나 갈아입었기 때문이다. 결국 '밝은 회색' 티로 결정하고 거기에 맞춰 주머니 달린 바지를 입었다. 바지가 헐렁해서 아빠 허리띠를 빌려야 했다. 재활용품을 모으러 돌아다니면서 10초 복근 만들기로 운동한 보람이 나타나는 듯했다.

드디어 12시 15분이 되었다. 더는 참을 수가 없었다. 나가야 할 시각이었다.

"온타리오랑 재미있게 놀다 오렴!"

아빠가 말했다.

"앨버타라니까요!"

나는 소리를 꽥 지르고 현관문을 닫았다.

앨버타네 집은 우리 집에서 동남쪽으로 열 블록 정도 떨어져 있었다. 가다 보니 학교 맞은편 동네였다. 사실 앨버타네 집까지는 걸어서 십오 분밖에 걸리지 않았다. 나는 앨버타네 동네를 몇 바퀴나 빙빙 돌았다.

겉에서 보이는 앨버타네 집은 팔리네 집과는 정반대였다. 앨버타네 집은 목재로 지은 작은 집이었다. 벽은 형광빛이 도는 노랑색이었다. 언제 내려앉아도 이상할 것이 없을 만큼 낡은 집이었다. 마당의 잔디는 적어도 일 년 정도는 손도 대지 않은 것 같았다. 마당과 현관 입구에는 장난감과 스쿠터, 녹슨 제초기가 널브러져 있었다.

정확히 1시 정각이 되었다. 내가 동네를 여섯 바퀴나 돈 다음이었다. 초인종을 누르기가 무섭게 여자아이가 문을 벌컥 열었다. 좀 더 나이가 많고 좀 더 키가 크고 좀 더 말랐지만, 앨버타와 느낌이 많이 비슷했다. 사시랑 독특한 옷 취향은 빼고. 이제 막 시합이라도 끝내고 온 것처럼 풀물이 여기저기 든 축구 유니폼 차림이었다.

"네가 앨버타의 꼬마 친구구나?"

단언컨대, '꼬마' 부분에 힘이 들어갔다.

"그럼 누나는…… 크리켓 누나겠네요?"

내가 대답했다.

"언니, 내가 나간다고 했지!"

앨버타가 소리를 지르면서 한 번에 두 계단씩 뛰어 내려왔다. 까만색 양이 그려진 흰색 추리닝 바지에 이번에도 글자가 적힌 티셔츠를 입고 있었다.

타인과 사이좋게 지내지 마라.

앨버타는 언니를 어디론가 빨리 보내 버리려고 했지만, 크리켓 누나는 현관문에 손을 짚은 채 꼼짝도 안 할 태세였다.

"그러고 보니 아까부터 집 근처를 빙글빙글 돌던 애가 너였구나? 너, 우리 스토킹하니?"

나는 얼굴에게 제발 빨개지지 말라고 빌었다. 하지만 얼굴은 내 말을 듣지 못한 것 같았다.

"약속 시간보다 좀 일찍 왔거든요."

내 목소리가 갈라졌다. 곧이어 앨버타가 소리를 꽥 질렀다.

"저리 가! 언니 일이나 하라고!"

크리켓 누나는 어깨를 으쓱했다.

"얌전히 좀 굴어라."

드디어 크리켓 누나가 우리를 두고 계단 쪽으로 사라졌다.

앨버타가 나를 집 안으로 잡아끌었다.

"정말 재수 없어!"

앨버타가 말했다.

나도 형한테 저렇게 말했는데.

"크리켓 누나를 진짜로 싫어하는 건 아니잖아. 그냥 가끔 너한테 하는 행동이 싫은 거지."

내가 대꾸했다.

"틀렸어. 진짜로 싫어하는 거야. 이쪽으로 와. 주방으로 가자."

집 안쪽도 겉에서 보이는 것만큼 어수선했다. 사실 그냥 어수선하기만 한 것이 아니었다. 집 안은 더러웠다. 싱크대에는 음식물 찌꺼기가 눌어붙은 그릇들이 높이 쌓여 있었고, 신문과 책, 과제물, 영수증과 짝이 안 맞는 양말이 탁자며 의자며 부엌 조리대 위를 아무렇게나 굴러다녔다. 바닥은 온통 먼지 뭉치와 빵 부스러기였다. 아빠와 내가 최고의 살림꾼은 아니지만, 앨버타네 집과 비교하니까 완전히 양반 수준이었다.

"부모님은 어디 가셨어?"

"엄마는 일하러 가셨어. 요양원에서 간호 조무사로 일하시거든. 아빠는 딜런이랑 차고에 계실 거야. 봄에 있을 자동차 경주 대회에 참가할 종이 자동차를 만든다나."

"딜런이 누구야?"

"내 남동생."

"남동생이 있는 줄 몰랐는데."

"여덟 살이야. 난 딜런은 좋아해."

나는 앨버타네 집에 오기 전에 요리 정보 사이트를 뒤져서 바나나 초코칩 머핀 만드는 법을 찾아왔다. 우리는 머핀을 만들기 시작했다. 크리켓 누나가 "항상 15센티미터 이상 거리 유지!"를 외치며 주방을 맴돌긴 했어도, 딜런이 주방으로 달려 들어와 방금 해 놓은 머핀 반죽을 더러운 바닥에 엎어 버리긴 했어도, 그리고 앨버타가 몸을 굽혀 그 반죽을 모아 다시 반죽기에 담는 걸 보며 내가 토할 뻔하긴 했어도, 내게는 그야말로 최고의 오후였다.

머핀이 다 식어 갈 때쯤 앨버타 엄마가 돌아왔다. 크리켓 누나를 포함해서 모두가 한자리에 모여 머핀을 맛보았다. 수상한 머리카락이 나오긴 했지만, 머핀 맛은 기대 이상으로 훌륭했다.

"정말 잘 만들었구나, 우리 딸."

앨버타 엄마가 딸을 힘껏 안아 주었다. 앨버타는 "엄마는!" 하고 외치면서도 속으론 좋아하는 것 같았다. 사실 나는 앨버타 엄마가 나도 안아 주면 좋겠다는 생각을 아주 잠깐 했다.

잠시 후 앨버타 부모님은 장을 보러 나가고, 딜런은 비디오를 보러 거실로 갔다. 앨버타는 내가 가져갈 머핀을 챙겨 주었다.

"오늘 도와줘서 고마워."

앨버타는 나에게 머핀을 건넸다. 그리고 세상에! 내게 키스를 했다. 그렇다. 맞게 읽었다. 앨버타가 나한테 키스를 했다. 그것도 볼에 한 게 아니라 입술에……. 앨버타의 입술은 아기 베개처럼 보드라웠다.

나도 앨버타에게 키스를 했다. 원래 이럴 땐 눈을 감아야 하는 거지만, 나는 일부러 그러지 않았다. 나는 앨버타 얼굴을 똑바로 바라보았다.

"꺅! 꺅! 15센티미터 이내 접근 금지 명령 위반이다! 비상이다, 꺅! 꺅!"

크리켓 누나였다. 누나는 이 상황을 진짜 재미있어 하고 있었다.

"저리 가라고!"

앨버타가 소리를 꽥 질렀다. 앨버타는 행주를 빙빙 돌리며 크리켓 누나 뒤를 쫓았다. 누나는 계속 깔깔거렸다. 휴대폰으로 전화가 오자 그제야 누나는 주방에서 나갔다.

"지금 내 동생이 뭘 하다가 걸렸는지 절대 모를걸! 앨버타, 저거 완전 바람둥이야!"

누나가 전화 통화하는 소리가 우리한테도 다 들렸다.

"어휴, 진짜! 정말로 싫다니까! 확 죽어 버렸으면 좋겠어!"

"진짜로 그랬으면 하는 거 아니잖아."

"아니, 진짜로 그래. 그럼, 내 인생이 훨씬 나아질 거야!"

"아니, 안 그럴 거야."

그때, 내 목소리가 이상했던 것 같다. 앨버타가 갑자기 나를 빤히 바라보았다. 이번엔 사시까지도 나를 보고 있었다.

"네가 어떻게 알아?"

나는 어깨를 으쓱했다.

"그냥, 그런 말을 할 땐 좀 조심해야 한다는 뜻이야. 만약 실제로 그런 일이 벌어지면 평생토록 너 자신을 미워하게 될 테니까."

앨버타가 내 손을 잡았다.

"너, 혹시 그런 일 있었어?"

그날의 키스 때문이었는지, 앨버타 목소리에 묻어나는 염려 때문이었는지, 아니면 놀랄 만큼 거친 앨버타의 손 때문이었는지는 모르겠지만, 나는 그렇다고 말해 버렸다.

"나, 형이 있었어."

"그런데 죽었어?"

나는 고개를 끄덕였다.

"젠장! 헨리, 이럴 때 난 뭐라고 해야 할지 모르겠어. 정말 미안해. 어쩌다 그렇게 됐어?"

"암이었어."

거짓말이 술술 나왔다.

"무슨 암?"

"아주 나쁜 암."

"어떡해, 어디에?"

"……뇌에."

"종양이었어?"

"응."

"언제?"

"작년 6월에."

이건 사실이다.

"그래서 엄마가 따로 사시는 거야?"

앨버타는 내 얼굴을 보더니 덧붙였다.

"팔리한테 들었어."

"엄마는 온타리오에 계셔. 곧 우리랑 같이 사실 거야. 마음을 정리할 시간이 좀 필요하다고 하셨어."

"그렇구나."

"아무한테도 말하지 말아 줘. 특히 팔리한테는. 아무도 모르는 이야기거든. 비밀로 하고 싶어."

앨버타는 고개를 끄덕였다. 그리고 나한테 다시 키스했다.

이번엔 크리켓 누나도 방해하지 않았다.

나는 집으로 돌아온 뒤, 방 안에 앉아 앨버타가 나한테 키스하던 순간을 몇 번이고 다시 떠올렸다. 정말로 행복했다.

그 순간, 마치 누가 내 배를 세게 치는 것 같은 충격이 왔다. 형은 절대로 여자애의 입술을 느껴 보지 못할 것이다. 형한테는 여자의 가슴을 처음으로 만지는 순간도 없을 것이다. 형은 여자랑 자 보지도 못할 것이다. 대학교에 가지도 못할 것이고, 당연히 자식을 두어 보지도 못할 것이다.

형은 그 어떤 것도 경험하지 못한다, 다시는. 스콧도 마찬가지다.

나는 두 사람이 모두 가여웠다. 하지만 우리 형이 더 가여웠다. 내 형이니까. 그리고 쿵! 슬픔이 분노로 변했다. 앞으로도 난 행복을 느낄 때마다 형을 떠올려야 할 것이다. 남아 있는 내 인생의 모든 나날 동안…….

나는 형이 하라는 대로 한 거잖아! 나는 그놈한테 소리치고 싶었어! 내 잘못이 아니잖아! 4월 30일 밤에 공원에서 무슨 일이 있었는지 아무한테도 말하지 말라고 했잖아! 형이 약속하라고 그랬잖아!

새벽 2시

가끔씩 형이 다시 살아났으면 좋겠다는 생각이 든다. 그럼, 내가 형을 죽일 수 있을 테니까.

새벽 6시

방금 미치광이 같은 꿈을 꾸었다. 내가 〈토요일 밤의 스매쉬업〉 경기장 링 위에 서 있었다. 나는 더 그레이트 데인의 경기복을 입고 있었다. 꿈에서의 나는 실제보다 키가 크고 근육질이었다. 출렁이는 아에 사라지고 없었다.

상대방 선수의 이름이 울려 퍼졌다. 상대는 말뚝 처형자 블라드였다. 블라드가 링 위로 올라왔다. 그런데 블라드가 아니었다. 블라드 옷을 입고 블라드처럼 까만 마스크를 쓰고 있었지만, 쏘아보는 눈빛을 보고 난 누구인지 금세 알아차렸다. 형이었다.

경기가 시작되었다. 블라드는 내 상대가 되지 않았다. 나는 책에서 본 온갖 더러운 반칙들을 다 했다. 눈을 찌르고 살을 물어뜯고 벨트 아래쪽을 발로 찼다. 블라드는 감히 대항하지도 못했다. 나는 철제 의자를 들어 블라드의 머리를 계속해서 공격했다. 블라드가 바닥으로 나뒹굴더니 다시 움직이지 않자 경기가 끝이 났다.

심판이 내 손을 들어 올렸다. 나는 춤을 추며 링 위를 돌아 환호하는 관중들에게 답했다. 그런데 관중들의 환호성 너머로 무슨 소리가 들렸다. 누군가 박스 테이프를 찍찍 뜯어내는 소리였다.

심판은 이제 내 손을 잡고 있지 않았다. 심판은 형의 얼굴을 베개로 틀어막고 있었다. 심판은 고개를 들어 나에게 미소를 지었다. 스콧 말린이었다.

그 순간, 나는 꿈에서 깨어났다. 온몸이 땀으로 흠뻑 젖은 채 숨을 급하게 몰아쉬고 있었다.

3월 12일 화요일

발전이다, 장족의 발전.

엄마한테서 전화가 온 건 10초 복근 만들기로 운동을 하고 있었을 때였다. 나는 전화기를 들고 내 방으로 갔다. 엄마한테 팔리네 집에 놀러 갔던 일과 앨버타랑 머핀을 구운 일을 다 이야기했다. 그리고 〈토요일 밤의 스매쉬업〉의 명장면도 모두 들려주었다. 물론, 앨버타하고 키스한 이야기는 뺐다.

엄마가 말했다.

"엄마도 좋은 소식이 있어."

"뭔데요?"

"엄마 퇴원했어. 뒤마 선생님이 이제 집에 가도 된다고 하셨거든."

심장이 쿵쾅거렸다.

"집이요?"

"아, 외할아버지네 집 말이야. 아직 일주일에 몇 번은 병원에 가야 하거든. 이제 외래 환자가 된 거야."

"네."

"봄 방학 때 널 볼 수 있으면 정말로 좋겠는데."

"다음 주가 봄 방학이에요."

"엄마도 알아."

나는 무릎이 후들거려 자리에 앉았다.

"저도 엄마가 보고 싶어요."

그건 엄청나게 절제한 표현이었다.

"언제 오실 거예요?"

"그게 말이야, 엄마는 헨리가 이쪽으로 와 주면 좋겠어."

"왜요?"

"외할아버지가 이쪽으로 오는 항공편을 예약해 주실 수 있다고 하시거든. 외할아버지는 항공 마일리지가 많이 남아 있으시대."

"항공 마일리지가 많이 남아 있으면 엄마가 이쪽으로 오시는 비행기표도 예약할 수 있는 거잖아요?"

침묵.

"엄만 뒤마 선생님한테 상담을 계속 받아야 돼. 네가 한번 고민해 주면 안 될까? 부탁할게. 우리 헨리가 많이 보고 싶어서 그래."

고민할 것도 없었다.

"제가 갈게요."

"아, 그래. 헨리, 고맙구나."

엄마가 대답했다. 이렇게 쓰니까 좀 형식적인 말로 들리지만, 엄마는 정말로 진심이었다.

나는 전화를 끊고 거실로 돌아왔다. 아빠가 텔레비전을 보고 있었다. 나는 엄마하고 나눈 이야기를 아빠에게 전했다.

"아빠도 같이 가요. 엄마를 설득해서 이쪽으로 데려와요."

아빠 얼굴에 우스꽝스런 표정이 번졌다.

"아빠 생각엔 엄마가 너랑 단둘이 만나고 싶어 하는 것 같은데?"

"엄마도 아빠가 보고 싶댔어요."

"엄마가 진짜로 그렇게 말했니?"

"아니요, 하지만 속으로는 그렇게 생각하시는 게 분명해요."

아빠는 한숨을 쉬었다.

"아빤 시간을 낼 수가 없어. 중요한 공사가 있기도 하고……."

"일주일만 휴가를 내면 안 돼요?"

"일주일을 쉬면 경제적으로 타격이 커. 알잖니?"

아빠 목소리에서 이제 그만 졸라야 한다는 게 느껴졌다.

그 바람에 상황이 뜻대로 흘러가진 않았다. 하지만 목적지가 이제 눈앞에 있었다. 엄마를 직접 만나서 이야기하면 설득하기가 더 쉬울 거다. 엄만 이제 집으로 돌아와야 한다고.

이것이 인생이다

3월 15일 금요일

1903년 12월 7일, 라이트 형제는 직접 제작한 비행기에 올라 12초 연속 비행에 성공한다. 역사상 첫 번째로 조종사가 운전하는 동력 기계가 비행에 성공한 사건이었다.

그로부터 한 세기가 지난 후, 지금 나는 토론토로 가기 위해 네 시간째 비행 중이다. 네 시간이면 12초 곱하기……. 음, 정확히 얼마나 곱해야 하는지 모르겠지만, 상당히 큰 숫자인 것은 틀림없다. 토론토에서 작은 비행기로 갈아타서 킹스턴까지 가면 외할아버지가 공항에 마중 나와 있기로 했다.

비행기를 타는 건 이번이 다섯 번째였다. 처음 두 번은 지금처럼 외가에 갔다 올 때였다. 세 번째는 우리 가족이 샌디에이고에 있는 레고랜드로 여행을 떠날 때였다. 네 번째는 그 사건이 일어난 후, 외가에서 아예 지내려고 간 거였다.

최악의 여행이었다. 진정제를 많이 맞은 엄마는 말할 때마다 목소리가 꼬부라졌다. 승객들은 엄마가 술에 취했다고 생각했다. 아빠는 말이 없었지만 중간중간에 한숨을 깊게 내쉬었다. 나는 그런 엄마와 아빠 사이에 앉아 있었다. 내 생애에서 가장 긴 네 시간이었다.

형은 다른 곳에 있었다. 우리는 형을 창고에 남겨 두고 갔다. 지독한 소리로 들리겠지만, 형을 여행 가방에 넣을 수가 없었다. 그리고 만약 우리가 형을 들고 비행기에 탔을 때, 승무원들이 우리에게 물을 질문을 상상해 보라.

어쨌든 이걸로 그 얘기는 충분하다. 아픈 기억 따위로 이번 여행을 망치고 싶지 않다. 이번엔 틀림없이 재미있을 것이다. 금요일부터 금요일까지, 통으로 일주일 꼬박 걸리는 여행이었다. 외할아버지가 항공 마일리지로 비행기표를 끊으면서 일정을 그렇게 잡았다.

금요일부터 금요일까지 여행에서 가장 좋은 점은 세실 선생님과의 상담을 두 번이나 빼먹을 수 있다는 사실이었다.

내 자리는 창가였다. 그리고 날씨가 맑았다. 나는 광활한 로키 산맥을 감상했다. 복도 쪽 자리에는 정장 차림을 한 남자가 앉아 있었고, 가운데 자리에는 아무도 앉지 않았다. 만약 집이었다면 '부적절하다'는 이유로 엄마 아빠가 보지 못하게 했을 영화를 줄줄이 이어서 다

보았다. 외할아버지가 사 준 식사 쿠폰은 프링글스 작은 사이즈 다섯 통을 사는 데 다 썼다.

왼쪽에는 로키 산맥, 오른쪽에는 프링글스, 눈앞에는 개인 모니터. 이것이 인생이다.

어제 아침에 팔리와 나는 우리가 작업을 시작한 이래 최고로 많은 깡통과 유리병을 모았다. 하지만 수업을 마치고 '도전! 전국 퀴즈왕' 대회가 있었기 때문에, 모아 놓은 깡통과 유리병을 사물함에 넣어 두었다. 봄 방학이 끝나고 개학을 하는 월요일에 가져갈 생각이었다.

학교에는 우리 사업에 관한 소문이 퍼지기 시작했다. 아이들의 반응은 대부분 호의적이었다. 우리가 사물함 앞에 서 있을 때면 다 마신 음료수 병이나 캔을 건네주는 아이들이 많아졌다. 덕분에 우린 일을 조금 덜었다.

결국 트로이 귀에도 우리 사업 이야기가 들어갔다. 언젠가는 그럴 거라고 생각했다. 트로이의 사물함이 우리 사물함 바로 맞은편에 있으니까. 트로이는 어제 '뚱뚱이와 홀쭉이의 쓰레기 모으기 대작전' 어쩌고저쩌고 하면서 우리를 놀렸다.

그러자 팔리가 이렇게 대꾸했다.

"마음껏 웃으셔. 그런데 우리가 삼 주일 만에 150달러나 벌었다는 건 알고 있나!"

그 말에 트로이는 입을 꾹 다물었다.

낮 11시 5분

승무원 아저씨가 와서 프레첼을 몇 봉지 주고 갔다. 이 얼마나 멋진 일인가!

낮 12시 30분

나는 집에서 나오기 전에 아빠랑 가볍게 대화를 나눴다.

"아빠, 캐런 아줌마를 집으로 초대하는 일은 꿈도 꾸지 마세요."

몇 년 전에 아빠 생일 선물로 엄마가 도안을 사서 직접 만든 앞치마를 입고 주방에서 저녁 식사를 준비하던 아빠는 한숨을 내쉬었다. 나는 식탁에 수저를 놓고 있었다.

"헨리, 아빤 그 아줌마를 잘 알지도 못해. 친구라고 하기도 좀 그렇지만, 어쨌든 친구 이상은 아니야."

"아빠는 그렇게 생각하지만, 그 아줌마도 그럴까요?"

"그걸 내가 어떻게 알겠니?"

아빠는 오믈렛과 토스트를 두 접시에 나눠 담았다. 요즘 우리는 집에서 식사를 만들어 먹으려 노력하고 있다. 식비를 아끼기 위해서이기도 하고 건강한 음식을 먹기 위해서이기도 하다. 하지만 기술·가정 선생님이 머핀 굽기 말고 다른 요리를 더 가르쳐 주기 전이어서 우리가 할 수 있는 요리 목록은 아주 짧았다.

"아빠, 재작년 여름 기억나세요? 일주일 동안 오두막을 빌려서 여행 갔을 때?"

“그럼, 기억나고말고. 그때 낚시가 정말 끝내줬지. 제시가 연어를 잡았잖아.”

아빠는 갑자기 말을 멈췄다. 아빠는 형의 이름을 입 밖으로 내지 않는다는 우리의 암묵적인 규칙을 깼다.

“아빠가 계산대에서 비디오도 빌려 오셨잖아요. 오래된 것들이긴 했지만요. 아무튼 그때 〈위험한 정사〉라는 영화를 다 같이 봤잖아요.”

나는 아빠의 기억을 되살렸다.

“그런데?”

“그런데라니요? 아빤 캐런 아줌마가 그 영화에 나오는 미친 여자랑 비슷하단 생각이 안 드세요?”

그 영화의 주인공은 아내와 딸을 두고 행복하게 살아가는 사업가였다. 그런데 주말에 딴 여자와 딱 한 번 바람을 피웠는데, 알고 보니 미친 여자였다. 그 여자는 주인공뿐만 아니라 주인공의 가족을 집요하게 따라다니며 괴롭혔다. 어느 날 주인공 가족이 외출했다가 집으로 돌아와 보니, 가스레인지 위에서 냄비가 펄펄 끓고 있었다. 뚜껑을 열어 본 주인공 가족은 기함을 하고 말았다. 그 안에 뭐가 들어 있었기에? 바로 그 집 딸이 기르던 토끼였다!

“넌 애완동물 안 기르잖아.”

“하하하. 저, 지금 심각하게 말씀드리는 거예요. 아빠, 그 아줌마는 외로워요. 절박한 상황이라고요. 그래서 아빠를 따라다니는 거예요. 아빠는 유부남이에요.”

아빠는 포크와 나이프를 내려놓고 내 눈을 빤히 바라보았다. 잔소리가 나오려니 했는데 그냥 이렇게만 말했다.

"헨리, 약속할게. 네가 없는 사이에 캐런 아줌마가 우리 집에 오는 일은 없을 거야."

"아빠, 고마워요."

그리고 아빠가 나를 꽉 막힌 아이라고 생각하지 않도록 이렇게 덧붙였다.

"아타파튜 할아버지는 아무 때나 초대하셔도 괜찮아요."

낮 1시

우리 비행기는 앞으로 한 시간 안에 착륙한다고 한다. 승무원이 와서 콜라를 하나 더 주고 갔다. 달라고 하지도 않았는데!

저녁 9시

나는 지금 외할아버지네 집 내 방에 있다. 사실은 손님용으로 쓰는 다락방이다. 비스듬한 천장에 딱딱한 나무 바닥, 거기에 작은 창문이 달린 방이다. 까치발로 서면 바깥 경치가 보인다. 아늑하다. 나는 이 방이 좋다.

공항에 도착하자 깜짝 선물이 기다리고 있었다. 엄마가 나를 기다리고 있었던 것이다. 오늘 오후에 킹스턴에서 뒤마 선생님과 상담이 있었는데, 상담이 끝나고 난 뒤 내가 올 때까지 기다렸다고 했다. 엄마는 나를 다시는 놓아주지 않을 것처럼 꽉 껴안았다. 그리고 수도꼭지를 틀어놓은 것처럼 눈물을 줄줄 쏟았다. 사실 엄마만 그런 건 아니었다.

내가 운 이유는 형이 죽고 모든 게 이렇게 꼬여 버리기 전에 우리 가족이 어땠는지가 생각나서였다. 또 다른 이유는 엄마 상태가 그리 좋아 보이지 않아서였다. 지난 6월 1일 이후, 내 몸무게가 1킬로그램씩 늘어날 때마다 엄마 몸무게는 그만큼씩 줄어들었다. 엄마는 12월의 마지막 날, 아빠와 내가 떠날 때보다도 더 말라 있었다.

엄마 눈 아래에는 검은색 그림자가 짙게 드리워져 있었다. 머리숱도 많이 줄어든 것 같았다. 더 나쁜 건, 엄마가 내 가방을 들어 주려고 허리를 굽혔을 때 정수리에 동그랗게 비어 있는 부분이 보였다는 거다.

외할아버지의 구식 자동차를 타고 집으로 오는 동안, 엄마는 계속 내 어깨를 다독이고 얼굴을 쓰다듬었다.

"헨리, 우리 헨리."

생각하는 것만큼 그렇게 닭살 돋는 느낌은 아니었다. 사실 그때 엄마는 기분이 아주 좋았다.

"선생님과 상담을 하고 나면 기분이 그렇듯 좋을 수가 없어."

엄마가 말했다.

집으로 돌아오는 길에 이미 밖은 어둑어둑했다. 엄마는 33번 도로를 탔다. 그건 우리가 글렌노라 페리를 탈 것이라는 뜻이었다. 나는 페리 중에서 글렌노라 페리를 가장 좋아했다. 만을 건너는 데는 십 분밖에 안 걸리지만, 이 페리가 왠지 나를 어떤 섬이라든가, 아니면 아주 특별한 곳으로 데려다 줄 것 같은 느낌이 들었다. 실제로는 고속도로의 연장일 뿐이지만.

내가 집에 도착하자, 외할아버지와 외할머니가 굉장히 반가워했다. 외할머니는 저녁으로 내가 가장 좋아하는 로스트비프를 구웠다. 저녁 식사가 한창일 때, 갑자기 외할아버지가 방귀를 뀌었다. 뿡.

나는 엄마를 바라보았다. 엄마도 나를 바라보았다. 그리고 우리는 함께 웃기 시작했다. 웃음이 쉽게 멈추지 않았다. 엄마와 나는 웃고 또 웃고, 눈물이 볼을 타고 흘러내릴 때까지 웃었다.

최고의 순간이었다.

옛날 우리 모습 그대로였다.

3월 16일 토요일

내리 열 시간을 잤다. 이곳 시간으로 새벽 1시에 잠들어 오전 11시에 일어났다.

몇 달 만에 악몽을 꾸지 않았다. 몇 달 만에 한밤 내내 잤다.

3월 19일 화요일

나흘이 지났고 사흘이 남았다. 모든 일이 순조로웠다. 신기할 만큼 아무 일도 없었다.

엄마의 겉모습은 아주 좋은 상태가 아니었지만, 다른 면에서는 아빠와 내가 이곳을 떠났던 12월 말보다 훨씬 좋아 보였다.

여기에서 엄마와 나의 일과는 매일 비슷했다. 엄마는 내가 깨길 기다려 함께 아침을 먹었다. 내가 날마다 11시까지 자는데도 엄마는 늘 그랬다. 그리고 내가 먹고 싶어 하는 건 뭐든지 다 요리했다. 팬케이크, 와플, 베이컨, 달걀, 뭐든지 다…….

아침을 먹고 나면 엄마와 나는 오랫동안 산책을 했다. 여긴 아직도 땅에 눈이 남아 있고 숨을 쉬면 입김이 보일 정도로 추웠기 때문에 우린 옷을 여러 겹 껴입었다. 엄마는 묻고 싶은 게 많았다. 엄마는 모든 일을, 아주 세세한 부분까지 다 알고 싶어 했다.

"선생님들은 어떻게 생겼니?"

"체육은 콜터 선생님이에요. 선생님은 목이 없어요. 수학은 라이트슨 선생님. 그 선생님이 말하는 걸 보면 복화술사들이 들고 다니는 인형이 말하는 것 같아요. 그리고 사회는 잰코비치 선생님인데, 양말 위에 샌들을 신어요. 그리고 기술·가정은 바르다스 선생님이에요. 언제나 표정이 없어요. 프랑스어 선생님은 무슈 에머리인데, 코털이 엄청 많아요."

"그때 이야기한 그 친구, 팔리의 특징을 세 가지만 말해 봐. 빨리, 깊이 생각하지 말고."

"이상해요, 열정적이에요, 믿을 수 있어요."

"그럼 앨버타는?"

"예의가 없어요, 강심장이에요, 독특해요, 예뻐요."

엄마가 미소를 지었다.

"네 가지나 말했네?"

월요일엔 엄마가 뒤마 선생님과 진료 예약이 있어 킹스턴에 갔기 때문에 나는 외할아버지, 외할머니와 함께 집에 있었다. 나는 외할머니와 오후 내내 보드게임을 했다.

오늘은 우리 넷이 차를 타고 샌드뱅크스 주립 공원에 다녀왔다. 날씨가 포근해서 다 함께 모래 언덕을 넘어 해변을 따라 한 시간 정도 산책했다.

오후에는 보통 거실에서 엄마랑 같이 보드게임을 했다. 이때가 아빠와 내가 절대로 얘기하지 않는 사람에 대해서 이야기하는 시간이었다. 형 말이다. 엄마는 형 이야기를 많이 했다.

하루는 엄마가 이렇게 물었다.

"너, 그거 기억나니? 네 살 때였나? 제시가 쥐잡기 게임에서 플라스틱 치즈를 꺼내 가지고 코에 넣었던 일? 그래서 엄마가 형을 데리고 응급실로 달려가 그거 빼내느라 애먹었잖아."

난 기억나지 않는다. 왜냐하면 그때 두 살이었기 때문이다. 하지만 그 이야기는 이미 수백만 번 들었기 때문에 아는 것처럼 대답했다.

"네, 기억나요."

또 하루는 다른 이야기였다.

"너, 그거 기억나니? 우리 가족 모두 토피노로 캠핑 갔던 거? 그때 아빠가 제시랑 너한테 연을 사 줬는데."

분명하게 기억한다. 일곱 가지 색깔의 용처럼 생긴 연이었다.

"제시가 그 연을 정말 좋아했지."

미소 짓는 엄마의 눈길이 내 어깨 너머 창밖에 가 있었다.

"제시는 날마다 몇 시간씩 그 연을 날렸지."

'나도 그 연을 좋아했어요. 나도 날마다 몇 시간씩 그 연을 날렸다고요.'

나는 속으로 이렇게 생각했다. 하지만 겉으로는 이렇게 말했다.

"맞아요, 형이 그랬어요."

오늘의 이야기는 이거다.

"너, 그거 기억나니? 제시가 2학년에 올라가더니, 연예인이 되겠다고 오디션에 참가해서 장기 자랑했던 거?"

엄마는 빙그레 웃으며 말을 이었다.

"그 왜 있잖니? '똑똑, 누구세요?'로 시작하는 개그를 오 분 동안이나 했지."

"그건 저예요."

"방금 뭐라고 했니?"

"그건 제가 한 일이라고요, 형이 아니라……."

엄마 얼굴에서 미소가 확 사라졌다.

"그래? 확실해?"

나는 고개를 끄덕였다.

"똑똑, 누구세요? 아이작입니다. 아이작이 누구요? 여기 서 있는 사람이 아이작이죠! 생각 안 나세요?"

엄마는 다시 빙그레 웃었다. 아니, 그런 것 같았다. 하지만 십오 분쯤 지나고 나서 엄마는 이렇게 중얼거렸다.

"그건 분명히 제시였어."

엄마는 형이 한 그 일에 대해서는 절대로 이야기하지 않았다. 정확히 말하면, 형의 마지막 이 년에 관해서는 한마디도 하지 않았다. 엄마는 열세 살에서 형을 고정시켜 버린 것 같았다. 그래도 형에 관한 얘기를 많이 하는 것이 좋은 신호라고 생각한다. 엄마는 형에 대한 기억을 꽁꽁 묻어 버리진 않았다. 오히려 아빠와 내가 그랬다.

아빠 이야기가 나와서 말인데, 내가 엄마한테 아빠 이야기를 끌어낼 수 있었다면 참 좋았을 것 같다. 하지만 내가 아빠 얘기를 하려고 할 때마다 엄마는 다른 이야기를 꺼냈다. 그냥 내 기분 탓이었는지도 모르겠다.

좋은 신호는 또 있다. 엄마가 나한테 내일 뒤마 선생님과의 상담에 같이 가자고 했다. 선생님이 나를 보고 싶어 한다고. 나도 뒤마 선생님을 만나고 싶었다. 이제까지 엄마를 잘 돌봐 주셔서 감사하다고 전한 뒤, 이젠 엄마가 집으로 돌아가도 되지 않느냐고 물어보고 싶다.

3월 20일 수요일

한 가지 일.

3월 21일 목요일

한 가지 일.

3월 22일 금요일

한 가지 일.

낮 3시

세실 선생님이 이 일기장을 주면서 한 말이 있다. 엉망진창인 날이더라도 일기장에 한 가지 일이라도 적으려 해 보라고.

이번만은 선생님의 조언을 따랐다.

낮 4시

나는 지금 비행기에 앉아 있다. 집에 가는 중이다, 나 혼자.

일은 계획대로 흘러가지 않았다.

수요일의 출발은 좋았다. 오전 10시쯤, 엄마와 나는 킹스턴으로 출발했다. 엄마는 머리도 감고 새 스웨터도 꺼내 입었다. 내 생각에 화장도 살짝 한 것 같았다. 날씨도 화창했다. 하늘은 더없이 푸르렀고, 거리에는 새로 내린 눈이 얇게 쌓여 있었다.

우리는 글렌노라 페리를 타고 아돌프스 타운이라는 곳에 내렸다. 아돌프스 타운은 타운이란 이름이 붙기에는 너무나 작은 동네였다. 아돌프스 시골 마을 정도가 적당할 것 같았다.

시골 풍경은 아름다웠다. 브리티시컬럼비아보다 낫다는 게 아니라 그냥 다르다는 의미다. 우리는 목욕이라는 뜻의 '배스'라는 소도시를 지났다. 형이 지금 함께 있었다면 "형한테 꼭 필요한 동네네!"라고 말했을 거란 생각이 떠오르고 말았다.

킹스턴에 다 와 가자, 창문 밖으로 콜린스베이 교도소가 보였다. 이렇게 말하면 이상하다고 생각하겠지만 나는 그 교도소가 좋다.

형이 아직 살아 있을 때였다. 외가에 왔다가 우리 둘 다 빨간 지붕으로 덮인 거대한 석조 건물에 시선을 빼앗겼다. 나와 함께 뒷자리에 앉아 있던 형이 말했다.

"저기서 살고 싶어."

그 말에 어른들은 한꺼번에 웃음을 터뜨렸다. 외할머니가 말했다.

"아이고, 아서라. 저기서 살고 싶다는 생각 같은 건 절대로 해서는 안 돼!"

지금 생각하니까 좀 우스운 일이다. 형이 살아 있었다면 결국 교도소에서 생활해야 했을 테니까.

킹스턴에 도착하고서도 몇 시간 동안은 아주 좋았다. 엄마는 나를 쿠크스로 데려갔다. 내가 아주 좋아하는 카페였다. 다양한 지방의 음식과 커피를 파는 곳이었다. 천장이 높고 바닥은 나무였는데, 안은 어둡고 널찍했다. 카페 안에서 맛있는 냄새가 났다. 엄마는 나에게 막대사탕을 사 주었다.

우리는 쉐어피기 레스토랑에서 점심을 먹었다. 이름만 유명한 게 아니라 음식 맛도 끝내주는 레스토랑이었다. 엄마와 나는 끊임없이 이야기를 나눴다. 엄마는 웨이터에게 농담까지 던졌다. 그 한 시간 동안에는 그 사건이 아예 없었던 일 같았다.

그런 다음, 우리는 뒤죽박죽 선생님의 진료실로 갔다. 뒤죽박죽 선생님이란 내가 뒤마 선생님한테 새로 붙인 별명이었다. 그 사람을 보고 나니 세실 선생님이 천재같이 느껴졌다.

뒤죽박죽 선생님이 다른 의사들과 병원 외부 일을 보고 있었기 때문에 엄마와 나는 우선 대기실에서 기다렸다. 대기실의 다른 사람들은 완전히 정신이 이상한 사람들 같았다. 듬성듬성한 머리카락을 길게 기른 남자는 혼자 중얼거리다가 웃다가를 반복하고 있었고, 이가 몽땅 빠진 할머니는 멍하니 허공만 쳐다보고 있었다. 내가 보기에 약물 치료를 너무 많이 받은 것 같았다. 이런 사람들과 비교해 보니, 우리 엄마는 백 퍼센트 정상이었다! 내가 그렇게 낙관적이었던 게 결코 이상한 일이 아니었다.

예약 시간이 되자 엄마는 뒤죽박죽 선생님의 진료실로 들어갔다. 이따가 엄마가 다시 나와서 나를 데리고 들어가 십오 분가량 함께 상담을 하기로 했다. 내가 뒤죽박죽 선생님을 만날 수 있는 절호의 기회였다. 처음 사십오 분 동안은《리더스 다이제스트》같은 잡지를 뒤적거리며 대기실에 얌전히 있었다.

마침내 진료실 문이 열리고 뒤죽박죽 선생님이 나왔다. 키가 몹시 크고 빼빼 말랐으며 금발에 머리숱이 별로 없었다. 뒤죽박죽 선생님은 아무런 표정이 없었다. 그건 정신과 의사로서 큰 장점인 동시에 연쇄 살인마로서도 똑같이 가지는 큰 장점이다.

어쨌든 뒤죽박죽 선생님은 입으로만 웃으면서 나와 악수를 했다. 아빠는 악수를 해 보면 그 사람의 성격을 알 수 있다고 했다. 선생님의 악수는 무기력했다.

"네가 헨리겠구나?"

뒤죽박죽 선생님이 말했다. 나는 대기실에 남아 있는 넛츠바 두 개를 바라보면서 생각했다.

'셜록 홈즈야, 뭐야?'

"들어가자."

나는 선생님을 따라 진료실로 들어갔다. 세실 선생님 방보다 훨씬 크고 훨씬 깨끗하고 훨씬 정돈되어 있었다. 진료실 벽에는 각종 학위가 들어 있는 액자가 잔뜩 걸려 있었다. 책상 맞은편에 있는 팔걸이의자에 엄마가 앉아 있었다. 나는 그 옆의 의자에 털썩 앉았다.

"엄마가 네 이야기를 많이 하셨단다."

뒤죽박죽 선생님이 말을 꺼냈다.

그러면서 나보고 이 상황을 어떻게 대처해 나가고 있느냐고 물었다. 나는 잘해 나가고 있다고 대답했다.

"잘됐구나. 헨리, 여기서는 마음을 놓아도 된단다. 그냥 탁 터놓고 네 속마음을 이야기하렴."

내가 대답했다.

"저도 상담해 주시는 선생님이 따로 있어요. 어쨌든 감사합니다."

"그럼, 어떤 얘기를 하고 싶은 거냐?"

뒤죽박죽 선생님은 두 손끝으로 삼각형 모양을 만들어 턱 아래를 괴었다.

"엄마가 많이 좋아지신 것 같아요."

내 말에 뒤죽박죽 선생님이 엄마를 보며 미소를 지었다.

"많이 좋아지셨지."

"제 생각엔 엄마가 이제 집에 가셔도 될 것 같아요."

나는 일부러 엄마를 돌아보며 말했다.

"이번 주 금요일에 저랑 같이 집에 가요, 엄마. 좀 이르다 싶으면 엄마는 다음 주에 오셔도 되고요."

갑자기 진료실이 무거운 침묵에 휩싸였다. 엄마와 뒤죽박죽 선생님은 서로를 한참 바라보았다.

뒤죽박죽 선생님이 먼저 입을 열었다.

"헨리, 엄마가 많이 나아지신 건 맞……."

"네, 그 점에 대해서 진심으로 감사드리고 있어요."

"그래, 하지만 내 생각엔 여기서 좀 더 치료를 받는 편이 엄마에게 좋을 것 같은데."

나는 엄마 쪽으로 몸을 돌린 다음 손을 꼭 잡았다.

"하지만 그건 선생님 마음대로 정하시면 안 되는 거잖아요?"

나는 뒤죽박죽 선생님을 다시 보며 말했다.

엄마는 내 손을 내려다보았다.

"우리 헨리, 엄마가 많이 사랑하는 거 알지?"

"그러니까 엄마는 집으로 가셔야 해요."

"그러니까 못 가는 거란다. 아직은 아니야."

이건 내가 머릿속에서 연습해 본 장면이 아니었다.

"엄마, 제발요. 신경 쇠약이니 뭐니 하는 거…… 이젠 지친다고요."

다시 무거운 침묵.

"지친다고? 그건 치유 과정에서 흔히 나타나는 양상 중 하나일 뿐이란다."

나는 뒤죽박죽 선생님이 무슨 말을 하는 건지 알 수가 없었다.

"밴쿠버에도 좋은 의사 선생님들이 많아요. 제 심리 치료사인 세실 선생님을 만나 보세요. 끝내주는 선생님은 아니지만 그래도 꽤 괜찮아요."

나는 엄마에게 말했다.

"넌 이해하기 어렵겠지만 난 아직 준비가 되지 않았어. 난 이미 한 아이를 망쳤……."

"엄마가 망친 거 아니잖아요! 형 일은 엄마 때문이 아니에요!"

나는 뒤죽박죽 선생님을 노려보며 말을 이었다.

"그 일은 엄마 책임이 아니라고 하셨죠, 그렇죠?"

"그래, 하지만 엄마는 스스로 그 상황을 되짚어 보실 필요가 있어. 네 말대로 지금은 많이 나아지셨고. 하지만 아직 완전히 나으신 것은 아니야."

"엄마, 제발요. 엄마를 탓할 필요 없어요."

"하지만 자꾸 나를 탓하게 돼. 나를 용서할 수가 없어."

엄마는 잠깐 멈칫하고는 다시 말을 이었다.

"네 아빠도 용서할 수 있어야 하고."

나는 대화가 진행되는 방향이 영 마음에 들지 않았다.

"그건 아빠 탓도 아니에요."

"그건 네 아빠 총이었어. 내가 집 안에 무기를 두지 말라고 그렇게 말했는데, 제발 치우라고 몇 번이나 그랬는데……."

"아빠도 모르셨잖아요. 아빠는 총도 잘 보관하셨고요. 경찰도 그렇게 말했잖……."

"우리한테는 위태위태한 아이가 있었어. 집 안에 총을 둬선 안 되는 거였어."

엄마는 점점 격해지고 있었다.

"그건 말도 안 되는……."

"헨리, 말도 안 되는 감정이란 없단다."

갑자기 뒤죽박죽 선생님이 끼어들었다.

나는 엄마를 계속 쳐다보았다.

"누구를 굳이 탓하고 싶거든 형을 탓하세요! 아빠를 탓하지 마시고요. 아빠는 엄마를 사랑해요. 엄마도 아빠를 사랑하시잖아요. 아빠와 난 엄마가 필요해요. 우리 둘 다 미치도록 엄마가 그립다고요!"

"하지만 헨리, 난 지금 내가 아니야. 난 지금 엉망진창……."

"그래서요? 아무리 엉망진창인 엄마라도 아예 없는 것보단 좋다는 거잖아요!"

다시 침묵이 흘렀다.

나는 엄마가 내 마음을 알아주리라고 생각했다.

잠시 후, 엄마가 입을 떼었다.

"미안하구나. 엄만 아직 준비가 되지 않았어."

별안간 어디선가 트럭이 나타나 나를 치고 간 느낌이었다. 나는 화가 나서 소리쳤다.

"형한테는 절대로 이렇게 안 했을 거야."

"너, 지금 그게 무슨 뜻……."

"죽은 게 형이 아니라 나였다면, 엄마는 절대로 형을 버리지 않았을 거라고!"

"말도 안 되는 소리……."

"엄만 언제나 형만 좋아했어. 엄만 지금도 형만 좋아해. 형은 이미 죽었는데, 형이 우리 모두의 삶을 망쳐 버렸는데도! 난 언제나 정상적으로 살았어. 그런데 그 대가가 바로 이거야."

나는 악을 쓰고 있었다.

"헨리야."

엄마가 흐느끼기 시작했다.

뒤죽박죽 선생님은 이 상황이 매우 흥미롭다는 듯이 입맛을 다셨다.

"아니요, 아니요. 이러는 것도 괜찮아요. 헨리한테도 자기 감정이 있는 겁니다."

마침내 내 안의 분노가 폭발했다. 나는 의자에서 벌떡 일어나 두 손으로 뒤죽박죽 선생님의 책상을 짚었다. 그리고 그 연쇄 살인마의 얼굴에 내 얼굴을 바짝 들이대었다.

"그 입 닥쳐!"

뒤죽박죽 선생님은 슬금슬금 의자를 뒤쪽 벽으로 밀었다.

"헨리, 숨을 깊게 한번 들이쉴 필요가 있겠……."

그때부터 내 로봇 목소리가 시작되었다.

"뒤.죽.박.죽.선.생.너.는.머.저.리.다."

"내 이름은 뒤마……."

"뒤.죽.박.죽.뒤.죽.박.죽.뒤.죽.박.죽."

나는 엄마 쪽으로 돌아섰다.

"엄.마.봇.한.심.하.군.나.는.당.신.을.증.오.해.나.는.형.도.증.오.해.같.이.지.옥.에.나.가.버.려.아.참.형.은.이.미.가.있.겠.군."

그리고 나는 로봇 걸음걸이로 뒤죽박죽 선생님의 진료실에서 나왔다. 머리칼이 듬성듬성한 남자는 그때까지도 대기실에 앉아 있다가 나를 보자 히죽히죽 웃었다.

"그.만.웃.어.병.신.아.미.친.놈.제.정.신.이.아.니.야."

나는 로봇 목소리로 그렇게 말했다. 내 말은 효과가 있었다. 남자는 웃음을 멈췄다. 그러더니 내가 때리려는 줄 알았는지 두 손으로 얼굴을 감싸 쥐었다.

그 짧은 순간, 나는 극도의 쾌감을 느꼈다. 하지만 그 쾌감이 사라지고 나자 나 자신이 쓰레기같이 느껴졌다.

"미.안.해.요.정.말.미.안.해.요."

나는 로봇 목소리로 그 남자에게 사과했다.

그리고 로봇 걸음으로 병원에서 나왔다.

집으로 돌아오는 길 내내 엄마도 나도 아무 말이 없었다. 엄마는 계속 울기만 했다. 나는 엄마에게 이렇게 악을 쓰고 싶었다.

'잘난 척 좀 그만해. 지금 괴로운 사람이 엄마뿐인 줄 알아?'

하지만 이제 됐다. 분노는 사라졌다. 나는 그냥 차가운 차창에 뺨을 대고 눈을 감았다.

목요일에는 하루 종일 방에 틀어박혀 있었다. 외할머니가 음식이 담긴 쟁반을 방문 앞에 놓고 갔다.

그리고 얼마 뒤, 외할아버지가 나를 공항에 데려다 주었다. 엄마는 나오지 않았다. 외할아버지는 어떻게든 이야기를 나누고 싶어 했지만, 나는 하도 지쳐서 아무런 말도 할 수가 없었다.

"헨리야, 엄마는 너를 사랑한단다. 세상 그 누구보다도 말이다."

외할아버지는 공항 보안 검색대 밖에서 그렇게 말했다.

나는 외할아버지와 눈도 마주치지 않았다. 그저 가방을 들어 어깨에 멘 다음 보안 검색대 줄에 가 섰다.

"외할아버지를 안아 주지도 않는 게냐?"

안아 주지 않았다.

그 장면을 떠올리면 속이 뒤틀린다.

외할아버지와 외할머니는, 말하자면 이 범죄의 단순 가담자다. 예전에 교회에서 은신처를 찾으려는 사람들의 이야기를 읽은 적이 있다. 곧 자기 나라로 강제 추방될 도망자나 불법 이민자들이 교회에 숨는 이유는 교회에서는 아무도 자신들을 쫓아내지 않기 때문이다.

외가는 바로 교회 같은 곳이다. 외할아버지와 외할머니가 엄마한테 피난처를 제공하고 있다.

이건 공평하지 않다. 엄마의 합법적인 국가는 아빠와 나다.

낮 5시

이번 비행은 최악이다. 내 앞 모니터는 고장나 있었다. 하필이면 좌석이 가운데 자리였다. 나는 양쪽 뚱땡이 사이에 끼어 앉아 있었다. 이 두 뚱땡이에 비하니까 내 출렁이는 거의 젓가락 수준이었다. 둘 중의 하나는 내가 뭘 쓰고 있는지 보려고 연방 곁눈질을 했다.

뚱땡이 두 사람이 함께 여행을 한다. 그러면 비행기에서 두 사람은 나란히 앉고 다른 사람에게 창가 자리나 복도 자리를 양보할까? 아니다. 뚱땡이들은 다른 사람을 가운데 자리에 앉힌다. 가운데 자리에 앉은 사람은 비행 시간 내내, 남의 자리를 시도 때도 없이 침범하는 울룩불룩한 팔과 거대한 허벅지에 갇혀 있어야 하는 것이다.

창가 자리에 앉은 뚱땡이가 결국 내가 일기장에 뭐라고 썼는지 본 것 같다. 더 이상 내가 뭘 쓰는지 보려고 곁눈질을 하지 않는다. 헉, 우는 것 같다.

앨버타처럼 이렇게 말해야지. 그러든지 말든지.

밤 11시

공항에는 아빠가 마중 나와 있었다. 아빠는 나를 꼭 안아 주었다.

“네가 없으니 아파트가 텅 빈 것 같더라.”

껴안은 걸 놓지도 않고 말하는 걸 보니 아빠는 내가 돌아와서 정말로 기쁜가 보다. 적어도 부모 중 한 사람은 나를 사랑한다.

집으로 돌아오는 길에 아빠도 나도 별로 말이 없었다. 아빠는 여행이 어땠는지, 엄마는 어떤지 물어보지 않았다. 갑자기 아빠가 이미 모든 걸 알고 있다는 생각이 들었다. 아빠는 엄마와, 어쩌면 외할아버지나 외할머니하고 벌써 전화 통화를 한 듯했다. 아빠는 지금 무슨 일이 있었는지, 아주 사소한 것까지 다 알고 있는 것이다.

“서두르면 세실 선생님 상담 예약 시간에 맞춰 갈 수 있겠는데. 아빠가 선생님하고 통화했거든. 선생님도 널 보면 좋겠다고 하셨고. 어떻게 할래?”

집 근처에 다다랐을 때 아빠가 말했다.

나도 나 자신에게 놀랐다. 이렇게 대답했기 때문이다.

“갈래요.”

상담은 생각보다 훨씬 좋았다. 나는 선생님한테 여행에서 있었던 일을 모조리 털어놓았다. 솔직히 말하면 좀 울기도 했다. 선생님은 듣기만 했다. 선생님은 심리 치료사로서는 최고가 아닐지 모르지만, 남의 말을 들어 주는 사람으로는 최고였다.

구역질 나는 카펫이 깔려 있는 데다 볼품없는 가구로만 채워진 이 초라하고 비좁은 세실 선생님의 방에서 나는 문득 깨달았다. 내가 이곳을 그리워했다는 것을, 내가 세실 선생님을 보고 싶어 했다는 것을.

물론 그걸 선생님한테 말하진 않았다.

무엇보다도 좋았던 건 선생님은 나에게 이번 여행이 생각대로 안 될 수도 있다고 미리 경고했음에도 불구하고, 상담 내내 "그것 봐라." 하는 식의 말을 한마디도 하지 않았다는 점이다.

아빠는 트럭에서 한 시간 내내 기다린 다음, 상담이 끝나자마자 나를 태우고 집으로 왔다. 우리는 아파트 건물 뒤 재활용품 수거함 옆에 차를 세웠다. 수거함 위에는 손으로 쓴 경고문이 새로 붙어 있었다. 아는 글씨체였다. 하나는 이렇다.

제발 유리병과 플라스틱은 분리를 하시오.

다른 하나는 이랬다.

제발 예민하게 굴지 좀 마세요!

“아침에 아타파튜 할아버지가 닭고기 카레를 해 오셨단다. 네가 오늘 밤에 오는 걸 알고 계셨어.”

아빠가 집으로 들어가면서 말했다.

우리는 텔레비전을 보면서 카레라이스를 먹었다.

“사랑해요, 아빠.”

나는 텔레비전 화면에 눈을 고정한 채 말했다.

“나도 사랑한다, 헨리야.”

아빠는 손으로 내 머리를 여러 번 쓰다듬었다. 아빠 눈이 촉촉해진 것 같았다. 카레라이스가 하도 매워서 그런가 보다.

초파리 떼 소탕 작전

3월 26일 화요일

초파리의 번식력은 엄청나다. 초파리 암컷은 한 번에 알을 사백 개씩 낳을 수 있다. 이놈들은 달콤하고 끈적끈적하기만 하면 어디에든 가서 달라붙는다.

왜 이런 얘길 쓰느냐고? 음, 팔리와 내가 봄 방학 기간 동안 깡통과 유리병이 든 수거 봉투를 우리 사물함에 보관하기로 했던 거 기억하는지…….

그건 뼈아픈 실수였다.

어제 아침, 학교 앞에서 팔리를 만났다. 내가 미처 막을 새도 없이 팔리가 나를 와락 껴안았다.

"왔구나!"

사물함까지 걸어가는 내내, 팔리는 일 초도 쉬지 않고 떠들었다.

"방학 내내 너무 심심했어. 아참, 앨버타는 감기 때문에 계속 집에 누워 있었대. 너한테 말해 달라면서 내 페이스북에 올렸더라. 그리고 너더러 중세 암흑 시절에서 기어 나와 페이스북 좀 하래. 근데 너, 여행은 어땠어?"

본의 아니게 그 질문에 대한 대답은 아껴 두게 되었다. 사물함에 가까이 가자, 우리가 급하게 해결하지 않으면 안 될 문제가 보였기 때문이다. 우리 사물함 틈 사이로 조그마한 벌레가 떼를 지어 들락거리고 있었다. 문을 열어 보니 안쪽의 상황은 열 배쯤 더 심각했다. 거의 공포 영화 수준이었다. 사물함 안에는 수천 마리의 초파리 떼가 맹렬히 날아다니고 있었다.

우리는 재빨리 사물함 문을 닫았다. 팔리가 말했다.

"괜찮아. 수업 마치면 재활용품 창고로 가져갈 거잖아. 초파리는 내일이면 다 없어질 거야."

학교가 끝난 후, 팔리와 나는 얼굴을 목도리로 단단히 감싼 다음 사물함 문을 열고 깡통과 유리병을 꺼내 유모차에 실었다.

재활용품 창고로 가는 길에 팔리가 물었다.

"여행 어땠어?"

"말하기 싫어."

그래서 여행 얘긴 관뒀다. 대신 팔리의 부모님이 홍콩에서 보낸 새

비디오 게임 이야기를 했다.

"언제 학교 끝나고 우리 집에 가서 같이 하자."

"그래."

저만치 앞에 미친 아줌마가 보였다. 아줌마는 어린이 서점 앞에서 플라스틱 기타를 치고 있었다. 오늘은 에메랄드색 드레스다. 나는 주머니에서 동전을 꺼내 아줌마 앞에 놓인 컵에 던졌다.

창고에 다녀온 후에는 다행히 초파리가 얼마 남아 있지 않았다. 차가운 공기가 들어가서 초파리가 떼죽음을 당한 것이 틀림없었다.

그런데 오늘 아침에 수거한 재활용품을 봉투에 담아서 끌고 사물함에 가 보니, 초파리 떼가 완전히 사라진 게 아니었다. 오히려 배로 늘어나 있었다.

팔리와 내 사물함 사이에는 탈리아의 사물함이 있었다. 탈리아는 초파리 떼를 보고 기겁을 했다.

"이 벌레들, 당장 치워!"

탈리아가 그렇게 울부짖는 사이, 초파리 한 마리가 그 애의 입으로 들어갔다.

"으아악! 다 토해야겠어!"

탈리아는 여자 화장실로 부리나케 뛰어갔다. 진짜로 토했는지는 알 수 없었다.

"탈리아가 선생님한테 가서 말하면 우린 이 사업을 접어야 해."

팔리가 말했다. 나는 고개를 끄덕였다.

"맞아. 해결해야 해, 지금."

우리는 우선 오늘 분량의 수거 봉투를 사회 선생님 방으로 끌고 가서 수업이 끝날 때까지만 맡아 달라고 부탁했다. 선생님은 마지못해 그러라면서 이렇게 당부했다.

"아무리 늦어도 3시 15분까진 와야 한다. 그때까진 꼭 치워야 해."

수업 종이 울린 후, 우린 남자 화장실 안에 쪼그리고 앉아 이 수천 마리의 초파리 떼를 제거할 방법을 찾아 고민했다. 마지막에 생각난 방법이 맨 처음에 생각났더라면 좋았을걸. 우리가 마지막으로 생각해 낸 방법은 살충제 뿌리기였다. 그건 꽤 효과가 있었다.

우리가 처음 생각해 낸 방법은 진공청소기로 빨아들이기였다. 우리는 관리실에 있는 경비 아저씨를 찾아갔다. 아저씨는 낚시 관련 잡지를 보고 있었다. 내가 아저씨에게 물었다.

"진공청소기 빌려 가도 돼요?"

아저씨는 우리를 쳐다보지도 않고 퉁명스럽게 대답했다.

"다 쓰고 나서 제자리에 꼭 갖다 놔라."

우리는 진공청소기를 끌고 계단을 두 층 올라 사물함 앞에 도착했다. 나는 사물함 옆 콘센트에 청소기의 코드를 꽂았다. 팔리는 청소기 본체에서 긴 막대 부분을 쭉 빼내 들었다. 그리고 전원을 켜고 마치 무기라도 들 듯 막대 부분을 앞으로 번쩍 쳐들었다.

"준비됐지?"

팔리가 물었다.

"준비 완료!"

내가 대답했다. 내가 사물함 문을 열자 팔리는 재빨리 안쪽으로 청소기를 밀어 넣어 초파리 떼를 남김없이 빨아들였다. 우리는 팔리 사물함에서도 똑같은 일을 반복했다. 그땐 이미 아이들 몇 명이 다가와서 우리를 구경하고 있었다.

우리가 일을 끝내자 아이들 중 몇몇이 박수를 쳤다. 물론 비웃음이 섞인 박수였다. 하지만 팔리는 박수를 즐겼다.

"감사합니다, 감사합니다. 저희는 의무를 다한 것뿐입니다."

팔리는 마치 불타는 건물에서 지금 막 아기를 구출해 나온 소방관처럼 말했다. 하지만 우리의 영광은 수명이 길지 않았다. 누군가가 이렇게 외쳤기 때문이다.

"저기, 다시 나온다!"

그러면 그렇지, 엄청난 수의 초파리 떼가 탈출하고 있었다. 아까 자기들을 빨아들였던 그 구멍으로!

초파리들은 건재했다!

팔리와 나는 서로를 마주 보았다. 당황해선 안 되었다.

"따라와!"

팔리가 외쳤다. 나는 청소기 구멍을 손으로 틀어막은 채 남자 화장실 쪽으로 뛰어가는 팔리를 따라갔다. 내 뒤로는 청소기 본체가 질질 끌려오고 있었다.

팔리는 화장실 문 옆 자판기 앞에 멈춰 서서 소리쳤다.

"동전! 빨리!"

이번엔 응급 수술을 집도하는 의사였다. 나는 주머니에서 동전을 꺼내 팔리에게 넘겼다. 팔리는 자판기에 동전을 급하게 넣었다.

그때 화장실 쪽에서 물 내리는 소리가 들렸다.

"지금 뭐하는 거냐?"

귀에 익은 목소리. 트로이였다.

팔리가 큰 소리로 대답했다.

"커피 사는 거야. 커피는 쏟아 버리고 컵으로 구멍을 막아서 그게 새어 나오지 못하게 하려고!"

"도대체 무슨 소릴 하는 거야?"

"내 말은, 청소기 구멍을 막겠다는 거야! 초파리가 새어 나오지 못하게!"

그런데 정말로 이상한 일이 일어났다. 트로이가 팔리 어깨를 다정하게 토닥인 것이었다.

"그래, 잘해 봐. 또 너랑 저 주근깨가 벌이는 일이지? 사업은 잘돼 가냐?"

"아주 잘되고 있어. 벌써 200달러 넘게 모았거든."

팔리가 대답했다.

"와, 진짜 사장님이시군."

트로이는 그렇게 대답하며 팔리와 내 어깨를 함께 감싸 안았다. 나는 트로이가 우리 두 사람의 머리를 세게 부딪치게 할 거라고 생각했다. 말뚝 처형자 블라드가 하듯이.

하지만 트로이는 그러지 않았다. 대신에 이렇게 말했다.

"또 보자."

팔리와 나는 서로를 마주 보았다. 뭔가 이상했다.

"좀 수상한데."

내가 말했다.

"이제 새 사람이 되려나 보지."

팔리가 대답했다.

"믿을 수 없어."

팔리는 커피를 얼른 쏟아 버리고 컵으로 청소기 막대 끝의 구멍을 막았다. 그리고 진공청소기를 밖으로 끌고 나와서 있는 힘껏 탈탈 털었다.

점심시간이 되자 우리는 여태까지 모은 돈으로 살충제를 샀다. 사물함에 살충제를 뿌려서 남아 있는 초파리들을 모조리 없앴다.

"탁월한 생각이야, 친구들."

복도 저쪽에서 트로이가 말했다.

팔리가 빙그레 웃으며 대답했다.

"고마워, 트로이."

나는 아무 말도 하지 않았다. 나에겐 친절한 트로이가 껄렁대는 트로이보다 훨씬 더 섬뜩했다.

아빠는 거짓말쟁이

3월 27일 수요일

나는 지금 문을 잠그고 내 방에 앉아 있다. 다시는 방 밖으로 나가지 않을 것이다. 문제는 점심시간에 시작되었다. 나는 팔리와 함께 사회 선생님 방으로 향했다. 내일 리치먼드에서 있을 주별 대항전을 앞두고 '도전! 전국 퀴즈왕' 최종 연습이 있었기 때문이다.

방에 들어가자 앨버타가 있었다.

가슴이 조금 두근거렸다. 나는 앨버타한테 다가갔다.

"가까이 오지 마. 아직 다 나은 거 아니야."

앨버타는 손을 들어 가까이 오지 못하게 막았다.

오늘따라 앨버타가 무척 예뻐 보였다. 얼굴은 창백하다 못해 푸른

빛까지 돌았지만, 그게 또 오늘 입은 옷과 참 잘 어울렸다. 오늘은 체크무늬 폴리에스테르 바지에 큼지막한 티셔츠를 입고 있었다.

지금 바보와 같이 있어요.

티셔츠에는 그 말과 함께 왼쪽을 가리키는 화살표가 그려져 있었다. 왼쪽엔 제롬이 앉아 있었다.

"여행은 어땠어?"

"망했어."

"쯧, 안됐다."

나는 어깨를 으쓱했다. 그러자 앨버타 얼굴에 복잡미묘한 표정이 떠올랐다. 변비에 걸린 아빠 표정이랄까?

"저기, 헨리. 할 말이 좀 있는데."

앨버타가 말했다.

"해."

"여기선 좀 그래. 복도로 나가자."

나는 앨버타를 따라 나갔다. 분명히 헤어지자는 말을 할 거라고 생각했다. 사실 정식으로 사귀어 본 적도 없지만.

"저번에 네가 지금 너네 엄마와 같이 안 산다고 말했던 거 기억해?"

앨버타가 주저주저하며 말을 꺼냈다.

"응."

"그런데 지난주 목요일에 있잖아. 그때 넌 여기에 없었고, 나는 감기에 걸리기 전……. 나, 그날 브로드웨이 가에 갔었어. 그런데 블렌츠에서 너네 아빠 봤어. 블렌츠 알지? 그 카페에서 말이야. 아무튼 너네 아빠가 금발 머리 여자랑 앉아 계시더라고. 그런데 그 여자가 탁자 위로 너네 아빠 손을 잡고 있더라."

순간, 누가 내 심장을 기계로 조이는 듯한 느낌이 들었다.

"그 여자, 화장 떡칠했어?"

내가 앨버타에게 물었다.

"응."

"그 여자 혹시……."

나는 내 가슴 위로 크게 손을 둥글려 보였다.

앨버타가 고개를 끄덕였다.

"가슴 장난 아니더라."

옆으로 지나가던 아이들이 나한테 손가락질을 하며 낄낄거렸다. 내가 앨버타 왼쪽에 서 있었던 것이다. 그 '바보 표시' 화살표가 가리키는 게 나였다.

"별일은 아닐 거야."

앨버타가 말했다. 하지만 난 이미 뛰고 있었다.

"가지 마. 우리, 연습해야지."

뒤에서 앨버타가 나를 부르며 쫓아왔다.

나는 뒤돌아보지 않았다. 그길로 학교에서 나와 집으로 갔다. 그리고 아빠 휴대폰으로 전화를 걸었다. 지금 응급 상황이 발생해서 조퇴를 하고 집으로 가고 있으니, 아빠도 곧장 들어오라고 했다. 그리고 아빠가 뭐라고 물어보기 전에 전화를 끊어 버렸다.

십 분 후, 아빠가 헐레벌떡 집으로 뛰어 들어왔다. 허리에는 작업 공구띠를 찬 채였다.

"헨리, 괜찮니? 도대체 무슨 일이야?"

"아빤 분명히 내가 없는 동안, 그 아줌마를 안 만나겠다고 했어요. 약속했잖아요."

아빠가 내 말을 이해하는 데는 시간이 좀 걸렸다.

"그러니까 그것 때문에 전화한 거니? 이건 응급 상황이 아니……."

"응급 상황 맞아요! 우리 가족의 응급 상황이라고요!"

"헨리, 작업 중에 자리를 뜨면 일당이 안 나와. 너도 알잖아!"

"제 친구가 아빨 봤대요. 그 아줌마와 손잡고 있는 모습을요."

아빠는 고개를 절레절레 저으며 작업용 장화를 벗었다.

"여기 와서 앉아 봐."

"싫어요."

"어서!"

나는 아빠 곁으로 가서 앉았다.

"아빤 거짓말을 하셨어요."

"아니, 안 했어. 내가 약속한 건 네가 없는 동안, 캐런 아줌마를 집 안에 들이지 않겠다는 거였잖니? 실제로 들이지 않았어. 캐런 아줌마가 커피나 한잔 하자고 해서 나갔던 것뿐이야. 그게 전부야, 커피 한 잔 마신 거."

"그럼 왜 그 아줌마가 아빠 손을 잡고 있었던 거죠?"

아빠는 주저했다.

"아빠가 제시 형 얘기를 했어."

내가 앉아 있었던 게 다행이지, 서 있었다면 그 자리에서 쓰러졌을 뻔했다.

"아빠가 뭘 하셨다고요?"

"헨리, 그게 나한테 어떤 의미인지 넌 모를 거야!"

"아빠 미쳤어요? 이제 오 분이면 아파트 전체가 우리 얘기를 다 알게 될 거예요. 아니, 벌써 다 알고 있겠네요!"

"아니야, 캐런 아줌마는 아무한테도 말하지 않겠다고 약속했어."

"그 말을 믿으세요? 아빠, 그 아줌마는 거짓말쟁이에요! 그 아줌마가 우리랑 처음 만났을 때 뭐랬어요? 가게에서 사 온 쿠키를 주면서 자기가 구운 거라고 했잖아요!"

나는 자리에서 일어나 거실을 왔다 갔다 했다.

"우리가 여기까지 이사 온 이유는 새로 출발할 수 있기 때문이었어요. 여기선 아무도 우릴 모른다는 게 중요한 거였다고요."

"헨리, 우리가 어떤 일을 겪고 있는지 몇 사람쯤 안다고 해서 잘못될 건 없어."

"잘못된다고요! 아빤 모르시겠어요? 이제 사람들이 우릴 다르게 볼 거예요. 우릴 피할 거라고요. 다들 우리가 가엾다고 하겠죠. 아니면 우리도 똑같이 괴물이라고 생각하거나! 아빠, 도대체 왜 그랬어요?"

이제 아빠가 일어설 차례였다.

"그 아줌마가 날 이해해 줘서 그랬다! 얘기할 사람이 아무도 없어서 그랬다고! 포트살리시에서 알고 지냈던 친구들하고는 그 얘기를 할 수가 없어. 네 할머니와 할아버지는 오래전에 세상을 떠나셨고. 그리고 젠장, 네 엄마랑 그 얘기를 할 수도 없잖니?"

아빠는 주먹으로 벽을 쾅 내리쳤다. 석고 보드가 쩍 갈라지며 구멍이 났다.

"캐런 아줌마는 이야기를 잘 들어 줬어. 그리고 우리가 겪고 있는 상황을 이해해 주고. 네가 상상하는 것보다도 훨씬 더……."

"그만하세요! 아빠가 증오스러워요!"

나는 방으로 뛰어 들어가 문을 잠갔다. 그때부터 이러고 있는 거다.

아빠가 몇 번인가 방 앞에 와서 밖으로 나오라고 말했지만 나는 꼼짝도 하지 않았다. 배가 고파 죽을 지경인데도.

나는 밤새 여기에 있을 거다. 앞으로 평생 이러고 있을 거다. 사람들이 내 썩은 시체를 끌어낼 때까지 이 방에 있을 거다.

이제 엄마 아빠한테는 죽은 자식이 두 명이다.

저녁 6시 30분

믿을 수가 없다. 지금 우리 가족은 붕괴 위기에 놓여 있다. 그런데 아빠가 아타파튜 할아버지를 집으로 불러들였다! 아빠와 할아버지는 거실에 앉아서 함께 하키 경기를 보고 있다. 지금 막 아빠가 이렇게 말했다.

"헨리는 몸이 좀 안 좋아서요."

거짓말쟁이! 내 몸, 지금 완전 좋은데!

아빠 때문에 미치겠다!

밤 8시 30분

배가 고파 죽을 지경이다. 아빠는 내가 굶어 죽을 때까지 내버려 둘 모양이다. 자기는 할아버지와 웃고 떠들고 텔레비전을 보면서.

밤 10시

드디어 할아버지가 집에 갔다. 아빠는 방에 자러 들어갔다. 나는 살금살금 방에서 나와 먹을 게 있는지 보려고 주방으로 갔다.

식탁 위에 할아버지가 만들었을 게 뻔한 카레라이스가 있었다. 그릇에는 랩을 씌워 놓았다. 랩 위에는 아빠가 쓴 쪽지가 붙어 있었다.

전자레인지로 이 분간 데워라. 사랑한다. 아빠가.

나는 전자레인지로 카레라이스를 데웠다. 그리고 방으로 가져와서 싹싹 긁어 먹었다. 이번에는 양고기 카레였는데 정말로 맛있었다. 내

혀가 점점 매운 맛에 길들여지는 것 같다.

우선 배고픈 건 해결되었다. 이제 우리 가족을 위해 싸우려는 사람은 나밖에 없다는 것이 명백해졌다. 그런데 나도 슬슬 싸울 가치가 없을지도 모른다는 생각이 들기 시작한다.

새벽 2시

바보 같은 아빠와 바보 같은 캐런 아줌마 덕택에 아직도 정신이 말똥말똥하다. 하필 그 많은 날들 중에 오늘! 주별 대항전이 내일인데……. 나는 오늘 푹 자 둬야 한다.

완전히 잠이 깬 김에 쪽지나 써야겠다.

새벽 2시 15분

지금 막 쪽지를 배달하고 왔다. 나는 잠옷 차림 그대로 계단을 올라가, 우리가 다 아는 그 사람 집 현관문 아래로 쪽지를 밀어 넣었다. 쪽지엔 이렇게 썼다.

우리 아빠한테서 떨어져. 우리 가족한테서 떨어지라고!

이제야 잠이 올 것 같다.

잘못된 만남

3월 28일 목요일

나는 정말 우리가 다시 시작할 수 있을 줄 알았다, 새롭게. 그런데 내가 틀렸다.

밤잠을 설치긴 했지만 하루의 시작은 아주 좋았다. 우리 팀은 리치먼드까지 태워다 줄 밴에 올랐다. 앨버타가 옆자리를 비워 두었지만 나는 일부러 못 본 척 팔리 옆에 앉았다. 나는 지금 앨버타한테 화 비슷한 게 나 있다. 정말 바보 같은 소리라는 걸 나도 알지만, 말하자면 이런 얘기 같은 거다.

'숲 속에서 나무 한 그루가 쓰러졌는데, 아무도 그 나무가 쓰러지는 소리를 듣지 못했다. 그렇다면 그 소리는 난 걸까, 나지 않은 걸까?'

만약 아빠와 캐런 아줌마가 같이 있는 모습을 앨버타가 보지 않았더라면, 아빠와 그 아줌마는 같이 있지 않은 거나 마찬가지였을 수도 있다. 그런데 앨버타 때문에 그 일은 명백한 사실이 되고 말았다. 앨버타를 탓해선 안 된다는 걸 알면서도 나는 지금 애꿎게 그 애를 탓하고 있다.

우리가 리치먼드 중학교에 도착했을 때 학교 주차장은 이미 꽉 차 있었다. 수많은 아이들이 줄지어 학교 안으로 들어가고 있었다. 우리 팀은 바로 학교 식당으로 향했다. 학교 식당은 각 주에서 모여든 팀들로 와글와글했다. 수백 명도 넘는 아이들이 동시에 왁자지껄 떠들며 웃어 대고 있으니……. 소리가 엄청나게 크게 울렸다.

팔리는 계속 동동거리며 외쳤다.

"이거, 정말 대단한데!"

그 잠깐 동안, 나는 내 남은 인생이 김이 모락모락 피어오르는 거대한 똥덩어리라는 사실을 완전히 잊어버리고서 그 흥분의 도가니에 나 자신을 맡겼다. 정말 최고였다. 행복감마저 느껴졌다.

그런데 어느 순간, 조디가 나타났다.

조디와 제시건, 파스, 에이든, 라이언, 그리고 내가 모르는 아이들 몇 명. 백 미터도 안 떨어진 탁자에 그 아이들이 모여 있었다.

나는 순식간에 얼어붙었다. 우선 '조디가 지금 여기서 뭐하는 거지?'란 생각이, 그리고 '조디가 여기 있는 게 당연한 일이구나!'라는 생각이 연달아 들었다. 조디는 포트살리시 중학교의 '도전! 전국 퀴즈왕' 팀원이었다. 그 순간, 번쩍하고 머리를 스치는 생각이 있었다. 우리가 조디네 팀이랑 대결할 수도 있다!

여기서 나가야 했다. 하지만 그보다 먼저 조디 얼굴을 한 번 더 보고 싶었다. 바보 같은 소리지만 얼굴을 한 번 더 봐야 조디가 그간 어떻게 지냈는지 알 수 있을 것 같았다.

나는 셴 뒤에 숨어서 조디를 바라보았다. 뭔가 달라진 점이 있는지 찾고 싶었다. 조디는 더 마른 것 같았다. 머리카락은 좀 더 길었다. 옷 입는 건 옛날이랑 똑같았다. 청바지에 노란색 티셔츠. 조디는 노란색을 좋아했다.

내가 조디의 눈을 쳐다본 바로 그 순간, 그 애도 나를 바라보았다. 우리는 서로를 마주 보았다. 놀란 나머지, 조디의 입이 동그랗게 벌어졌다. 조디는 손에 들고 있던 종이 뭉치를 떨어뜨렸다. 그리고 곧장 내 쪽으로 걸어왔다. 나는 몸을 획 돌렸다.

잰코비치 선생님은 어느 팀이 먼저 시작하는지 대진표를 확인하고 있었다.

"죄송해요, 선생님. 전 지금 돌아가야겠어요."

"뭐라고?"

"몸이 안 좋아요. 집에 가야겠어요."

"그런데 집에 갈 방법이……."

그길로 나는 무작정 도망쳤다. 가능한 한 빠르게 학교 식당에서, 그리고 그 학교에서 빠져나왔다. 나는 지하철역으로 향했다. 돈이 없었다. 친절해 보이는 할머니가 나를 불쌍하게 여겼는지 표를 사 주었다.

그래서 지금은 집이다.

아빠가 퇴근하고 집으로 오자, 나는 오늘 있었던 일을 모두 털어놓았다. 나는 아빠가 그냥 거기에 있어야 했다고 나무랄 줄 알았다. 하지만 아빠는 그러지 않았다. 그냥 하얗게 질렸을 뿐이다. 아빠는 주머니에서 위장약을 두 알 꺼내 입에 털어넣었다.

나는 아빠한테 유콘으로 이사하는 게 좋겠다고 말했다. 아니면 아예 동쪽 끝의 뉴펀들랜드로 가든지.

아빠의 대답을 듣고 나는 깜짝 놀랐다. 아빠가 생각해 보겠다고 한 것이다. 그 말을 들으니까 기분이 더 가라앉았다. 아빠도 겁에 질렸다는 걸 깨달았기 때문이다.

새벽 1시

사람은 태어날 때 DNA의 50%를 엄마에게서, 나머지 50%를 아빠에게서 물려받는다. 그렇지만 형제의 DNA는 완전히 다를 수 있다. 각자 부모한테서 물려받은 50%가 서로 정반대일 수도 있기 때문이다.

가끔씩 나는 화장실에서 거울을 보며 형과 내가 공유하는 DNA를 찾아보곤 했다. 형과 나는 전혀 닮지 않았다. 형의 머리카락은 엄마처럼 짙은 갈색이다. 내 머리카락은 아빠처럼 강렬한 빨간색이다. 형은 엄마처럼 키가 크고 말랐으며, 나는 아빠처럼 키가 작고 다부진 체격이다.

내게서 형의 모습이 보이는 곳은 눈뿐이다. 우리 둘 다 갈색 얼룩이 약간 보이는 초록색 눈동자다. 눈은 크고 동그랗다. 난 가끔 형이 내 눈으로 세상을 보고 있다는 생각이 든다. 내가 보는 것을 형도 보는 것이다.

형과 나는 같은 방식으로 세상을 보는 일이 많았다. 우리는 같은 농담에 웃음을 터뜨렸다. 운동 경기에서 응원하는 팀을 고르라면 십중팔구 같은 팀을 골랐다. 엄마 아빠가 우리 앞에서 키스를 하면 형과 나는 약속이나 한 듯이 동시에 외쳤다.

"징그러워!"

그리고 미리 의논하지도 않았는데, 형도 나도 가장 좋아하는 레슬링 선수로 더 그레이트 데인을 찍었다.

하지만 하고 싶은 말은 이거다. 내가 형과 DNA를 얼마나 많이, 아니면 얼마나 적게 공유하는지는 중요하지 않다. 사람들은 어떤 사람이 살인자나 자살자와 혈연 관계라는 사실을 알게 되면, 절대로 그 사람을 예전처럼 대하지 않는다, 다시는. 그 사람도 언젠가는 폭발할 수 있다고 생각하기 때문이다.

나는 왜 아빠가 겁을 먹는지 알고 있다. 내가 왜 겁을 먹는지도 알고 있다. 우린 계속 도망친다. 그런데 숨을 수가 없을 것 같다.

새벽 2시 30분

조디는 옛날과 완전히 똑같았다. 그냥 키가 좀 더 컸고 좀 더 말랐을 뿐. 그거 말고는 완전히 똑같았다. 겉으로 보기엔 그랬다.

3월 31일 일요일

아빠는 금요일에 내가 학교에 가지 않았는데도 내버려 두었다. 세실 선생님과의 약속을 취소해도 아무 말도 하지 않았다.

난 주말 내내 집에만 있었다. 아빠는 장도 보고 위스키도 사야 해서 어제 한 번 나갔다 왔다. 아타파튜 할아버지가 〈토요일 밤의 스매쉬업〉을 함께 보자고 찾아왔을 때도 아빠와 나는 집에 없는 척했다.

어제는 전화도 많이 왔다. 나는 아빠한테 대신 받아 달라고 했다. 몇 번은 엄마 전화였다. 엄마는 내가 전화를 받지 않을 거라는 걸 알고 있었다. 팔리와 앨버타에게서도 전화가 몇 번 왔지만 나는 끝내 받지 않았다.

낮 12시 15분

정오가 지났다. 아빠는 '아프다며' 아직도 침대에 누워 있었다. 아까 보니 화장실 휴지가 떨어졌다. 어제 장을 볼 때 아빠가 화장실 휴지는 빠뜨렸나 보다.

난 지금 큰 게 나올 것 같다.

낮 3시

소파 밑에서 찾은 3달러하고 42센트를 들고 아파트 앞 가게로 나갔다. 두루마리 휴지를 작은 걸로 두 개 샀다.

집으로 돌아오는 길에는 비가 쏟아지기 시작했다. 그래서 남은 거리는 뛰어서 왔다. 몇 달 만에 숨이 가쁘지도, 출렁이가 젤리처럼 덜렁이지도 않았다.

아파트 현관문 앞에서 추리닝 바지에 모자 달린 파카를 입은 여자가 열쇠를 찾느라 부스럭대고 있었다. 손에는 장을 봐 온 봉투가 한가득이었다. 나는 그 여자 대신 현관문을 열어 주었다.

그 여자가 모자를 벗고 나서야 캐런 아줌마라는 걸 알았다.

"헨리구나."

아줌마가 우울하게 웃었다. 아줌마는 예전과 달라 보였다. 한참 뒤에야 화장을 지운 민낯이라 그렇다는 걸 알아차렸다. 뺨에는 젖은 머리카락이 엉겨 붙어 있었다. 눈 아래는 거무스름했고 얼굴색은 칙칙했다.

아줌마 얼굴이 형편없었다.

"우리, 얘기 좀 할래?"

아줌마가 물었다.

"아니요."

나는 그렇게 대답하고는 멍청하게도 계단 대신 엘리베이터로 달려가 닫힘 버튼을 미친 듯이 눌렀다. 아줌마가 바로 따라 들어왔다.

"좋아."

아줌마는 들고 있던 봉투를 바닥에 내려놓으며 말을 하기 시작했다.

"그럼, 내가 얘기할게. 넌 들어."

그러고 나서 아줌마는 다 큰 어른이 할 거라고는 생각지도 못한 일을 했다. 나를 엘리베이터 안쪽으로 밀어붙인 다음, 자꾸만 닫히는 엘리베이터 문 한가운데에 버티고 섰다. 아줌마와 나는 올라가지 않는 엘리베이터 안에서 서로를 노려보았다.

"이건 유괴예요. 놓아주세요. 안 그러면 소리를 지르겠어요."

아줌마는 어이없다는 듯이 말했다.

"누가 널 유괴하고 싶어 하기라도 한다는 투구나. 입 다물고 내 말이나 들어. 얼마 안 걸릴 테니까."

나는 입을 다물었다.

"우선, 너네 형 일은 정말 안됐다고 생각해."

아줌마 목소리로 형 얘기를 듣는 것만으로도 구역질이 났다.

"네가 믿든 안 믿든 난 그게 어떤 기분인지 알아."

나는 콧방귀를 뀌었다.

"아무것도 모를……."

"내가 열다섯 살 때 아빠가 자살했어."

나는 다시 입을 다물었다.

"난 너한테 거짓말 안 해, 헨리. 고통스러운 감정 중엔 영원히 사라지지 않는 것들도 있어."

"이야, 멋지네요. 그렇게 말씀해 주셔서 고마워요."

"거짓말을 해 줬으면 좋겠니?"

나는 잠깐 생각하고 대답했다.

"아니요, 안 그런 것 같아요."

"네가 혼자가 아니란 걸 알았으면 해."

"그럴지도 모르죠. 하지만 아줌마네 아빤 다른 사람을 죽이진 않았잖아요."

"안 죽였지. 그건 네가 이겨 내야 할 또 다른 거지 같은 일이야."

"또 한 번 고맙네요."

아줌마는 어깨를 으쓱했다.

"뭐, 너는 벌써 나보다는 잘 헤쳐 나가고 있긴 하지만. 나한텐 상담 선생님한테 데려가 주는 사람이 없었어. 내 상담 선생님은 술이었어."

"아줌마, 술주정뱅이예요?"

"난 '알코올 중독자'라는 표현을 선호하지. 아무튼 지금 끊으려는 중이야. 지금 거의 이 주째 맨 정신이야."

'와, 이 주라니! 그것참, 긴 시간이네요.'

나는 속으로 이렇게 중얼거리고는 다시 물었다.

"그래서 지금 아줌마 얼굴이 그렇게 똥 같은 거예요?"

아줌마는 내 얼굴에 한 방 먹이고 싶은 눈치였지만 그냥 이렇게만 말했다.

"그럴 거야. 지금 내 기분이 똥 같으니까."

나는 고개를 끄덕여 동의했다.

"내가 하고 싶은 말은 난 네 아빠의 상황을 이해한다는 거야. 그리고 혹시 네 아빠가 얘기를 하고 싶어 한다면 난 들어 줄 거고."

"우리 아빠가 얘기 이상을 원하면요?"

아줌마는 내 눈을 마주 보았다.

"난 너한테 거짓말 안 해. 너랑 네 아빠가 이사 왔을 때 기대를 하긴 했지. 네 아빠가 못생긴 편은 아니잖아. 그런데 내 취향이 아니야. 이젠 너라는 덤까지 제대로 알았으니까 절대로 관심 없지."

아줌마는 그렇게 말하며 안으로 들어와 우리 층 버튼을 눌렀다. 엘리베이터가 덜컹 하고 움직이기 시작했다. 우리는 말없이 올라갔다. 2층에서 엘리베이터 문이 열렸다. 나는 엘리베이터에서 내리며 아줌마한테 물어보았다.

"아줌마, 아직도 아빠가 보고 싶어요?"

"언제나 보고 싶어."

엘리베이터 문이 닫히는 순간, 아줌마가 고개를 돌리는 게 보였다.

그건 네 잘못이 아니야

4월 1일 월요일

아빠는 내게 오늘은 꼭 학교에 가야 한다고 말했다.

"그냥 말하고 온 대로만 말해. 아팠다고."

아빠는 나를 학교 앞에 내려 주었다. 그리고 트럭에서 내가 학교 안으로 들어갈 때까지 지켜보았다.

정문에서 앰브로스와 파바나를 만났다.

"너, 괜찮아? 하필 아파도 그때 아플 게 뭐야?"

앰브로스가 말했다.

"이제 괜찮아졌어. 고마워. 주별 대항전은 어떻게 됐어?"

"끝내줬지! 30팀 중에서 8강에 들었어!"

파바나는 그렇게 외치더니, 앰브로스의 입술에 키스를 했다. 나는 두 사람 입술이 붙어 있게 내버려 두고 계단을 올라갔다.

2층에 올라가자마자 내 사물함에 기대어 있는 앨버타와 팔리가 보였다. 다른 쪽으로 가려고 했지만 두 사람이 나를 먼저 발견했다.

"어떻게 된 거야?"

내가 가까이 가자 앨버타가 물었다.

"걱정했잖아."

앨버타는 앞에 사슴이 그려진 지퍼 달린 스웨터를 입고 있었다.

"주말 내내 전화했다고."

팔리가 거들었다.

"선생님한테 말씀드린 대로야. 아팠어. 식중독 같아. 덜 익은 닭고기를 먹었나 봐."

앨버타와 팔리는 서로를 마주 보았다. 내 말을 믿지 않는 듯했다.

"어떤 여자애가 너 잘 있냐고 묻더라."

앨버타가 말했다. 순간, 심장을 기계로 조이는 듯한 느낌이 들었다.

"전에 같은 학교에 다녔다고 하던데. 네가 가 버렸다니까 몹시 실망하는 눈치였어."

팔리가 말했다. 나는 아무 대답 없이 사물함에서 준비물을 꺼냈다.

"너희 집 주소 물어보더라."

팔리가 말했다. 다시 심장이 조여 왔다. 눈앞에 하얀 점들이 마구 떠돌았다.

"그래서 내가 알려 줬어. 우편번호는 모른다고 했더니 자기가 직접 찾아보겠대."

"우리 집 주소를 말해 줬다고?"

"걔가 너한테 뭘 보내고 싶다고 해서……."

"걔한테 내가 어디 사는지 얘기했다고?"

팔리가 눈을 깜박거렸다.

"괜찮은 거지?"

나는 소리를 지르고 싶었다.

'아니야, 안 괜찮아! 이 멍텅구리야, 안 괜찮다고!'

나는 그냥 깊게 한숨을 내쉬고 말했다.

"그러든지 말든지. 나를 다른 아이로 착각한 걸 거야. 전에 한 번도 본 적 없는 애야."

"네 이름을 알고 있던데?"

앨버타가 말했다. 나는 사물함 문을 닫고 그 자리를 떠났다.

팔리와 마주치고 싶지 않았지만 그럴 수가 없었다. 우리는 점심시간 전에 수학 수업을 함께 듣기 때문이었다. 나는 팔리한테서 멀리 떨어져 앉았지만, 수업 종이 울리자마자 팔리가 바로 뒤따라 나왔다.

"헨리, 그 여자애한테 너희 집 주소 알려 준 건 미안해. 그게 그렇게 화낼 일인지는 모르겠지만. 너한테 피해가 되는 줄 알았다면 절대로 안 그랬을 거야. 넌 나랑 가장 친한 친구잖아."

나는 아무 대답도 하지 않았다.

"내일 우리가 모은 돈 다 가지고 올게. 300달러쯤 될 거야."

"왜 가지고 와?"

"부가세랑 이것저것 해서 입장권 넉 장 살 만큼은 모았잖아. 그리고 입장권을 사려면 신용카드가 있어야 한대. 마리아 아줌마한테 카드가 있긴 한데, 그건 위급 상황에서만 써야 하고……. 넌 너희 부모님한테 깜짝 선물로 하는 거고 해서……, 내가 먼 친척 형한테 전화했어. 친척 형이 프레이저 가 근처에 살거든. 돈을 주면 그 형이 입장권을 사 주겠대."

"우리, 아직 입장권 사면 안 될지도 몰라."

"좋은 자리에 앉으려면 지금 사야 돼. 내가 인터넷으로 알아봤어. 좋은 자리는 빨리 나간대."

나는 깊게 한숨을 내쉬었다.

"난 못 갈 것 같아."

팔리가 씩 웃었다.

"하, 하."

"진짜야."

"너, GWF 팬이잖아! 우린 몇 달 동안 그 얘기만 했고!"

나는 그냥 어깨를 으쓱했다.

"이러지 마. 너 안 가면 나도 못 가. 우린 돈도 있잖아. 300달러나 말이야!"

"미안해."

팔리는 앙상한 가슴 위로 팔짱을 꼈다.

"몰라. 어쨌든 난 내일 돈 가져와서 입장권을 살 거야. 넌 틀림없이 마음을 바꿀 거야. 난 알아."

그리고 팔리는 가 버렸다. 한쪽으로 어깨를 기우뚱한 채로.

그때서야 사물함 앞에 트로이가 서 있는 게 보였다. 트로이는 교과서를 휙휙 넘겨 보고 있었다. 도대체 어디서부터 얼마만큼 엿들었는지 알 수가 없었다.

트로이는 내 쪽을 쳐다보지도 않았다.

내 생애에서 가장 긴 날인 걸로 판명된 오늘 오후에는 앨버타와 같이 듣는 기술·가정 수업도 들어 있었다.

"오늘은 오믈렛을 만들겠어요. 조리법은 각자의 조리대 위에 올려 두었어요."

선생님이 말했다.

앨버타는 내가 만나기 싫은 사람 목록에서 팔리 다음에 있는 애였다. 하지만 선택의 여지가 없었다. 우리는 달걀을 깨기 시작했다.

"그래서 말이야."

앨버타가 말을 하기 시작했다.

"그 여자애 말인데. 너, 옛날 여자 친구나 뭐 그런 거야?"

앨버타는 나를 똑바로 쳐다보았다. 정확히 말하면 한쪽 눈이…….

"너, 그거 안 고쳐?"

내가 말했다.

"뭘 안 고치냐는 거야?"

"네 사시 말이야. 완전 소름 끼치는데. 꼭 그 주인 마음씨 같아."

아주 짧은 순간, 앨버타의 눈동자 두 개가 온전히 내 눈과 마주쳤다. 앨버타의 콧구멍이 씰룩거렸다. 앨버타는 마지막 남은 달걀을 내 이마에 톡 부딪쳐 깨고는 그대로 나가 버렸다.

새벽 1시

팔리는 조디가 나한테 뭘 보내고 싶어 한다고 했다. 뭘까? 증오의 편지? 개똥? 폭탄?

아빠와 난 여기서 벗어나야 한다.

새벽 4시

방금 아빠가 악몽을 꾸고 있는 나를 깨웠다. 이번 꿈은 노란색 플라스틱 미끄럼틀 꿈이었다. 나는 자면서 악을 썼다.

캐런 아줌마 말이 맞다는 생각이 들기 시작했다. 고통스러운 감정은 영원히 사라지지 않을 것이다.

4월 2일 화요일

오늘이야말로 학교에 가고 싶지 않은 이유가 수백 가지도 넘었지만, 아빠가 또 나를 학교까지 태워다 주었다. 나는 아빠한테 손을 흔들어 주고 학교 안으로 들어간 다음 삼십 초간 기다렸다. 그리고 걸어서 다시 집으로 왔다. 나는 텔레비전을 틀어 물건의 가격 알아맞히기 프로그램부터 토크 쇼, 아주 오래된 프로그램의 재방송까지 연이어 보았다.

그리고 집에서 나와 3층으로 걸어 올라간 뒤 캐런 아줌마네 현관문을 두드렸다. 아줌마는 나를 보고 조금 놀란 것 같았다. 아줌마는 추리닝 바지 차림이었다. 손에는 차가 담긴 머그컵을 들고 있었다. 얼굴빛은 여전히 칙칙했다. 거실에 있는 텔레비전에서 〈오프라 윈프리 쇼〉 소리가 들렸다.

"일하고 있을 시각 아니에요?"

내가 물었다.

"쉬는 날이야. 네가 상관할 바는 아니지만."

"어떤 방식으로 그랬어요?"

"누가 뭘 그랬다는 거니?"

"아줌마네 아빠요."

"아, 사인은 일산화탄소 중독이었어. 집 차고에서 자동차 시동을 켜 놓은 채로."

"아줌마가 발견했어요?"

"아니, 우리 엄마가."

"아줌마도 시체 봤어요?"

아줌마가 나를 무섭게 쳐다보았다.

"들어오는 게 낫겠다."

나는 아줌마를 따라 안으로 들어갔다. 우리 집과 구조는 똑같았지만, 아줌마네 거실은 훨씬 더 예뻤다. 노란색 페인트로 칠한 벽 때문인지 밖에 비가 오고 있었는데도 집 안이 밝고 산뜻했다. 아줌마는 푹신한 거실 의자에 자리 잡은 다음 텔레비전을 껐다.

나는 청록색 소파에 앉았다.

"아니, 난 못 봤어. 관이 닫혀 있었거든."

"저도 형 시체를 보지 못했어요."

"그 편이 최선이었다고 생각하지 않니?"

"모르겠어요. 어떨 땐 머릿속에 떠오르는 모습이 실제보다 더 끔찍할 것 같다는 생각이 들기도 해요."

아줌마는 고개를 끄덕였다.

"나도 악몽을 꿨어."

"예전에요?"

"예전에."

그 짧은 대답에 마음이 놓였다. 아줌마네 아빠는 이십 년도 더 전에 돌아가셨고, 그 말은 아줌마가 더 이상 악몽을 꾸지 않게 된 게 바로 작년일 수도 있는 거지만, 어쨌든 이젠 꾸지 않는다는 것이다.

"아줌마는……."

왠지 모르게 목이 메었다. 아줌마는 내 말을 기다려 주었다.

"아줌마는 아빠가 돌아가신 게 아줌마 탓인 것 같아요?"

"맙소사, 그래."

"왜요?"

"그 이유야 셀 수도 없이 많지. 어렸을 때 난 아빠랑 참 친했어. 그랬는데 커 가면서 아빠가 창피하다는 생각이 들었지. 아빠가 시시한 농담을 하는 것도, 싸구려 양복을 입는 것도 다 창피했거든. 내가 아빠와 함께 있는 걸 누가 보는 게 끔찍하게 싫었어. 아빠를 마지막으로, 그러니까 아빠가 돌아가시기 전에 마지막으로 본 날, 나는 아빠하고 크게 다퉜어……. 아주 못된 말도 내뱉었지."

한동안 아줌마도, 나도 아무 말을 하지 못했다.

"내가, 아니 우리 가족 모두가 아빠의 자살은 우리 책임이 아니라는 사실을 받아들이기까지 아주 오랜 시간이 필요했어."

나는 그저 손끝만 바라보았다.

"형이 죽은 게 너 때문이라고 생각하는구나, 그렇지?"

나는 고개를 끄덕였다. 갑자기 눈물이 왈칵 쏟아졌다. 마치 수도꼭지처럼.

아줌마는 바로 자리에서 일어났다. 아줌마는 내 옆으로 와서 앉더니 두 팔로 나를 꽉 안았다.

처음에는 깜짝 놀랐다. 하지만 금방 아무렇지도 않았다. 눈물이 쏟아지고 쏟아지고 또 쏟아져 아줌마의 추리닝을 다 적셨다. 하지만 아줌마는 그런 건 아랑곳하지 않고 그대로 나를 꽉 안아 주었다. 어렸을

적의 내가 넘어졌을 때 엄마가 안아 줬던 그 느낌이었다.

나는 아줌마에게 형이 아빠 총을 학교로 가지고 가기 한 달 전에 일어났던 일을 털어놓고 있었다. 아줌마의 커다란 두 가슴에 안겨 꺽꺽대고 울면서 이야기를 하는 동안, 나는 그날의 그곳으로 돌아가 있었다. 그날 미끄럼틀에서 나던 오줌 냄새가 났고, 박스 테이프가 찍찍거리는 소리가, 그리고 형의 비명 소리가 들렸다.

내가 실컷 울고 나자 아줌마가 내 귀에 대고 힘주어 말했다.

"그건 네 잘못이 아니야. 다른 누구의 잘못도 아니야. 마침내 그 사실을 받아들일 수 있을 때까지 나는 비슷한 일을 당한 사람들의 모임에 나가면서 몇 년이나 치료를 받아야 했어. 하지만 넌 몇 년씩 허비할 필요 없잖아. 네 형은 끔찍한 일을 저질렀어. 그건 말 그대로 비극이었어. 하지만 그건 형이 결정한 일이야, 다른 누군가가 아닌."

"그 가족한테도 정말 미안해요. 조디한테도요."

"물론 그렇겠지. 그렇지만 그건 네 잘못이 아니야."

아줌마는 자리에서 일어나더니 벽난로 위 선반에서 화장지를 가져와 내게 내밀었다.

"난 모임에 나갔어. 지금도 우울한 날이면 가끔 들르고. 자살로 가까운 사람을 잃은 사람들을 위한 모임이야. 언제 같이 가 보자."

나는 고개를 저었다.

"전 이미 상담받고 있어요."

"그럼. 네 상담 선생님도 좋은 분이겠지. 그런데 상담을 받으면서

이 모임도 나가면 더 좋을 거야. 모임 사람들은 다 같은 일을 겪고 있는 사람들이야. 네가 지금 느끼는 감정을 말한다고 해서 놀랄 사람은 아무도 없어. 다들 어떤 형태로든 이미 같은 걸 겪어 왔으니까."

"하지만 전 말하고 싶은 게 아니에요. 잊고 싶은 거예요."

아줌마는 코웃음을 쳤다.

"절대로 못 잊어. 내가 잊어 보려고 술을 들이붓고 약을 먹고 다 해 봤잖니? 불가능해."

나는 코를 풀었다.

"그 일은 영원히 너와 함께하는 거야. 그렇지만 그 일을 안고 살아가는 법을 배우게 되지."

아줌마는 휴지를 한 장 더 주었다.

"그게 아줌마가 할 수 있는 최선이었어요? 안고 사는 법을 배우는 거?"

아줌마는 고개를 끄덕였다.

"그래, 그게 내가 할 수 있는 최선이었어."

그날 밤의 비밀

밤 10시

이게 아줌마한테 들려준 이야기다.

작년 2월, 형은 포트살리시 시내에 있는 '압둘의 피자 궁전'이라는 피자 가게에서 처음으로 정식 아르바이트 자리를 구했다. '궁전'은 좀 허풍이었다. 그냥 벽에 구멍을 파 놓았다는 게 맞는 가게였다. 사실 가게 벽에는 술 취한 손님이 주문한 하와이안 피자가 너무 늦게 나온다며 벽을 내리쳐서 생긴 진짜 구멍이 있었다. 탁자는 하나도 없었다. 무조건 포장이나 배달을 하는 가게였다.

형은 그 일을 좋아했다. 가끔 손님이 찾아가지 않은 피자를 집으로 가져오는 날도 있었다. 가족들 모두 피자 맛이 끝내준다고 형을 추켜세웠고, 그럴 때마다 형은 정말로 밝게 웃었다. 사장님인 압둘 아저씨도 형의 근무 태도가 만족스러웠는지, 형의 근무 시간을 늘리고 시급도 50센트 더 올려 주었다. 그 일로 가게에서 함께 일하는 다른 두 직원은 우리 형을 시기했다. 사장님이 시급을 올려 주는 경우가 거의 없었기 때문이다.

어쨌든 어느 날 밤, 아니 정확히 4월 30일 밤, 궁전 안으로 들어온 사람은 다름 아닌 스콧 말린과 그 일당들이었다. 그때 형은 가게에 혼자 있었다. 아니, 스콧 일당이 그렇게 생각했다. 스콧 일당은 형을 놀리기 시작했다.

"피자같이 생긴 자식이 피자 가게에서 일을 하네?"

"누가 네놈 얼굴을 먹겠다고 달려들진 않았냐?"

그리고 스콧 일당은 형에게 공짜 피자를 내놓으라며 윽박을 질렀다. 형은 공짜 피자는 줄 수 없다고 맞섰다. 4 대 1 상황에서 그런 거니까 누가 들으면 꽤 용감해 보일지도 모르겠다. 결국 스콧은 온장고 안에 보관 중인 피자를 꺼내 먹겠다고 계산대 안까지 들어왔다. 형은 스콧을 막아섰다. 스콧은 형을 가볍게 밀쳐 냈다.

그때 마침 사장님이 나타났다. 사장님은 피자 도우를 가지러 냉동고에 가느라 잠깐 자리를 비운 것뿐이었다. 사장님이 경찰에 신고하겠다고 고래고래 소리를 지르자 스콧 일당은 모두 달아났다.

그날 있었던 일 중 여기까지는 나중에 사장님한테 듣고 알았다.

내가 피자 가게에 나타난 건 그로부터 한 시간쯤 후였다. 나는 다른 친구들과 〈해리 포터〉 최신작을 보고 오는 길이었다. 조디도 함께였다.

그날 저녁에 모임이 있었던 엄마와 아빠는 내가 집으로 혼자 걸어오면 안 된다고 했다. 친구들이랑 같이 오면 된다고 말해 봤지만, 엄마 아빠는 꼭 피자 가게에 들러서 형과 함께 와야 된다고 했다. 지금 생각해 보면 내 안전보다 형의 안전을 위한 일이었던 것 같기도 하다.

형은 내게 공짜로 피자를 줬다. 사실 피자 값은 형이 자기 돈으로 냈다. 형은 정확하게 피자 값만큼 금고에 돈을 넣었다. '하트스토퍼'라는 피자로 엄청나게 큰 조각을 먹었던 것 같다. 온갖 고기와 치즈를 토핑으로 올린 피자였다.

시곗바늘이 12시를 막 지났을 때, 형과 나는 사장님께 안녕히 계시라는 인사를 하고 집으로 출발했다. 늦은 밤이라고 좋아했던 것도 기억난다. 그 시각엔 아무도 내가 형이랑 같이 있는 모습을 보지 못할 테니까.

이렇게 쓰는 것이 괴롭다.

잠깐 쉬어야겠다.

밤 10시 30분

압둘의 피자 궁전에서 집까지는 걸어서 한 이십 분쯤 걸렸다. 그런데 공원을 가로질러 지름길로 가면 십오 분으로 줄었다. 형은 어두워진 후, 우리가 공원을 가로질러 가는 것을 엄마 아빠가 좋아하지 않는다는 사실을 알고 있었다.

나는 형을 졸랐다.

"그냥 가자. 오늘은 날씨가 너무 추워. 나, 얼어 죽겠단 말이야. 우리 둘이 같이 있는데 무슨 일이 있겠어?"

설득은 성공이었다. 결국 우리는 공원을 가로지르기로 했다.

몇 분 걷지도 않았는데 갑자기 형이 속삭였다.

"뛰자."

나는 처음에 그 말을 잘 알아듣지 못했다.

"뭐라고 했어?

내가 물었다.

"뛰자고!"

형이 다시 한 번 말했다. 그때서야 내 귀에도 점점 다가오는 발자국 소리가 들렸다. 나는 힘껏 달렸다. 그때는 출렁이가 없었을 때지만, 난 잘 달리는 편이 아니었다. 계속 달린 끝에 공원의 딱 중간 지점인 놀이터까지 왔다. 나는 멈춰 서서 헉헉댔다.

그리고 뒤를 돌아보았다. 형도 놀이터로 달려오고 있었다. 그리고 형 뒤를 그림자 네 개가 쫓고 있었다. 형과 그림자는 조금씩 가까워지고 있었다. 나는 덜컥 겁이 났다. 그래서 미끄럼틀 위로 올라가 숨었다. 노란색 플라스틱 미끄럼틀이었다. 나는 플라스틱 미끄럼틀의 벽을 꼭 잡은 다음 천천히 아래로 내려가서 가만히 숨었다.

플라스틱 통의 왼쪽 편에는 조그만 구멍이 있었다. 아주 옛날부터 뚫려 있던 구멍이었다. 어렸을 때 나는 그 구멍으로 작은 돌멩이들을 던져 넣으며 놀았다. 나는 구멍에 눈을 바짝 갖다 댔다.

그놈들이 형 머리에 뭔가를 덮어씌우는 모습이 보였다. 그때는 그게 뭐였는지 정확히 보이지 않았지만, 나중에 보니 베개 커버였다. 그놈들이 형을 바닥에 눕혔다. 그놈들이 형의 신발을 벗겼다. 그놈들이 형의 바지를 벗겼다.

한 번 더 쉬어야겠다.

밤 11시

형은 있는 힘을 다해 그놈들과 싸웠다. 하지만 형이 GWF의 광팬이라는 것, 그리고 더 그레이트 데인의 기술을 다 꿰고 있다는 것 따위는 아무 소용이 없었다. 작년 한 해 동안 지하실에서 역기를 들어 올렸다는 것도 소용없긴 마찬가지였다. 기습 공격인 데다 4 대 1의 싸움이었다.

나는 플라스틱 냄새와 오줌 냄새가 진동하는 노란색 플라스틱 미끄럼틀 아래에 쭈그려 앉아 밖을 보고 있었다. 그놈들이 우리 형의 다리를 잡고 질질 끌며 내 시야에서 사라졌다.

나는 아주 조금 더 아래쪽으로 내려가 밖을 살폈다. 그놈들이 형을 철봉으로 밀어붙이고 있었다.

아무도, 단 한 놈도 말이 없었다. 스콧 말린이 박스 테이프를 꺼내

풀기 시작했다. 칠판을 손톱으로 긁어 댈 때처럼 소름 끼치는 소리가 울렸다. 스콧 말린은 테이프를 빙빙 둘러 감아 형을 철봉에 묶었다.

그리고…….

잠깐 시간이 필요하다.

밤 11시 45분

그놈들은 한 명씩 돌아가면서 형의 그곳을 발로 차기 시작했다. 아주 세게, 형의 고환을 걷어차고 짓밟았다. 그 시간이 영원처럼 느껴졌다. 형이 비명을 지르고 있었다. 통증이 그만큼 끔찍했으리라.

나는 아무것도 하지 않았다. 나도, 나도 안다. 거기서 내가 뭘 할 수 있었을까? 난 열세 살이었다. 몸집도 작았다. 난 하나였고 그놈들은 넷이었다. 그렇다 하더라도 막대기를 주워 들고 그놈들에게 몰래 다가가 정강이를 후려칠 수도 있었다. 아니면 큰 돌멩이로 그놈들의 대갈통을 맞히거나.

하지만 그 무엇보다도 나를 괴롭힌 것은 그놈들이 웃고 있었다는 사실이었다. 그놈들은 웃고 있었다. 안 웃으려고 하는 것 같았지만, 조용히 하려고 하는 것 같았지만, 자기들도 스스로를 어쩌지 못하는 것 같았다.

얼마나 지났을까? 이젠 지루했는지 그놈들은 형을 그대로 묶어 둔 채 놀이터를 떠났다. 내가 거기에 없었다면 어떻게 됐을까? 사람들은 언제쯤 형을 발견했을까?

만약 내가 거기에 없었다면, 형이 공원의 지름길로 들어오는 일은 아예 없었을 것이다.

나는 미끄럼틀에서 나와 비틀거리며 형에게 다가갔다. 나는 형 머리에서 베개 커버를 벗겨 내고 덕지덕지 감겨 있는 박스 테이프를 이로 물어뜯었다. 그리고 쓰레기통에 쑤셔 박힌 신발과 바지를 찾아왔다. 형은 아주 오랫동안 움직이지 못했다. 고통이 너무 심했던 것이다. 한참이 지나서야 형은 내 도움을 받아 바지를 입었다. 집으로 걸어오는 내내 형은 할아버지처럼 허리를 숙이고 다리를 절뚝거리며 걸었다.

나는 어린아이처럼 엉엉 울었다. 그런데 형은 울지 않았다. 형 얼굴에는 실낱 같은 감정조차 보이지 않았다.

우리가 집에 도착했을 때 엄마 아빠는 아직 외출 중이었다. 나는 형을 도와 아직 몸 곳곳에 붙어 있는 테이프를 떼어 냈다. 떼어 낸 자리에 붉은 자국이 선명했다.

"내가 형을 도와줬어야 했는데, 내가 그놈들을 다 죽여 버려야 했는데."

내가 울먹였다.

"우리는 둘뿐이었잖아, 헨리. 네가 있다는 걸 알았다면 그놈들은 너도 가만두지 않았을 거야."

"그놈들이 도망갔을 수도 있잖아. 증인이 있으니까."

내가 말했다.

"그랬을지도 모르지. 내 생각엔 안 그랬을 것 같지만."

"경찰에 전화하자."

"안 돼."

"경찰한테 오라고 해서 사건 장소가 어딘지 말해 주면 수색해서 지문을 찾아낼 거야."

나는 CSI 시리즈를 너무 많이 보았다.

"안 돼, 경찰에 전화 안 해."

형이 단호하게 말했다.

"그럼, 엄마하고 아빠한테 전화해서……."

"안 돼!"

그때 형이 내 표정을 읽은 것이 틀림없었다. 형은 나한테 이유를 설명했다.

"우리가 얘기하면 엄마 아빠가 일을 크게 만드실 거야. 스콧 말린네 부모님한테 전화하고 학교에 전화하고 경찰에 전화하고……."

"내 말이 그 말이야!"

"그렇게 일이 다 끝난 다음에도 난 학교에서 매일 스콧 얼굴을 봐야 해. 그리고 그놈은 내 인생을 더 망쳐 놓을 방법을 찾아낼 테고."

형은 수학 문제를 끈기 있게 설명하는 선생님처럼 차분하게 말했다.

내가 대답했다.

"아니야, 형. 그건 아닌 것 같아. 내가 전화할게."

"헨리, 하지 마."

형은 내 눈을 똑바로 바라보며 덧붙였다.

"부탁이야."

그래서 난 아무 말도 하지 않았다.

사실은 한 사람한테는 말한 셈이었다. 그 사람은 조디였다.

며칠이 지난 다음이었다. 조디와 나는 쉬는 시간에 함께 놀고 있었다. 그런데 조디가 손가락에 낀 새 반지를 보여 주었다.

"이건 기분에 따라 색이 변하는 반지야. 오빠가 나나이모에 갔다 오면서 사다 줬어. 우리 오빤 참 착해."

"너네 오빤 개새끼야."

나도 모르게 그런 말이 불쑥 튀어나왔다.

조디의 얼굴이 금세 붉어졌다.

"지금 뭐라고 했니?"

"너네 오빤 남을 괴롭히는 사람이야. 너네 오빠가 우리 형 인생을 지옥으로 만들었어."

"난 그런 말 안 믿어."

하지만 그렇게 말하기 전에 조디는 조금 머뭇거렸다.

"너네 오빠한테 가서 물어봐. 지난주 토요일 밤에 무슨 짓을 저질렀는지."

내 안에서 분노가 솟아오르는 게 느껴졌다.

"우리 오빠가 뭘 했는데……?"

"가서 물어보라고!"

나는 고함을 질렀다. 그리고 곧바로 자리를 떴다. 왜 조디한테 화를 냈는지 나도 모르겠다. 조디가 잘못한 것도 아닌데.

그렇지만 그 후로 우리는 서로 아는 체를 하지 않았다. 그렇게 한 달이 지나고 우리 형도, 조디 오빠도 죽었다.

밤 12시

그 사건이 일어난 후에야 난 그날 밤 일을 엄마 아빠에게 말했다. 엄마 아빠는 교과서 같은 대답을 했다. 그건 네 잘못이 아니란다. 자신을 탓하면 안 된단다.

그런데 엄마는 아빠를 탓하는 것처럼 나도 탓하고 있었다. 내 생각에 엄마는 아빠와 나, 둘 다 똑같이 잘못한 거라고 생각하는 듯했다. 내 생각에 엄마는 그러면 안 된다는 걸 알고 있으면서도 자신을 어쩌지 못하는 것 같았다.

지금 엄마가 우리와 함께 있지 않는 이유 중 하나가 바로 그거인 것 같다. 엄마는 우릴 사랑하는 동시에 증오한다.

학교에 가는 길

4월 4일 목요일

캐런 아줌마한테 그 이야기를 털어놓고 일기장에도 쭉 쓰고 나자 뭔가 좀 달라졌다. 기분이 훨씬 나아졌다고는 할 수 없지만 아주 조금 가볍긴 했다.

어젯밤에 아빠는 최소한 학기가 끝날 때까지는 이사 갈 마음이 없다고 했다. 선생님이 전화를 해서 내가 학교를 며칠이나 빼먹었다는 사실을 알린 다음이었다.

아빠는 엄청 화가 나 있었다. 마지막으로 나한테 스스로 학교에 갈 기회를 주겠다고 했다. 내가 만약 이번 기회도 날려 버린다면 같이 등교해서 수업 시간 내내 교실 뒤에 앉아 있겠다고 으름장을 놓았다.

그래서 나는 다시 학교에 가기 시작했다.

첫 번째 수업은 기술·가정이었다. 앨버타한테는 새 짝이 생겼다. 앨버타는 마치 내가 그 자리에 없다는 듯이 행동했다. 앨버타한테 뭐라고 할 수는 없을 것 같았다.

다음 시간은 수학이었다. 나는 팔리한테 함께 'GWF 스매쉬업 라이브 인 시애틀'에 가자고 말할 생각이었다. 엄마가 결국 못 오겠다고 하면 아타파튜 할아버지랑 같이 가기로 마음먹었다. 그런데 팔리가 수업에 들어오지 않았다.

팔리는 하루 종일 보이지 않았다. 개근에 목숨 거는 아이인데, 이상한 일이었다.

밤 10시

믿을 수 없는 일이 벌어졌다.

아빠가 퇴근하고 집으로 왔을 때, 나는 팔리네 집에 전화를 걸었다. 마리아 아줌마가 받았다.

"안녕하세요, 마리아 아줌마? 팔리 있어요?"

"누구니?"

"저, 헨리예요."

아줌마가 갑자기 흐느끼기 시작했다.

"아, 헨리구나. 며칠 전에 팔리가 어디서 크게 얻어맞았단다. 그때부터 지금까지 아무리 말을 해도 방에서 나오질 않아."

"제가 지금 바로 갈게요."

나는 전화를 끊은 다음, 아빠에게 마리아 아줌마한테서 들은 소식을 전했다. 아빠는 곧장 외투를 집어 들었다.

"내가 데려다 주마."

팔리네 집까지는 걸어서 오 분밖에 걸리지 않았다. 마리아 아줌마가 걱정스런 얼굴로 우리를 맞았다. 아빠는 아줌마와 함께 아래층에 있기로 하고, 나는 팔리 방으로 올라가서 문을 두드렸다.

"팔리, 나 왔어. 헨리야."

이불을 뒤척이는 소리가 나더니, 잠시 후에 문이 열렸다.

팔리는 몰골이 말이 아니었다. 안경은 완전히 망가져 있었다. 안경알 한쪽은 금이 가 있었고, 오른쪽 다리는 스카치테이프로 간신히 이어 놓았다. 아랫입술은 까져서 부어 있었고, 양 손바닥은 몹시 긁혀 있었다.

"어떻게 된 거야?"

나는 이렇게 물으며 유리창 쪽 붙박이 의자에 앉았다.

"화요일에 학교에 가면서 우리가 지금까지 모은 돈을 다 챙겨 갔어. 친척 형한테 입장권을 사 달라고 부탁할 참이었거든. 넌 이제 안 가고 싶어졌다고 했지만, 입장권을 사 가면 네 마음도 달라질 거라고 생각했어. 무슨 말인지 알지? 아무튼 학교가 끝나고 버스 정류장으로 가는 길이었는데……."

팔리는 잠깐 말을 멈추고 한숨을 깊게 내쉬었다.

"어떤 놈들이 뒤에서 덮친 거야. 그놈들은 다짜고짜 날 쓰러뜨리고는 내 주머니를 뒤졌어. 헨리, 그놈들이 우리 돈을 다 빼앗아 가 버렸어, 몽땅 다."

굵은 눈물이 팔리의 볼을 타고 흘러내렸다.

"모두 몇 명이었어?"

"잘 모르겠어. 여러 명이었던 것 같아."

"어떻게 생겼는지 봤어?"

팔리는 고개를 저었다.

"그놈들이 뭔가로 내 등을 쿡 찌르면서 그게 총이라고 했어. 그리고 자기네가 가고 나서 정확히 오 분이 지날 때까지는 고개를 들지 말랬어. 안 그러면 죽여 버리겠다고. 그중 한 명이 낮은 목소리로 '하스타 라 비스타(스페인어로 '또 보자.'라는 뜻), 멍청아.'라고 하더라. 그러고는 다 가 버렸어. 난 가만히 있었어. 안 그랬다가 그놈들이 정말로 날 총으로 쏠까 봐 무서웠거든."

팔리는 주머니에서 손수건을 꺼내 코를 풀었다.

"미안해, 헨리. 넌 가고 싶지 않다고 했지만 어쨌든 절반은 네 돈이잖아."

"팔리, 돈은 신경 쓰지 마. 진심이야. 네가 괜찮아서 다행이야."

정말로 그게 내 진심이었다.

잠시 후 우리가 아래층으로 내려가자, 아빠는 반드시 경찰에 신고해야 한다고 말했다. 아빠는 그날 밤 공원에서 형한테 있었던 일을 떠올리고 있었던 것이다. 나도 같은 생각을 하고 있었다.

얼마쯤 뒤 경찰이 집에 도착하자, 팔리는 무슨 일이 있었는지 자세히 설명했다. 친절한 경찰들이었다. 하지만 조사서를 작성하고 나자, 이미 시간이 많이 지나서 용의자들을 잡기가 쉽지 않을뿐더러, 훔쳐 간 돈도 다 써 버렸을지도 모른다고 말했다.

마리아 아줌마는 아빠와 내가 꼭 저녁을 먹고 가야 한다고 고집을 부렸다. 그리고 팔리한테 저녁 메뉴를 고르라고 했다. 팔리가 지난 이틀 동안 식사를 거의 하지 않았기 때문이다. 팔리는 구운 치즈 샌드위치에 케첩과 피클을 곁들여 먹겠다고 했다. 그건 최고의 선택이었다.

저녁 식사 후, 아빠와 나는 집으로 돌아왔다.

팔리한테 돈은 걱정하지 말라고 한 건 진심이었다. 죽도록 일해서 번 돈이라 조금 실망스러운 건 사실이지만, 'GWF 스매쉬업 라이브 인 시애틀'에 엄마 아빠와 함께 가서 두 사람을 재결합시키려던 내 계획은 어차피 틀어질 운명이었다.

내가 걱정되는 건 팔리였다. 나는 팔리의 눈에서 그 표정을 보았다. 스콧 말린이 던진 콜라 캔이 발 앞에서 터졌을 때 형이 지었던 표정, 그 후로도 몇 번이고 되풀이해서 나타나다가 결국 형의 일부가 되어 버린 표정…….

모든 걸 포기하는 표정이었다.

너는 나의 절친

4월 8일 월요일

머리가 빙빙 돈다. 똑같이 생긴 간호사가 눈앞에 두 사람 있었다. 그런데 간호사 누나는 자기 한 사람밖에 없는데, 내 눈에 사물이 둘로 보이는 거라고 했다.

이젠 둘로 안 보인다. 한 사람이 맞다. 간호사 누나 이름은 산드라다. 예쁜 것 같다. 그러고 보니 난 지금 병원에 있나 보다.

일기장은 침대 옆 서랍장에서 찾았다. 몹시 피곤했다. 침대는 아주 좋았다. 텔레비전이 천장에 매달려 있었다. 텔레비전에서는 〈오프라 윈프리 쇼〉를 하였다. 엄마가 좋아하는 프로그램인데.

밤 8시

엄마 얘기를 한 김에, 아까 엄마가 내 머리맡에 서 있는 꿈을 꾸었다. 엄마가 내 손을 꽉 잡으면서 사랑한다고 말했다.

자야겠다.

4월 9일 화요일

그런데 말이지, 그건 꿈이 아니었다. 엄마가 지금 막 커피를 들고 병실로 들어왔다.

아침 10시

일기 쓰기를 잠깐 멈춰야 했다. 내가 "엄마, 안녕?" 하고 인사를 건네자 엄마가 컵을 놓칠 뻔했다. 엄마는 숨이 막힐 정도로 나를 꽉 껴안았다. "헨리, 우리 헨리!"라고 울부짖으며, 엄마는 말 그대로 내 머리 위로 무너져 내렸다.

잠시 후, 엄마가 진정을 한 다음에 내가 물었다.

"여기서 뭐하시는 거예요?"

엄마는 여전히 흐느끼며 대답했다.

"네가 깨어나서 얼마나 다행인지 몰라. 네가 머리를 다쳤다는 전화를 아빠한테 받았을 땐 정말로……."

그 말을 듣자 왜 지금 내 머리가 볼링공처럼 느껴지는지 알 듯했다.

"제가 머릴 다친 거예요?"

그렇게 물어보고 싶었지만 입안의 혀가 워낙 둔하게 느껴지는 데다가 엄마가 또 나를 껴안아 말을 할 수가 없었다.

지금 우리는 나란히 앉아서 〈시사 퀴즈 쇼〉를 보고 있다. 참가자들보다 먼저 답을 맞히려고 우리 둘 다 난리다. 옛날과 똑같다. 지금은 머리가 몽롱해서 내가 계속 엉터리 답을 내놓고 있다는 점과 답을 외치려고 할 때마다 누가 반자동 타카(못 박는 총)로 내 두개골에 못을 박는 느낌이 든다는 점만 제외하면.

엄마 말에 따르면, 아빠는 단 몇 시간이라도 눈을 붙이려고 집에 갔다고 한다. 내가 여기에 며칠 내내 누워 있었던 것이 확실하다!

엄마가 여기에 있어서 참 행복하다. 그러기 위해 머리에 부상을 입어야 하는 것쯤은 상관없다. 일찍 알았더라면 몇 달 전에 벌써 머리를 크게 다치려고 애썼을 거다.

4월 10일 수요일

오늘은 훨씬 가뿐하다. 머리에는 여전히 수박이 한 통 매달려 있는 것 같지만, 한 번에 깨어 있는 시간이 삼십 분을 넘었다. 엄만 내 침대 옆 의자에서 자고 있고, 아빠는 일을 하러 갔다. 오늘도 일을 하러 가지 않으면 잘릴 수 있기 때문이다.

내 침대 옆 창턱에는 카드가 놓여 있었다. 아타파튜 할아버지가 보낸 것 하나, 캐런 아줌마가 보낸 것 하나, 세실 선생님이 보낸 것 하나. 세실 선생님은 어제 다녀갔다고 한다. 그때 난 자고 있었다.

보통 크기의 카드 옆에 큼지막한 카드가 하나 더 놓여 있었다. 카드 앞면에는 체온계를 물고 있는, 볼이 빨간 곰 그림이 있었다. 안쪽에는 이렇게 쓰여 있었다.

생각할수록 네가 아프다는 게 정말 슬퍼. 너의 친구 팔리가.

카드 옆에는 알록달록한 헬륨 풍선이 둥둥 떠 있었다. 엄마가 풍선에 매달린 카드를 보여 주었다. 앞면에는 "얼른 나으세요!"라고 인쇄되어 있고, 안쪽에는 '도전! 전국 퀴즈왕' 팀 친구들 이름이 적혀 있었다. 팔리는 거기에도 빠지지 않았다. 잰코비치 선생님 이름도 있었다. 다들 이름뿐 아니라 따뜻한 격려의 말을 남겼다.

앨버타만 빼고. 앨버타는 그냥 '앨버타'라고만 썼다.

예의 없긴.

새벽 2시

기억나는 건 이렇다.

팔리네 집에 다녀온 다음 날 아침, 나는 평상시보다 일찍 집에서 나와 학교 앞에서 팔리를 기다렸다. 잠시 후에 나타난 팔리는 세상에서 사라져 버리기라도 하겠다는 듯 보통 때보다 더 왜소해 보였다. 게다가 평소에 쓰던 것보다 훨씬 더 이상한 안경을 쓰고 있었다.

"마리아 아줌마가 예비용 안경을 찾아 주셨어. 안경을 고칠 때까지만 쓸 거야."

팔리가 침울하게 말했다.

우리가 알게 된 뒤 처음으로 팔리는 고무공처럼 통통 튀지 않았다.

우린 아무 말 없이 학교에 도착해 사물함으로 향하는 계단을 올라갔다. 그다음에 있었던 일은 머릿속에서 한 장면 한 장면씩 조각난 채로 되살릴 수 있다.

트로이가 마이크, 조시와 함께 자기 사물함 앞에 서 있었다.

"어이, 팔리! 새 안경 멋진데?"

셋은 자지러지듯 낄낄댔다. 트로이는 귀에서 이어폰을 뺀 다음 새로 산 듯이 뵈는 아이팟에 줄을 정성스럽게 감았다. 번뜩 한 장면이 머릿속을 스쳤다. 트로이가 교과서를 넘겨 보며 사물함 앞에 서 있었다. 팔리가 다음 날 돈을 가져올 거라고 말하던 바로 그 순간에.

"아이팟 새로 샀네?"

내가 물었다.

"보면 모르냐?"

"돈은 어디서 났어?"

트로이는 마이크, 조시와 눈빛을 교환했다.

"친척 아저씨한테 용돈 좀 받았어."

트로이가 히죽거리며 말했다. 그러고는 아이팟을 바지 주머니에 밀어 넣더니 공책을 꺼내고 사물함 문을 닫았다.

"하스타 라 비스타, 멍청이들아."

순간, 팔리와 내 눈이 마주쳤다. 트로이는 유유히 멀어지고 있었다. 내 안에서 분노가 치솟았다.

"네 아이팟 잠깐만 봐도 돼? 나도 하나 살까 해서……."

나도 모르게 이런 말이 툭 튀어나왔다. 트로이는 어쩔까 하고 잠깐 망설이는 듯한 눈치였다.

"보기만 해. 건드리는 건 안 돼. 네 세균 옮는 거 싫단 말이지."

트로이는 주머니에서 아이팟을 꺼내 손바닥에 올려놓았다. 나는 자세히 보려는 것처럼 가까이 다가갔다. 그리고 아이팟을 집어 들고 미친놈처럼 뛰었다.

그다음 장면에서, 나는 병원 침대에 누워 있었다.

낮 5시

퇴근 후 병원으로 온 아빠가 빈칸 중 몇 군데를 메워 주었다.

"아침 9시가 조금 넘어서였나? 아빠 일하는 데로 전화가 왔어. 너희 선생님이셨지. 네가 넘어져서 머리를 좀 다쳤고, 구급차로 병원에 실려 갔다고 하시더구나. 그 말을 듣고 난 곧장 병원으로 달려갔어. 의사가 뇌진탕이라고 하더구나. 뇌에 내출혈이 없는지 확인해야 해서 계속 지켜보는 중이라고."

아빠는 여기서 잠시 말을 멈추고 마음을 가라앉혀야 했다. '출혈'이니 '뇌'니 하는 단어는 형이 그 사건을 일으킨 다음에 아빠가 수없이 많이 들었던 단어였다.

"나중에 선생님이 오셨지. 하지만 네가 친구와 싸우다가 머리를 다쳤다는 얘기밖에 듣지 못했어. 선생님도 자세한 내용을 모르셨거든. 하지만 네 친구가 재빠르게 신고를 해서 구급차가 일찍 도착했다고는 말씀하셨어. 난 네 엄마한테 곧바로 전화를 했고, 네 엄마는 가장 빠른 비행기로 여기에 온 거야. 헨리, 그리고 며칠 동안 엄마 아빠 너 때문에 정말 무서웠어."

지금은 엄마와 아빠가 둘 다 내 침대 옆에 앉아 있다. 엄마는 아빠 어깨에 머리를 기댄 채 잠이 들었고, 아빠는 그런 엄마의 손을 꼭 잡은 채…….

물론 내 뇌에는 손상이 있는지 모르겠지만, 이렇게 행복해 보기는 진짜로 오랜만이었다.

저녁 6시 30분

비밀은 모두 풀렸다.

학교에서 수업을 마치고 온 팔리가 빈칸의 나머지 부분을 모두 채워 주었다. 팔리의 입술은 거의 다 나아 있었다. 안경도 원래 쓰던 거였다.

"안녕하세요, 헨리 어머니? 만나 뵙고 싶었습니다."

팔리가 엄마에게 말했다. 그리고 허리를 굽혀 엄마 손등에 입을 맞추었다. 엄마는 바로 미소를 지었다. 내 옆에 있어 줄 사람이 생겼기 때문에 엄마는 집에 가서 샤워를 하고 오겠다고 했다. 잘됐다. 안 그래도 엄마 머리칼이 슬슬 기름져 보이기 시작하던 참이었다.

팔리는 벌새처럼 병실 안을 여기저기 돌아다니며 이것저것 들춰 보았다. 내 침대에 붙어 있는 버튼을 함부로 눌러서 침대가 연방 위아래로 움직였다. 심지어 간호사 호출 버튼까지 눌렀다.

"죄송합니다. 이게 잘 작동되는지 보려고 시험한 거였어요."

산드라 누나가 방에 들어오자 팔리가 우물쭈물하며 말했다.

"헨리, 친구 간수 좀 잘 하렴."

산드라 누나가 내게 눈을 찡긋하며 말했다.

"진짜 할 말이 많아! 트로이가 퇴학당했어."

드디어 팔리가 침대 옆 의자에 앉아서 말을 하기 시작했다.

"뭐라고?"

"음, 퇴학은 아니지만……. 이제 학교에서도 그렇게까지는 못한대. 하지만 징계 위원회에서 트로이보고 학교를 옮길 것을 '강력하게 권고'했어. 알고 봤더니 트로이에 관해 기록해 둔 서류가 있었어. 엄청 긴 서류에 앰브로스 샌드위치 사건부터 자세하게 다 적혀 있었다더라고."

팔리 얘기를 듣는 순간, 포트살리시 중학교에도 스콧이 한 일이 모두 적혀 있는 서류가 있었는지 궁금해졌다. 어쩌면 형은 학교를 좀 더 믿었어야 했는지도 모른다.

"잠깐, 그 전에는 무슨 일이 있었던 거야? 기억나는 건 내가 아이팟을 들고 뛴 데까지야."

여기서부터는 팔리가 해 준 이야기다.

나는 남자 화장실 쪽으로 뛰었던 것 같다. 트로이는 깜짝 놀라 잠깐 멈칫하다가 곧 나를 뒤따라 달렸다. 트로이와 마이크, 조시, 팔리까지 화장실로 뛰어 들어왔을 때, 나는 화장실 변기 위에 서 있었다.

트로이의 아이팟은 이미 변기 안에 있었다.

내가 로봇 목소리로 말했다.

"너.는.병.신.이.다.얼.간.이.다.머.저.리.다.아.무.짝.에.도.쓸.모.가.없.다."

그 말을 들은 트로이는 팔리가 차마 전해 줄 수 없는 온갖 욕을 다 퍼부었다. 그러고 나서, 나보고 변기에서 아이팟을 꺼내라고 소리쳤다. 나는 아이팟을 변기에서 꺼냈다. 그리고 트로이에게 돌려주는 대신 화장실 타일 바닥에 내동댕이친 다음에 발로 꾹꾹 밟아 버렸다.

그러자 트로이가 내게 주먹을 날렸다. 나도 주먹을 몇 번 휘둘렀다는데, 팔리는 그 주먹이 그렇게 나쁘진 않았다고 했다.

"그래도 최고는 네가 벨 클랩을 시도할 때였어."

벨 클랩은 그레이트 데인의 주특기로 상대방의 양쪽 귀를 양 손바닥으로 세게 내리쳐 균형을 무너뜨리는 기술이었다.

내 입에서 저절로 끄응 소리가 나왔다.

"그래, 효과는 별로였어. 트로이의 화만 돋구었지. 하지만 보기엔 멋있었어."

트로이가 내게 세게 한 방을 먹인 건 분명 내가 벨 클랩을 시도한

다음이었다. 나는 쓰러지며 변기에 머리를 박았고, 그다음 장면부터는 깜깜했다.

"정말로 무서웠어. 네가 그대로 고꾸라졌거든. 화장실 바닥에 누운 채 꼼짝도 하지 않더라고. 트로이는 겁을 먹었지. 그래서 마이크, 조시랑 같이 서둘러 내뺐어. 내가 너한테 일어나라고 소리치는데, 그때 마침 앰브로스가 들어온 거야. 그래서 선생님 좀 불러 달라고 한 다음, 휴대폰을 꺼내서 구조대에 전화했어."

"고마워, 팔리. 네가 날 살린 거야."

"그래, 내가 네 생명의 은인이야!"

팔리는 엄청 자랑스럽다는 듯이 말했다. 그러더니 자리에서 일어나 내 침대 가장자리로 와 앉았다.

"구급차를 기다리는 동안 네가 잠깐씩 정신을 차렸어. 제정신은 아니었지. 넌 계속 제시 형, 제시 형 그러더라."

팔리는 안경 너머의 큰 눈으로 나를 빤히 보며 물었다.

"제시 형이 누구야?"

나는 크게 한숨을 쉬었다. 그리고 이제껏 한 일 중에서 가장 용감한 일을 했다. 어쩌면 가장 멍청한 일일지도 모르겠다.

"우리 형이야."

나는 그 끔찍한 이야기를 팔리에게 남김없이 털어놓았다.

팔리는 형 이야기를 다 듣고 나서 아무 말도 하지 않았다. 팔리의 안경에 김이 서렸다. 무슨 생각을 하는지 알 수가 없었다.

내가 말했다.

"이젠 나랑 친구 안 하겠다고 해도 다 이해해."

팔리는 안경을 벗어 바지에 쓱쓱 문지른 다음, 눈을 가늘게 뜨며 물었다.

"도대체 내가 왜 너하고 친구를 안 한다는 거야?"

나는 어깨를 으쓱했다.

"사람들은 그런 이야기를 무서워하잖아. 사람들은 우리 가족한테는 세균이나 뭐 그런 게 있다고 생각해."

팔리는 다시 안경을 썼다.

"헨리, 며칠 전에 네가 날 위해 해 준 일 있잖아. 넌 그때 말뚝 처형자 블라드하고 붙은 더 그레이트 데인 같았어. 최악의 악당한테서 네가 날 구한 거야."

팔리는 주머니에서 손수건을 꺼내 코를 풀었다.

"넌 이 세상에서 나하고 가장 친한 친구야."

나는 침대에 앉은 채 팔리를 바라보았다. 안경 때문에 커진 눈, 젖꼭지 바로 아래까지 바짝 올려 입은 바지, 주머니에 꽂은 플라스틱 보호대가 차례차례 눈에 들어왔다.

내가 말했다.

"너도 나의 가장 친한 친구야."

내 눈에 살짝 눈물이 고였다. 팔리는 두 팔을 활짝 벌리고 다가왔다. 나를 껴안을 생각인 것 같았다. 뭔가 동화책에나 나올 법한 상황으로 가고 있었다. 팔리가 나를 덮치기 직전에 다행스럽게도 저녁 식사가 들어왔다. 팔리의 시선이 곧장 식판으로 향했다.

"어, 이거 솔즈베리 스테이크 아냐? 너, 이거 먹을 거야?"

고기 한 덩이에 그레이비 소스가 찐득찐득하게 말라붙은 스테이크는 몹시 느끼해 보였다.

"아니. 이따 아빠가 피자 사 오기로 하셨어."

"그럼, 이건 내가 먹을까?"

나도 모르게 웃음이 비어져 나왔다.

"그래, 얼른 먹어."

팔리는 스테이크를 단숨에 먹어 치웠다. 마지막 한 조각까지. 나는 침대에 기대어 앉아 팔리를 지켜보았다. 처음부터 최고로 성능 좋은 차를 가지고 있으면서 내내 더 좋은 차를 꿈꾼 나 자신에게 놀라워하면서.

4월 11일 목요일

앨버타하고도 일이 잘 풀렸다, 고 말할 수 있다면 좋겠는데 그건 아니다. 드디어 오늘 아침에 앨버타가 머핀이 가득 든 플라스틱 바구니를 들고 병문안을 왔다.

"내가 직접 만든 블루베리 머핀이야."

앨버타는 침대 옆 의자에 앉았다. 나는 머핀을 집어서 한입 베어 물었다. 정체를 알 수 없는 덩어리 하나를 뱉어 내야 하긴 했지만 그런대로 꽤 맛있는 머핀이었다.

“고마워. 맛있다.”

나는 한 개를 다 먹은 다음에 말했다.

앨버타는 보라색 닥터마틴 부츠만 한참 동안 내려다보았다. 나한테 자기 눈을 보여 주기가 어색한 거였다.

“앨버타, 전에 한 말은 정말 미안하다고 생각…….”

앨버타가 말을 잘랐다.

“당연히 그래야지. 그건 잔인한 말이었어.”

“나도 알아. 내가 잔인해지고 싶었나 봐. 무서웠거든.”

“뭐가 무서웠단 거야?”

“네가 진실을 알게 될까 봐.”

“무슨 진실? 그 여자애에 관한 거?”

나는 고개를 끄덕였다.

“그렇다고 할 수 있어. 그 애랑 그 애 오빠, 그리고 우리 형에 관한 거니까.”

“암으로 죽었다던 네 형 말하는 거야?”

나는 한숨을 쉬었다. 오랫동안 침묵을 지켰더니, 이틀 연속으로 그 이야기를 해야 했다. 나는 형 이야기를 시작했다.

“그거 말인데…….”

이야기를 끝냈을 때 앨버타는 아무 말도 하지 않았다. 눈물만 하염없이 흘렸다. 앨버타를 울릴 생각은 없었는데.

앨버타는 자리에서 일어나 내 쪽으로 허리를 굽혔다. 나는 앨버타가 내게 키스하려 한다고 확신했다. 입 냄새가 슬쩍 걱정되었다. 며칠 동안 이를 닦지 않았기 때문에 냄새가 심할 것이 분명했다.

하지만 앨버타는 키스하지 않았다. 대신 내 배에 펀치를 한 방 먹였다.

"나한테 거짓말을 하셨단 말이지!"

그리고 추가로 한 방 더 펀치를 먹인 뒤, 병실 밖으로 뛰쳐나가 버렸다.

4월 12일 금요일

병원에서 이제 퇴원해도 좋다고 한다. 하지만 아직 학교에 가는 건 안 된단다. 일주일 정도 집에서 안정을 취한 다음, 다시 병원에 와서 검사를 받아야 한다는 것이다. 그때 등교를 할 수 있을지 없을지 알려 주겠다고 한다. 뭐, 나야 좋다.

풍선은 산드라 누나한테 가지라고 했다. 누나는 나를 안아 주면서 다신 이런 문제에 휘말리지 말라고 당부했다. 나는 최선을 다해 보겠다고 대답했다.

낮 1시

난 지금 내 방에서 안정을 취하고 있다. 예전부터 이 집으로 엄마 아빠와 함께 들어온다면 얼마나 좋을까 생각해 왔다. 그런데 실제로

해 보니까 뭔가 조금 어색한 느낌이었다. 우선 아파트 현관으로 들어설 때부터 손으로 쓴 경고문 두 장을 지나쳐야 했다. 그중 한 장은 이거였다.

우리가 당신의 광고 우편물을 치울 이유는 없소!
자기 일은 스스로 처리하시오!

두 번째 경고문은 첫 번째 경고문 바로 아래에 붙어 있었다.

본인 일에나 신경 쓰세요!!!

집 안으로 들어서자, 벽에 사진이 잔뜩 걸려 있었다. 엄마가 창고에 갔다 온 모양이었다. 형 사진과 내 사진, 형과 내가 함께 있는 사진, 형과 나, 엄마, 아빠가 모두 함께 찍은 사진 등, 못해도 열 개는 넘어 보였다.

그리고 형이 있었다. 벽난로 위 선반에 신발 상자가 놓여 있었다. 엄마는 신발 상자를 바라보고 있는 나를 향해 이렇게 말했다.

"네 아빠가 제시를 침대 밑에 뒀다니……. 믿을 수가 없구나."

"그래도 난 같이 있기나 했지."

아빠가 대꾸했다. 나는 속이 뒤집어지는 느낌이었다. 엄마 아빠가 이 문제로 이미 많이 싸웠다는 게 느껴졌다.

아빠는 거실 탁자에 놓여 있던, 안쪽에 올록볼록한 비닐이 붙은 편지 봉투를 들어 나에게 건넸다.

"네가 병원에 입원해 있을 때 온 거야."

나는 한눈에 봉투 겉면의 글씨체를 알아보았다. 조디였다. 봉투 왼쪽 편, 모르는 주소 위에 조디의 이름이 적혀 있었다. 갑자기 무릎이 휘청거렸다. 나는 그 자리에 그대로 주저앉을 뻔했다.

"우리가 먼저 읽어 볼까?"

엄마가 물었다.

엄마도 아빠도 걱정스러운 얼굴이었다. 나는 고개를 저었다. 하지만 곧바로 봉투를 열진 않았다. 아직까지도 봉투를 열지 못했다. 봉투는 지금 내 침대 옆 탁자 위에 놓여 있다.

그 사건 이후, 더 이상 나와 친구로 지내지 않겠다는 뜻을 분명히 한 아이들이 많았다. 엄마와 아빠 친구들도 마찬가지였다. 죽여 버리겠다는 협박 편지가 무시로 날아 들어오는 통에 나는 이메일과 페이스북 계정을 닫아야 했다.

한번은 모르는 사람이 우리 집 차고에 불을 지른 적도 있었다. 그러니 내가 우리 형 손에 죽은 소년의 여동생이 보낸 우편물을 열어 보는 일에 두려움을 느낀다 해서 조금도 놀랄 일은 아니다. 그 여동생이 한때는 나하고 가장 친한 친구였다 하더라도.

샌드달러 성게

낮 2시 30분

더 이상은 못 참겠다. 편지 봉투를 열어 봐야겠다.

헨리에게,

전에 몇 번인가 이메일을 보냈는데 다 되돌아와 버렸어. 이제 다신 널 보지 못할 거라는 생각이 들었지. 그래서 주별 대항전에서 널 봤을 땐 뭔가 이상한 느낌이었어. 네가 갑자기 어디론가 사라졌을 땐 내가 잠깐 유령을 본 거라고 생각했고. 하지만 너희 팀 애들과 얘기를 나눈 다음에 네가 진짜로 거기에 있었다는 걸 알게 되었어.

너도 날 본 거지, 그렇지? 그런데 나하고 얘기를 나누기가 싫었던 거겠지. 아마 네 친구들한테는 무슨 일이 있었는지 얘기하지 않았을지도 몰라.
널 탓하려는 게 아니야. 그 일 이후 사람들이 너와 너희 가족을 어떻게 대했는지 난 다 봤는걸. 너희 집 차고에 불이 난 다음 날, 나는 자전거를 타고 너희 집 앞에 갔어. 구경을 하려고 했던 게 아니라 널 볼 수 있을까 해서. 결국 보진 못했지만.

난 모든 게 너무 무서워. 악몽을 꾸고 있는 기분이야. 다른 게 있다면 내가 절대로 깨어나지 않는다는 거야. 내 기분을 아는 사람도, 이해하는 사람도 없어. 심지어 가족을 잃은 사람들을 전문으로 상담한다는 내 심리 치료사도 몰라. 우리 부모님은 지금 엉망이야. 아빠 마음은 증오로 가득해. 아빤 내가 이 편질 쓰는 걸 모르셔. 알면 크게 화내실 거야. 다행히 내 동생은 아직 어려서 무슨 일이 일어난 건지 알지 못해. 내 마음을 알아줄 사람이 이 세상에 있다면 그건 바로 너일 거야. 왜냐하면 너도 나와 같은, 아니 더 심할지도 모르는 악몽 속에서 살고 있을 테니까. 내 말이 맞는 거니?

그럴 수만 있다면 네게 묻고 싶은 게 많아. 너도 좋은 날보다는 나쁜 날이 더 많니? 너희 부모님도 우리 부모님처럼 완전히 엉망으로 지내시니? 너도 악몽을 꾸니? 너도 가끔 너희 형이 밉니? 난 가끔 오빠가 미워. 그런데 그러고 나면 기분이 곧 처참해져. 나 자신을 벌하고 싶어져.
네가 아직 이 주소에 살고 있으면 좋겠다. 사실 난 네가 그곳에 산 적이 있는지도 모르지만.

그럼, 아무튼……. 난 정말 뭐라 말을 해야 할지 모르겠어. 부탁인데 꼭 답장해 줘. 그런데 편지는 우리 집으로 보내면 안 돼. 알겠지? 받는 주소는 캐리네 집으로 해 줘. 캐리는 비밀을 꼭 지킬 거야. 봉투에 적힌 주소가 캐리네 집주소야.

그럼, 이만 쓸게.

—4월 4일, 조디 씀.

추신. 네가 꼭 답장해 줬으면 좋겠어. 선물이 마음에 들기를 바라.

나는 조디의 편지를 연달아 세 번 읽었다. 편지 봉투를 한쪽으로 기울이자 안에서 올록볼록한 비닐로 여러 겹 싼 작고 납작한 물건이 나왔다. 샌드달러 성게였다. 몇 년 전에 바닷가에서 우리가 함께 찾은 완벽한 모양의 성게. 지금 나는 왼손에 그 샌드달러 성게를 들고 있다. 시원하고 부드러운 느낌이 난다.

이걸 가지라고 했던 건 그날 조디가 힘든 하루를 보냈기 때문이었다. 조디는 같은 마음으로 내게 이걸 보냈을 것 같다.

4월 14일 일요일

어제 아타파튜 할아버지가 집에 왔다. 할아버지는 상자 하나를 들고 왔다.

"헨리야, 괜찮아져서 다행이구나."

할아버지가 상자를 건네며 덧붙였다.

"이건 퇴원 선물이다. 홈쇼핑에서 배달 온 걸 바로 가지고 온 거야."

나는 포장지를 뜯었다. 그 안에는 앞으로 내 전용이 될 남청색 입는 담요가 들어 있었다.

"고맙습니다."

나는 그 자리에서 담요를 입었다. 마치 누에고치에 싸인 듯한 느낌이 들었다. 할아버지는 벽난로 선반 위에서 액자를 하나 집어 들었다. 레고랜드 간판 앞에서 나와 형, 엄마가 함께 찍은 사진이었다.

"제 형이에요."

"그래, 안다."

"아빠가 다 말씀드렸어요?"

"아니."

"그럼, 캐런 아줌마가요?"

할아버지는 고개를 저었다.

"예전부터 알고 있었단다. 너희가 이사 온 지 얼마 안 돼서 인터넷에 이름을 검색해 봤거든."

나는 눈을 치켜떴지만 할아버지는 그냥 어깨를 으쓱할 뿐이었다.

"옆집에 누군가 마약 공장을 한번 차리고 나면 다음번에는 자연히 조사를 하게 되는 법이란다."

"그럼, 할아버지는 이제껏 다 알고 계셨어요?"

"그래."

"그런데도 저희랑 친해지려고 하셨네요. 친절하게 대해 주시고."

"놀랐다는 투구나?"

사실 속으로 엄청 놀랐다. 눈물이 나올 뻔했다. 다 머리 부상 때문이었다.

"헨리야, 누군가에게 비극이 닥쳤을 때야말로 그 사람에게 위로가 가장 필요한 순간인 거야."

"전 할아버지가 알고 지낼 사람을 찾아 헤매는 아주 외로운 분인 줄 알았어요."

무심코 이런 말이 나왔다. 다시 한 번 말하지만 순전히 머리 부상 탓이었다. 하지만 할아버지는 그저 껄껄 웃기만 했다.

"물론 그것도 맞는 말이지. 사심이 전혀 없었다곤 할 수 없으니까."

할아버지 눈에도 내가 자꾸만 멍해져서 대화는 그쯤에서 멈췄다. 우리는 그냥 텔레비전을 보기로 했다. 내가 병원에 있는 동안 아빠가 저장해 놓은 GWF 프로그램이 하드디스크에 잔뜩 들어 있었다. 텔레비전을 보고 있는 사이사이에 광고가 나왔다. 첫 번째로 나온 광고는 'GWF 스매쉬업 라이브 인 시애틀'이었다.

매진 임박! 늦기 전에 서두르세요!

"저, 저기 갈 뻔했어요."

"정말이냐?"

나는 고개를 끄덕였다. 정말 피곤했는데도 나는 할아버지에게 재활용품을 수거했던 일과 팔리가 강도를 당한 일, 그리고 트로이랑 싸웠던 일 들을 다 털어놓았다.

이야기를 마치자 할아버지가 말했다.

"그것참, 지독한 일을 당했구나. 나도 택시를 운전할 때 세 번이나 강도를 당했다고 얘기했던가?"

"진짜로요?"

"그땐 정말 무서웠지."

"그랬을 것 같아요."

따뜻한 담요를 입어서 그런지 몸이 나른해져 왔다. 나는 할아버지가 중얼거리는 소리를 들으며 스르르 잠에 빠져들었다.

"음, 'GWF 스매쉬업 라이브 인 시애틀'이라……. 그것참, 신 나겠구나."

오늘 아침에 아빠가 엄마와 함께 산책을 다녀와도 괜찮겠는지 물었다. 나는 당연히 괜찮다고 대답했다. 아빠가 엄마와 함께 집에서 나가자, 나는 위층 캐런 아줌마네 집으로 올라갔다.

"안녕? 너, 집에 왔구나."

아줌마가 현관문을 열어 주며 반갑게 인사했다. 아줌마는 청바지와 스웨터 차림이었다.

"오늘은 좀 달라 보이네요."

내가 아줌마한테 말했다.

"오늘은 어떤데?"

"좋아 보여요. 헤퍼 보이지 않아요."

"너, 입조심 좀 해라."

"칭찬이에요."

"솔직히 말하면 아주 죽을 맛이야. 오늘로 술 끊은 지 거의 한 달이 되어 가거든."

"축하해요."

아줌마는 나에게 안으로 들어오라고 한 다음, 땅콩버터 샌드위치를 만들어 주었다. 우리는 거실에 나란히 앉았다.

"미워했어요?"

아줌마는 내 말을 곧바로 알아들었다.

"그랬지, 오랫동안. 하지만 지금은……, 그냥 연민이 느껴져. 뭐라고 해야 하나? 우리 아빤 가족을 일부러 괴롭힐 사람이 아니거든. 우울증이 아빠를 궁지로 몰아넣었던 게 분명해. 그런 일을 저지를 수밖에 없도록."

내가 이런 말을 쓰게 될 줄은 상상도 하지 못했다. 캐런 아줌마는 이야기를 참 잘 들어 주었다. 아줌마는 그냥 앞에 있어 주었다. 그리고 솔직히 대답해 주었다.

"아직도 아빠 생각 많이 하세요?"

"그럼, 날마다 하지. 하지만 요즘엔 좋은 쪽으로 생각하려고 노력해. 좋았던 일들을 떠올리는 거지. 아빠가 그렇게 가 버리기 전엔 즐거웠던 일도 많았거든. 너도 형이랑 추억거리가 많잖아?"

"네, 그런 것 같아요."

"그럼, 네 에너지를 좋았던 일을 기억하는 쪽에다 써. 네가 형의 기억을 지키는 사람인 거야. 헨리, 형은 끔찍한 일을 저질렀어. 그렇다고 형이 끔찍한 사람인 건 아니잖아."

낮 5시

나는 지금 내 방에 있다. 엄마는 저녁에 먹을 훈제 치킨을 요리하고 있다. 이 집에서 이렇게 좋은 냄새가 나는 건 처음이다.

나는 앨범을 넘겨 보고 있다. 엄마가 창고에서 가져온 잡동사니 더미에 끼어 있던 거다. 앨범에는 형이 아홉 살 때, 그리고 내가 일곱 살 때 뒷마당에 텐트를 치고 들어앉아 함께 찍은 사진이 있었다. 둘 다 잠옷을 입은 채 환히 웃고 있었다.

나는 이 아침을 뚜렷이 기억한다. 엄마가 처음으로 우리더러 뒷마당에 텐트를 치고 자도 된다고 허락한 때였다. 형이 여름 내내 조른 덕에 결국 엄마가 두 손을 들었던 것이다. 아빠는 우리가 텐트 치는 걸 도와주었다. 형과 나는 텐트 안으로 침구와 침낭, 베개, 손전등 등을 옮긴 뒤 만화책과 과자도 가져다 탑처럼 높다랗게 쌓아 올렸다.

형과 신 나게 놀다 보니, 어느새 밖이 어둑어둑해졌다. 나는 겁이

더럭 났다. 나무 사이로 바람이 지나다니는 소리가 내게는 꼭 흑곰이 다가오는 소리로 들렸다. 아니면 괴수가 다가오는 소리든지……. 나는 집 안으로 들어가고 싶었다.

형은 내 말을 듣고도 겁쟁이라거나 꼬마라고 놀리지 않았다. 대신에 책에서 읽은 '내 친구 꼬마 거인' 이야기를 해 주었다. 주인공은 선량한 꼬마 거인, 줄여서 선꼬거와 친구가 된 소피라는 여자아이였다. 주인공들이 어린이들에게 불어넣어 줄 꿈을 찾으러 다니다가 못된 식인 거인을 만나 어려움에 빠지지만 멋지게 대결해서 물리치는 이야기였다. 정말로 재미있었다.

딱따구리가 텐트 옆 나무를 쪼아 대는 소리를 듣고 눈을 떴을 때는 신기하게도 아침이었다. 내가 텐트에서 하룻밤을 보낸 것이었다.

"해냈잖아."

형이 말했다.

"정말로 해냈어."

내가 대답했다.

형과 나는 짝 소리가 나게 손바닥을 마주쳤다. 지퍼를 내리고 텐트 밖으로 나오니, 안방 창가에 서서 걱정스럽게 텐트 쪽을 보고 있는 엄마가 보였다. 우리는 손을 흔들었다. 그날 아침은 엄마와 아빠가 만들어 준 거대한 팬케이크였다.

이건 좋은 추억이다. 이제 시작일 뿐이다.

형, 내 일기 읽고 있어?

5월 1일 새벽 1시

지금 내가 어디에 있는지 짐작도 못 할 거다.

나는 지금 미니밴의 뒷좌석에 있다. 중간 줄은 엄마와 캐런 아줌마가 차지한 채 수다를 떨고 있다. 아빠는 운전 중인 아타파튜 할아버지의 옆자리다. 팔리와 형은 뒷좌석의 내 옆이다. 내 인생 최고의 밤을 보내고 집으로 돌아가는 길이다.

오늘 아침 9시 정각, 팔리가 우리 집에 나타났다. 평소대로라면 나는 침대에서 나오지도 않았을 시각이었다. 그런데 그날따라 아빠가 8시부터 나를 깨웠다. 엄마가 아침 식사를 거하게 차렸으니 식기 전에 일어나서 먹어야 한다는 것이었다.

"너, 여기서 뭐해?"

내가 팔리에게 물었다.

"너희 부모님이 아침 먹으러 오라고 하셔서."

팔리가 대답했다. 뇌진탕의 여파가 아직 남아 있는 건지는 모르겠지만, 아무튼 그때는 뭔가 이상하다는 생각조차 하지 못했다.

다음엔 아타파튜 할아버지가 나타났다. 할아버지는 나를 보고 빙그레 웃었다. 입술 사이로 드러난 이가 새하얗게 빛났다.

"헨리야, 아래층에 가서 날 좀 도와주지 않으련?"

할아버지가 말했다.

그때서야 뭔가 수상하다는 생각이 들었다. 모두 함께 아래층으로 내려갈 때는 특히 더 그랬다. 아파트 현관 앞에 미니밴이 기다리고 있었다. 그리고 그 옆에 캐런 아줌마가 서 있었다.

"타자."

아타파튜 할아버지였다.

"어디 가는 거예요?"

그제야 감을 잡은 내가 물었다.

"시애틀에 가는 거다."

아타파튜 할아버지가 대답했다.

"말도 안 돼, 말도 안 돼, 말도 안 돼!"

나는 기뻐서 마구 소리를 질렀다.

"진짜야, 진짜라고!"

팔리가 내 팔을 잡고 펄쩍펄쩍 뛰었다.

"그때 네가 부모님을 위해 깜짝 파티를 준비한다고 했잖니? 이번엔 역할을 바꿔서 우리가 너한테 깜짝 파티를 열어 주기로 한 거지."

아타파튜 할아버지가 설명했다. 나는 눈가가 뜨끈해지기 시작해서 손톱으로 손바닥을 꾹꾹 찍었다.

"고맙습니다."

내가 고마운 마음을 전하자, 할아버지는 어깨를 으쓱했다.

"뭐, 어차피 이번 여행을 떠나지 않았으면 홈쇼핑에서 비싼 비타민제나 사들였을 게다."

우리는 모두 미니밴에 올랐다. 할아버지가 시동을 걸었다. 그때였다. 벽난로 선반 위에 외롭게 홀로 있을 형이 떠오른 건……. 형은 이 세상 누구보다 GWF를 좋아했다. 형의 상황이 최악이었을 때도 가족들 옆에 앉아서 〈토요일 밤의 스매쉬업〉은 꼭 챙겨 보았다.

게다가 오늘은 공원 놀이터에서 그 일이 일어난 지 꼭 일 년째 되는 날이었다. 오늘 같은 날, 형을 혼자 두고 갈 순 없었다.

나는 막 출발하려는 할아버지에게 말했다.

"잠깐 집에 갔다 올게요. 뭘 두고 왔어요."

내가 집으로 올라가 신발 상자를 가지고 내려오자 엄마가 맨 먼저 불만을 표시했다. 여행 중에 누가 차문을 따고 훔쳐 가면 어쩌니, 국경을 지날 때 뭐냐고 물어보면 어쩌니 등등. 하지만 아빠가 손을 꼭 잡자 엄마는 숨을 깊게 내쉬고는 입을 다물었다. 나는 형과 함께 뒷자리에 올랐다.

시애틀에서는 엄청 재미있었다. 우리가 시애틀에 도착한 건 점심 때 즈음이었다. 날씨가 화창해서 다 같이 야외에서 샌드위치를 먹은 다음, 스페이스 니들 전망대에 올라갔다. 다음엔 파이크스트리트 마켓을 구경했다. 그러자 경기장에 갈 시각이 되었다.

나는 경기장 안으로 들어가다가 형이 걸릴까 봐 몹시 걱정이 되었다. 그래서 신발 상자를 내 가방에 넣었다. 안전 요원들이 가방을 하나하나 수색하고 있었다. 다행히 내 가방을 수색한 안전 요원이 한 말은 이게 전부였다.

"새 신발 샀니?"

"네."

당연히 거짓말이었다. 안전 요원은 내게 들어가라는 손짓을 했다.

최고의 밤이었다. 앞에서 서른 번째 정도 되는 우리 자리도 아주 좋았다. 안에는 대형 스크린이 있어서 마치 코앞에서 경기 장면을 보는 것마냥 생생했다. 팔리는 열혈 팬답게 경기 중에 들고 있으려고 집에서 플래카드를 만들어 왔다. 자기 건 '말뚝 처형자 넘버 원!'이고, 내 걸로 만들어 온 건 '더 그레이트 데인 넘버 투!'였다.

엘 토로가 링에 들어서자 엄마가 제일 신이 났다. 무엇보다도 오늘 시합은 엘 토로와 잭 나이프의 재대결이었다. 이번엔 엘 토로가 원수를 갚았다. 엘 토로는 잭 나이프를 줄 위로 던져 링 밖으로 날려 버렸다! 아빠가 흥분한 건 더 트위스트 대 톰슨 쌍둥이가 경기를 할 때였다. 게다가 더 트위스트가 이겼다.

휴식 시간이 되자, 캐런 아줌마는 나와 팔리를 기념품점으로 데리고 갔다.

“한 사람당 50달러씩이다.”

“아줌마한테 사 달라고 할 순 없어요.”

“아니, 할 수도 있어!”

팔리가 내 말을 자르며 가게 안으로 뛰어 들어갔다.

“아타파튜 할아버지만 친구를 대접할 줄 아는 게 아니라고.”

아줌마가 내게 말했다. 시애틀로 오는 동안, 아줌마는 할아버지 옆에 앉았다. 그런데 그게 크나큰 실수였다. 할아버지와 아줌마는 모든 주제를 놓고 쉬지 않고 싸웠다.

할아버지 운전 실력이 어떤지, 아까 국경에서 몇 차선에 서야 했는지, 시내로 들어올 때는 어느 도로를 선택해야 했는지, 도착해서는 미니밴을 어디에 세웠어야 했는지 등등. 그런 아줌마가 우리한테 돈을 써야, 이 보이지 않는 대결에서 동등해질 수 있다는데 누가 말릴 수 있을까?

팔리는 말뚝 처형자 블라드 티셔츠와 포스터를 골랐다. 나는 더 그레이트 데인 후드티와 도시락이었다. 나는 아줌마한테 도시락을 고른 이유를 이야기해 주었다.

“글쎄, 너희 부모님이 그러라고 하실까?”

아줌마가 물었다.

나는 어깨를 으쓱했다.

"신발 상자보단 낫잖아요."

후반부는 전반부보다 더 재미있었다. 특히 더 그레이트 데인이 링으로 올라왔을 때는 거의 환상적이었다. 나는 미쳐 날뛰었다! 게다가 상대 선수가 바로 말뚝 처형자 블라드였다! 팔리와 나는 둘 다 미쳐 날뛰었다!!!

정말로 끝내주는 시합이었다. 그중에서도 최고는 더 그레이트 데인이 이겼다는 것이다! 심지어 반칙도 안 하고 변칙 기술도 하나 쓰지 않은 채! (물론 링 위에 누워 있는 블라드의 얼굴을 엉덩이로 깔아뭉개긴 했지만.) 적어도 오늘은 약자가 승리하는 날이었다.

지난주 금요일엔 세실 선생님을 만났다. 선생님은 나를 다시 만나게 되어서 정말로 기쁜 것 같았다. 나는 선생님한테 캐런 아줌마한테 했던 이야기를 모두 들려주었다. 말하는 동안 단 한 번도 로봇 목소리로 변하지 않았다. 선생님은 그런 고통스러운 기억을 함께 나눈 내가 자랑스럽다고 했다.

나는 조디의 편지 이야기도 했다. 심지어 샌드달러 성게를 꺼내서 선생님한테 한번 잡아 보라고도 했다.

"어이쿠, 맙소사! 이거, 정말 부드럽구나."

나는 선생님의 도움을 받아 조디에게 편지를 썼다. 선생님이 해 준 조언은 매우 유용했다. 마지막에는 선생님한테 우표까지 얻었다.

집에 갈 시각이 되었을 때, 선생님이 내게 말했다.

"참, 나도 〈토요일 밤의 스매쉬업〉을 몇 편 봤단다."

"어땠어요?"

"중독성이 상당히 강하더구나."

역시 선생님은 머리카락을 좀 잘라야 한다. 그것만 빼면? 아주 나쁜 사람은 아니다.

학교에 다시 적응하는 건 쉽지 않았다. 다시 등교한 첫날, 학교 정문에서 팔리가 살짝 귀띔해 주었다.

"소문이 난 것 같아."

"무슨 소문?"

"너의 형 소문……. 난 아무한테도 말 안 했어."

팔리가 재빨리 덧붙였다.

"그리고 앨버타도. 네가 화장실에서 형 이름 불렀잖아. 그때 누가 듣고 인터넷에서 검색해 본 게 아닐까?"

젠장.

"넌 다른 애들이 아는지 어떻게 알았어?"

"아이들 몇 명이 와서 물어봤어. 어젠 앰브로스도 물어봤고."

"그래서 뭐라고 했어?"

"너한테 물어보라고 했지."

나는 한숨을 푹 쉬었다.

"으이그, 고맙다."

우리는 함께 학교로 들어갔다. 아이들이 나를 쳐다보는 눈빛에서 팔리 말이 맞았다는 걸 바로 알 수 있었다. 모두가 알고 있다!

팔리가 '도전! 전국 퀴즈왕' 팀 아이들에게는 다 털어놓은 것 같았다. 왜냐하면 내가 교실에 들어가면 곧바로 '도전! 전국 퀴즈왕' 팀 아이들 중 하나가 내 옆에 와서 앉았다. 예를 들면, 사회 시간에는 제롬이 내 옆에 앉았다. 제롬은 원래 말수가 적은 아이였다. 내 옆자리에 앉을 때도 겨우 한마디 던졌다.

"안녕?"

"안녕."

나도 겨우 대답했다.

국어 시간에는 팔리와 앰브로스, 파바나가 날 둘러싸고 삼각형 모양의 진을 쳤다. 수학 시간에는 팔리와 셴이 내 양옆에 앉았다. 좀 노골적이었지만 그렇게 해 주는 친구들이 진심으로 고마웠다.

이 주일쯤 지나자 나를 향한 시선과 수군거림이 어느 정도 수그러드는 게 느껴졌다.

다시 등교를 시작하기 전날, 나는 아빠한테 태워다 달라고 부탁해서 앨버타를 만나러 갔다. 크리켓 누나가 현관문을 열어 주었다.

"앨버타, 너랑 입술 박치기한 애 왔어!"

누나는 이렇게 외치고는 계단으로 얼른 도망갔다.

예의 없긴.

앨버타가 나왔다. 나를 보자마자 얼굴을 찌푸렸다.

내가 말했다.

"티셔츠 예쁘다. 벼룩 시장에서 샀어?"

앨버타는 목장의 여자아이들이 입는 것 같은, 빨간색 체크무늬가 들어간 흰색 반팔 티셔츠를 입고 있었다. 아래는 까만색 타이츠였다.

"저기, 앨버타. 미안해, 뭐든지 다……. 거짓말해서 미안해. 네가 모든 걸 알게 되면 날 안 좋아할까 봐 무서워서 그랬어."

앨버타는 가슴 앞으로 팔짱을 꼈다.

"용서해 줄게. 그런데 앞으로 한 번만 더 거짓말했다간……."

"절대 안 해."

"좋아."

아직도 앨버타랑은 좀 어색하다. 그렇지만 오늘 아침에 밴에서 앨버타에게 전화를 걸어 우리가 어디로 가고 있는지 말해 주었다.

"좋겠네."

전화를 끊으려는데 앨버타가 물었다.

"헨리, 전구 하나 가는데 레슬링 선수 몇 명이 필요한지 알아?"

"모르겠는데."

"너, 전구 갈 줄 알아?"

잠깐 침묵이 흐르고 다음 순간, 앨버타의 웃음소리가 들렸다.

"푸하-하-하-하-하-하-하-히-히이!"

휴, 다행이다.

이제 엄마 아빠 사이도 아무 문제 없다고 말하고 싶지만, 그러려면 거짓말을 해야 한다. 아직도 엄마와 아빠는 싸운다, 아주 자주. 둘 다 목소리를 낮추려고 신경을 쓰긴 하지만 그래도 내게는 다 들린다. 가끔씩 아타파튜 할아버지나 캐런 아줌마네 집으로 도망가야 할 때도 있다. 그래야 숨을 쉴 수 있다.

엄마가 옆에 있을 땐 말을 굉장히 조심해서 해야 한다. 며칠 전에 엄마가 저녁을 준비하고 있는데, 라디오에서 내가 좋아하는 노래가 나왔다. 나는 "이 노래, 죽이네요."라고 말하려다 얼른 말을 바꿨다.

"이 노래 죽……, 주인은 원래 다른 밴드였대요."

요즘은 플레이스테이션 게임도 잘 안 한다. 게임이 거의 다 누굴 총으로 쏘는 종류여서 엄마를 자극하기 때문이다.

그래도 엄마랑 떨어져 있는 것보단 같이 사는 게 훨씬 좋다. 단지 최고는 아닐 뿐이다. 엄마는 짐도 챙겨 와야 하고 뒤마 선생님과의 진료 예약도 마무리지어야 해서, 곧 픽턴에 한번 가 봐야 할 것 같다고 한다. 금방 다시 온다곤 하지만 난 그 말을 곧이곧대로 믿지 않는다.

내가 형의 유골을 더 그레이트 데인 도시락으로 옮기겠다고 하면 부모님이 뭐라고 할지 모르겠다. 앞으로 영원히 도시락에 있어야 하는 건 아니지만, 그래도 신발 상자에 비하면 크게 발전한 셈이다. 무엇보다 형은 더 그레이트 데인 도시락을 좋아할 거다.

월요일엔 캐런 아줌마와 함께 자살자 유족을 위한 모임에 가 보기로 했다. 어떤 곳인지 그냥 한 번만 가 보자는 아줌마의 꼬임에 넘어갔다. 내가 모임 얘기를 하자 세실 선생님은 매우 기쁜 듯한 표정을 지었다.

오늘은 아주 괜찮은 날이다. 하지만 내일은 그렇게 좋지 않을 수도 있다. 그 사건이 일어난 지 일 년째 되는 날은 끔찍할 것이다. 벌써 몇 주 전부터 내 안에서 두려움이 자라고 있다.

하지만 나는 삶이 계속될 거라는 사실을 안다.

그러고 보니 할 일이 있다.

세실 선생님에게 새 일기장을 달라고 해야겠다.

형, 내 일기 읽고 있어?

첫판 1쇄 펴낸날 2014년 2월 21일
6쇄 펴낸날 2023년 4월 17일

지은이 수진 닐슨 **옮긴이** 김선영
펴낸이 박창희
편집 김수진 백다혜 **디자인** 김선미
마케팅 최창호 박진호 임선주 **회계** 양여진

펴낸곳 (주)라임
출판등록 2013년 8월 8일 제2013-000091호
주소 경기도 파주시 심학산로 10, 우편번호 10881
전화 031) 955-9020, 9021 **팩스** 031) 955-9022
이메일 lime@limebook.co.kr **인스타그램** @lime_pub
홈페이지 www.prunsoop.co.kr

ISBN 979-11-951893-2-8 44840
979-11-951893-0-4 (세트)

* 잘못된 책은 구입하신 서점에서 바꾸어 드립니다.
* 본서의 반품 기한은 2028년 4월 30일까지입니다.